The Apprentice Blacksmith of Level 596

レベル596の鍛冶見習い

5

Terao Yuki

寺尾友希

Illustration

うおのめうろこ

登場人物紹介
エスティローダ
ノアで遊ぶのがお気に入りの
火竜の女王。
ノマド
ノアの父で犬の獣人。
『竜王の鍛冶士』と
いう称号を持つ。
腕はいいが
生活能力が皆無。
ノア
14歳の犬の獣人。
凄腕鍛冶士の父に憧れ、
見習いをやっている。
リリ
ノアの鍛冶を手伝うため、
一緒に暮らすことに
なった風竜の獣人。

銀《ぎん》月《げつ》先生
ノアの手習い処の先生。
ノアを養子にと
望んでいた。
ヨーネ・スフィーダ
ソイ王国で錬金術、
とりわけ医療を研究する教授。
春《しゅん》嵐《らん》
風竜女王。
好奇心旺盛で
面白いことが大好き。
青《せい》嵐《らん》
風竜王。まじめな性格で、
春嵐に振り回されがち。

オイラはノア。鍛冶見習《かじみなら》いの十四歳。

オイラの父ちゃんは、「神の鍛冶士」とまで言われた凄腕《すごうで》の鍛冶士だったんだけど……母ちゃんが死んで以来、酒浸《さけびた》りのダメダメ親父《おやじ》になってしまった。

そんな父ちゃんにやる気を出してもらうべく、近所にある魔物の領域『無限《むげん》の荒野《こうや》』や『竜の棲《す》む山脈』に行っては珍しい鉱石や鍛冶素材を集めていたオイラは、気が付けば英雄王をも超えるレベル596とかになっていた。

火竜女王《エスティローダ》にヒヒイロカネを預けられた父ちゃんとオイラは、全身全霊を傾けて攻撃補整二万超えの武具、【神話級】のパルチザン『金烏《ジンウ》』を打ち上げる。その腕を認められた父ちゃんは、「竜王の鍛冶士」の称号を授けられる託宣《たくせん》を受けた。

それからオイラはエスティに、冒険も鍛冶も出来る「最強の鍛冶見習い」を目指すことを宣言し……それからはまぁ、火竜のリムダさんが弟子入りしてきたり、風竜の獣人であるリリィがうちに住んで鍛冶を手伝ってくれることになったりと、それはもういろいろとあった。

そんなある日、風竜であるリリィの父ちゃん——科戸《しなと》さんが、風竜の領域で幽閉《ゆうへい》されているとエスティから聞いたオイラたち。彼を解放してもらうために、風竜の領域に行くことを決める。

しかし風竜の領域があるのは、『風の大砂漠』の上空一万メートルという前人未到の高度。

普通に考えればたどり着けない場所だけど――『妖精の国』を通るとっておきの方法を思いついたオイラは、エスティから風竜女王への紹介状を書いてもらい、さっそく風竜の領域へと出発するのだった。

01 風竜の女王

最初に感じたのは、身を切るような寒さ。

それから眼下に広がる圧倒的な絶景に、オイラは目を見張る。

「凄い、こんな場所があるなんて……これが風竜の領域……」

海も何もない、雲すらない紺碧《こんぺき》の空のただ中に、巨大な島が浮いていた。

空中だというのに緑に溢《あふ》れ、島々から流れ落ちた川の水が、幾筋《いくすじ》もの帯となって遥《はる》か下へと消えていく。細長い五角形のような大きな結晶体があちこちに浮かび、日の光を浴びて澄んだきらめきを放っていた。島の中央には、白亜の城まで見える。

オイラとリリィは今、『妖精の国』を抜けて風竜の領域の上空を落下していた。

「あのキラキラしているのが、全部ツムジ石。風竜の領域を空に浮かべている基礎でもある」

「ツムジ石!?」

リリィの淡々とした解説に、思わず勢い込んで聞いたオイラは、盛大にむせた。

「ぐっ、ごほっ、ゴホッゴホッ」

「ここは、地上一万メートル。大気圏ギリギリ。地上よりかなり空気が薄《うす》い。だから、常に風をまとう風竜しかたどり着けない領域」

リリィがオイラの首にはめた魔道具のスイッチを入れた。ふわっ、と空気の質感が変わり、黒モフが毛を逆立てた。首輪の魔道具は、予《あらかじ》め婆ちゃんたちに持たされたものだ。

「すーっ、はーっ」

ようやく息が出来るようになり、深呼吸を繰り返すと、空気が体の隅々へと行き渡っていく。

「もし風竜ともめても、首輪を壊されないよう注意」

……それって、首輪を壊されたら窒息《ちっそく》するってことだよね？

でも、まあ、ここまで来たら後戻りは出来ない。腹をくってやるだけだ。それにツムジ石は鍛冶屋の悲願、しっぽを丸めて逃げ出せるわけがない。

「とりあえず、あそこの森に降りよう」

リリィの風で角度を調整してもらい、巨大な城の横手にある森へと落下する。その途中で『妖精の粉』を半分ほど自分に振りかけた。この『妖精の粉』は『妖精の森』のポポちゃんにもらったものので、ほんのちょっとだけ人間も浮くことが出来る。

どんどんと速度を増して落下していた体が、柔らかく減速していき——不意に効力が切れて、オイラはバランスを崩し『どすん』と尻餅《しりもち》をついた。

「いたたたた……」

落ちたのが柔らかな落ち葉が積もった森の中で助かった。

そう思いながらお尻をさすっていると、不意に背後から、コロコロと鈴を鳴らすような笑い声が響いた。

「くふっ、くふふふふ」

「え、リリィ……に、そっくりな、女の子？」

リリィは確かにオイラの隣に立っているのに、まるで鏡写しのようにそっくりな女の子が、面白そうに扇子で声を抑えて笑っていた。

違いは服装と、ほんの少しリリィより身長が大きいところ、楽しそうに細めた目が赤ではなく翡《ひ》翠《すい》色なところ、背中の羽が天使のような翼なところ――

「くふふっ、まさかの風竜の領域に尻からどすんっと降ってきて、葉っぱまみれ泥まみれ、敵地でとんだ間抜け面《タヌキ》……愉快なわっぱでおじゃるの」

「えっ？」

敵地という言葉に思わず聞き返そうとすると、女の子はオイラの腕をむんずと掴《つか》んだ。

そしてそのままキャラキャラと笑いながら森の中を走り抜けていく。

「ノア、待って⁉」

リリィの声が後ろから追いかけてきたけれど、思いがけない力の強さとスピードに、オイラは呆《あっ》気《け》にとられたまま引きずられ――いや、お尻も足も地面に付くことなくふんわりと浮いていて……何コレ？

「青嵐《せいらん》、青嵐っ！　妾《わらわ》、このわっぱが欲しいでおじゃる！　飼っても良いでおじゃろう？」

女の子は森を抜け、白い石畳の小道を突っ走り、お城へと続く階段を駆け上がり、その正面に見えた白いモフモフした壁に勢いそのままムギュリと抱きついた。

もちろん抱きつけなかったオイラは跳ね返り、石畳に再び尻餅をつき、さらにゴロゴロと転がった。

『まったくそなたは……客人が来ておるというのに、相変わらず落ち着きのない』

白い壁が、ふぁさりと動いた。

よく見れば、それは純白の羽毛。

その巨大な羽根の中を、女の子は恐れるでもなく次々と羽毛を掴みよじ登っていく。

「こんな面白いナマモノは滅多におらぬでおじゃる。なにせ、このわっぱはここ『風竜の領域』に、何もない空から降ってきたでおじゃる」

『何だと⁉』

女の子と会話する声は、どこから聞こえるのか……？

キョロキョロと見回したオイラは、五歩ほど下がった場所で、リリィが顔を強《こわ》ばらせて何かを見上げているのに気付いた。

オイラもリリィの隣に立ち、同じ目線で見上げてみると……

「っ！」

モフモフした壁だと思った物は、広場の端《はし》から端までびっちりと並んだ羽毛の竜たちの胸板（？）だった。

火竜よりは少し小柄で細身、まるで白鳥をそのまま竜にしたような優美なフォルムで、火竜を攻撃力重視の騎士体型とするなら、スピード重視の狩人か盗賊体型といったところだろうか。

ここにいるってことは、この羽毛の竜が風竜……？

『人間の子どもが、何故このような場所に？』

女の子が肩までよじ登った、僅《わず》かに緑を帯びたひときわ大きな白竜がそう言いつつ、首を伸ばしてオイラを見つめる。その首を滑るように降りてきた女の子が、竜の翡翠色をした右目の前に、一枚の紙をペラリと見せた。

「どうやらこのわっぱが、エスティの言っておった新たな弟子のようでおじゃるな」

「あーっ、それ、オイラが懐《ふところ》に入れてたエスティからの紹介状！」

いつの間に盗られていたのか、懐をガサゴソしてみてもそこにあったはずの紹介状はやっぱり影も形もなくなっていた。

女の子を頭に乗せた巨大な風竜は、はふーっ、と大きなため息をついた。

『なるほど。そなたが火竜女王の新たなお気に入りか』

今、絶対、可哀相なものを見る目で見られた！　『オモチャ』って副音声が聞こえた気がする！

「オイラとエスティは友達だよ。初めまして、オイラはノア。あっちはリリィ。それで、貴方たちはだれ？」

オイラの自己紹介に、竜たちは顔を見合わせるとフハッと笑った。

『この姿で会って、人間に自己紹介されたのも初めてなら、武器を向けられぬのも初めてだな。良かろう、その肝の太さに免じて名乗ろうではないか。私は青嵐《せいらん》、当代の風竜王を拝命している。そして私に乗っているのが、当代風竜女王、春嵐《しゅんらん》だ』

「風竜女王!?　その子が!?」

雄々《おお》しい風竜王の頭にまたがり、どこからともなく取り出した紙吹雪《かみふぶき》をまき散らかしている八歳くらいの女の子に驚愕《きょうがく》の視線を向けると、女の子――春嵐さんはバッと仁王立ちになり、扇子を広げた。

「いかにも、妾が風竜女王、春嵐でおじゃる」

扇子には『我、偉い』と黒字で大きく書かれていた。

「エスティローダを通し、妾に用があるなら風竜の領域まで来てみよ、と言づてしたのは確かに妾でおじゃるが、そなた、どうやってここにたどり着いたでおじゃるか？　妾には何もない空中からいきなり現われたように見えたでおじゃるが」

可愛らしく首を傾《かし》げた春嵐さんに、風竜たちがザワザワする。

確かにここは竜以外はたどり着けない。だからこその、絶対的に安全な領域だったのだろうから。

オイラの返答いかんによっては、その前提条件が崩れる。

「『妖精の国』を通って来たんだよ。『妖精の国』はこの世界と表裏一体《ひょうりいったい》につながってて、なのに全部が十分の一に縮尺されてる――つまり、『妖精の国』の上空千メートルで世界の壁を抜けて、こっちの世界での上空一万メートルに出たってこと」

何でもないように言ったけれど、『妖精の国』で上空千メートルに上がるのもかなり大変だった。テリテおばさんの怪力と、ルル婆ララ婆の重力魔法、リリィの風魔法、ミミィの魔道具、それと落下の衝撃を和らげてくれる『妖精の粉』ありきの作戦だった。オイラ一人でもう一回やれと言われてもまず無理だ。

さらにラウルの知り合いで『妖精の国』の生き字引、妖精犬《クーシー》のモップに風竜の領域に相当する詳細な場所を割り出してもらったり、そこに住んでいるレプラコーン族の許可をもらったり……

うん、大変だった！

「くふっ、くふふ、やはり面白いわっぱでおじゃ！　さすがの妾の風も、『妖精の国』までは見通せぬ」

春嵐さんが広げた扇子は、『見事なり』と文字が変わっている。

「して、そこまでして妾を訪ね参った用件は何ぞ？」

すぅっと目を細めた春嵐さんへ、オイラは全力で頭を下げた。

「リリィの父ちゃん、科戸さんをください」

しばしの沈黙の後、ぷぷぅっ、と春嵐さんが噴き出す声が聞こえた。

「わっぱ、わっぱ。それは普通、嫁取りのときに人間が使う言葉でおじゃる。科戸を嫁に欲しいとは、面白いわっぱじゃのぉ」

「オイラの嫁!?　じゃなくて、ララ婆の嫁……いや婿《むこ》？　オイラは代理っていうか」

コロコロと笑っていた春嵐さんの声がピタリと止み、氷点下の風となって吹き降りてきた。

「ほぉ？　そのララとやらは安全圏に身を置き、まだ幼いそなたを矢面に立たせようというでおじゃるか」

「えっ!?　ララ婆は自分が来るって言ったけど――『妖精の森』を通らずに『妖精の国』からこっちに抜けるのはオイラしか出来ないし、なにより風竜の領域《こ こ》には全鍛冶士の夢、ツムジ石があるんだよ!?　来られるチャンスをみすみす人に譲る鍛冶士はいないよ！」

春嵐さんは一瞬固まってから、ぷぷぅっ、と再び噴き出した。

「聞きしに勝る鍛冶馬鹿よの。この高度は人の身には毒も同じ。鍛冶と命とを天秤《てんびん》にかけ、鍛冶をとるとはまた一興。科戸はツムジ石のついでかえ」

春嵐さんは風竜王の頭の上でピョンピョンと跳ね回りながら、扇子で紙吹雪を煽《あお》ぎ舞い散らかしてくる。その扇子には、『一周回ってアッパレなり』と書かれていた。

「聞きしに勝る……？」

　オイラが違和感に眉《まゆ》を寄せたとき、浮かれた様子だった春嵐さんがピタリと止まり、扇子で口元を隠したまま冷えた目でオイラたちを睥睨《へいげい》した。

「科戸は咎人《とがびと》じゃ。風竜にとって命とも言える風を取り上げ、岩戸に幽閉しておじゃる。そしてその処遇は、科戸自身が言い出したことでおじゃ。妻子を百年見逃す代わりに、岩戸の刑に服すと。いくら面白いわっぱの頼みでおじゃろうと、タダで渡してやるほど安くはないえ」

　さっきまでの軽い言動からは想像も付かない重い威圧に、踏ん張った足がグッと地面にめり込む。

　リリィの震える指先が、ギュッとオイラの服の裾《すそ》を握った。思えば、リリィは自分にそっくりな風竜を見たからソイ王国から逃げ出したと言っていた。それはきっと、この春嵐さんだったのだろう。それでも今、リリィは逃げも隠れもせず、オイラと同じように足を踏ん張って歯を噛《か》みしめ、まっすぐ女王を見上げていた。

「それなら、どうすればリリィの父ちゃんをオイラたちに渡してくれますか」

　ギリッ、と奥歯を噛みしめてから気合いを入れて口を開いた。

　ククッ、と笑った春嵐さんから、フッと圧が消えた。

「この威圧に耐えるかえ。女王竜に怯《おび》えてしっぽを丸めて逃げ帰ったところで誰も責めはせぬものを。その意気に免じて、チャンスをやろう。この風竜の領域には、一つの伝説がおじゃる。誰もにやめろと言われ続けた、不可能を可能とした男の伝説が」

『春嵐、まさか』

風竜王が僅かに焦ったように何か言いかけたとき、オイラの鼻先をよく知るニオイがかすめた。

ゴオッ、と灼熱《しゃくねつ》の豪風が吹き過ぎる。

まるで様々な炎を集めて作ったようなドレス、深紅《しんく》の髪、皮膜《ひまく》の羽、ウロコに覆われた尾、ガーネットの瞳《ひとみ》。小脇に抱えた真珠色の卵。迫力のあり過ぎる豪奢《ごうしゃ》な美女。

言わずと知れた火竜女王エスティローダが、ニィッと笑って立っていた。

「やっぱりエスティか。春嵐さんにオイラのこと教えたの。絶対まともなこと言ってないでしょ」

「何のことかの？　我は春嵐に招かれ、ついでに初めての卵を見せに来ただけのことよ。そんなことより遅かったではないかノア。気分ではないの何のと理由を付け、開催を引き延ばすのもそろそろ限界であったわ」

「はぁ？　何の話？　エスティと待ち合わせの約束とかした覚えないよ」

そもそも待ち合わせるにしたって、地上一万メートルに現地集合って。無茶振り過ぎる。

体全体を傾けて『ハテナ』を表わすオイラの横を、銀髪の美丈夫《びじょうふ》が通り過ぎた。顎《あご》の下で切りそろえたストレートの髪、残りを後ろに流して一つにくくり、背中には僅かに緑がかった白い翼——その肩の上には、春嵐さんを乗せたまま。

「やはりわざとか貴様。腹が痛いだの吐きそうだの、火竜の女王ともあろう者が仮病とは情けない。こちらの予定を散々に引っかき回しおって」

多分人型に変化した風竜王は、不愉快さを隠しもせずにエスティへ詰め寄った。

「仮にも他種の女王へ向かって貴様とは穏やかではないのぉ、青嵐。それが師匠に向ける言葉かえ。そもそもここ数十年の武闘会はぬる過ぎるのじゃ。おぬし一強の出来レースではないか。退屈で見ておられぬわ」

「退屈ならば、わざわざ毎年毎年足を運んでもらわなくとも構わぬが」

「なんと、他種の闘いを見られる機会などそうはないのじゃぞ。我の年に一度の楽しみを奪おうと言うのかえ」

バチバチと火花を交わしそうな二人の言い合いを呆気にとられて見ていると、春嵐さんがすっくと風竜王の肩の上に立ち上がった。

バサッと広げた扇子には、『喧嘩《けんか》するほど仲が良い』と書いてあるけど、本当だろうか。

「その昔、妾の王配を決めようというとき、妾と青嵐は想い合っておったが、長老どもの大多数は青嵐を王配とすることに反対したでおじゃる。なぜなら、こう見えて青嵐は妾より五十も年下での、当時はまだ成竜にすらなっておらなんだ。その折、たまたま風竜の領域を訪れたエスティが長老どもを説得してくれたでおじゃる。竜ならば、望みは実力で示せばよい、と」

「……え？」

思わず目を点にしてエスティと風竜王を見比べてしまった。

それって、まだ子どもだった風竜王に、春嵐さんが好きなら大人の竜たちに勝ってみせろって言ってる、よね？　鬼ですか？

「あれが『万竜武闘会』の始まりじゃったのぉ。いやさ、今思い出しても、血湧《わ》き肉躍《おど》る良い闘いであったわ」

「思い出したくもないこの世の地獄だった」

カンラカンラと愉快そうに嗤《わら》うエスティと、顔を歪《ゆが》めて吐き捨てる風竜王との落差が酷い。

「当時から最強と名高かったエスティに弟子入りした青嵐は厳しい修業の末、見事全風竜に勝ち抜き妾の王配の座を手にしたでおじゃる。以降、『万竜武闘会』は年に一度開催され、その勝者の願いは無条件で叶《かな》えられるのが慣例となった――ここまで言えば、エスティがここでそちを待ちわびていた理由が分かるかえ？」

楽しそうに扇子でパタパタと風を送ってくる春嵐さんに、オイラは絶句し、自分を指差して口をパクパクと開け閉めした。

え、なに、完全に人ごととして聞いてたのに、風竜王をして地獄と言わしめたことに、まさかオイラ参加しなきゃなわけ？

「喜びのあまり言葉も出ぬかノア!?　ごく簡単な話じゃろう。望みがあるならば、実力で示すのが竜種の流儀。望みが困難なものであればあるほど、より実力を示さねばならぬ。既に武闘会にはエントリーしておいたからのぉ、安心するが良いぞ。楽しみじゃのぉ！　我の弟子が『万竜武闘会』に出場するのは実に百五十年ぶり、血が滾《たぎ》るのぉ！」

「そっ、そんなに闘いが好きなら、オイラじゃなくて自分が参加すれば良いじゃないか！　オイラは、ここに、話し合いに来たの！」

思わずエスティの襟首に取り付きガクガクと揺すると、ペリッと引き剥がされ、逆に襟首を持って猫のようにぶら下げられた。

「一般の竜の闘いに我が出場して何が面白い。春嵐クラスが応じてくれるならともかく、一方的に蹂躙《じゅうりん》して終いではないか。闘いとは、実力が伯仲《はくちゅう》するからこそ面白いのよ。いや、譲れない願いのために格上へ立ち向かってゆくドラマチックさというのも捨てがたい。伸びしろのある若者が、命がけで勝利し大物食いをして急成長する物語もまたオイシイのぉ。風竜とおぬしは共にスピード特化、良い勝負となるじゃろう」

「そんなのエスティが楽しいだけじゃないかーっ」

せめてエスティに蹴りの一つも入れられないものかとジタバタ暴れていると、それまで仏頂面《ぶっちょうづら》で黙っていた風竜王がジャリッ、と一歩踏み出した。よく見ると、その顔には青筋が浮かんでいる。

「……我が風竜一万と、その人間の子どもが実力伯仲？　良い勝負だと？」

そっかぁ、風竜って一万もいるんだぁ。

って、オーバーキルにもほどがある。風竜一頭とならなら戦って勝てなくはないだろうけど、どんなデスマーチ。生きて帰れる気がしない。

「なんじゃ青嵐、自信がないのかえ？　風竜も近年はそうそう火竜に負けはせぬと、この間叩《たた》いておった大口はホラであったか。おぬしの鍛えた風竜の部下が、我の鍛えた人の子にボロ負けしようものなら、今までと同じ生意気なクチは叩けぬであろうのぉ」

……煽《あお》ってる煽ってる。

そういえばエスティ、風竜女王の春嵐さんとは友達だけど、風竜王の鼻っ面は叩き折りたいって前に言ってた気がする。

願わくば、そこにオイラを巻き込まないで欲しいんだけど……。

ぶら下げられたまま眉尻を下げていたオイラは、そのときに至ってようやく、いつもと同じように無表情で立っているリリィの顔が、いつもより白いのに気付いた。

ただでさえ色白だからよく見ないと分からないけれど、完全に血の気が引いて、赤い瞳が小刻みに揺れている。

ハッと目を見張った次の瞬間、オイラの耳に飛び込んできたのは、到底容認出来ない風竜王の言葉で。

「受けて立とうではないか。『万竜武闘会』においてその小僧が優勝したならば科戸はくれてやる。ただし、棄権《きけん》するか一度でも負けたならば、その小娘の首は刎《は》ねさせてもらう」

「――――は？」

プチン、と何かが切れた。

地の底から響くような低い声に、風竜王が一瞬眉を寄せる。オイラの喉から出たものだと認識出来なかったのかもしれない。

「そもそもその小娘は愚弟《しなと》の罪そのもの。風竜女王から授かった竜の力を横領したという生きた証《あかし》。その小娘が死ねば、小娘の竜の力は科戸に戻り、その上で科戸を処刑すれば科戸の力は全て春嵐へ戻る。最も手っ取り早い解決策だ」

「――へぇ」

オイラの目が完全に据わっているのに気付いたのだろう、エスティは無言で地面へ降ろしてくれた。

「五十年前、科戸は春嵐と取引をした。風竜としての力を放棄し岩牢《いわろう》に封じられる代わり、娘が成竜となるまでの九十年間、妻と娘を見逃して欲しいと。科戸を解放して欲しいと言うならば、その取引はなかったこととなる。どうする小僧？　その細腕に抱えきるほどのツムジ石くらいならば、持ち帰るのも黙認してやろう。武闘会を棄権しその小娘を置いて立ち去るのが賢い生き方というものだ」

ツムジ石をやる？　だからリリィを売れ？

オイラは両腕を組むと風竜王を睨《にら》み上げた。この人は根本的に鍛冶《かじ》魂《だましい》ってものを分かっていない。

「オイラの鍛冶は、もうリリィなしには考えられない。ツムジ石の代わりはあってもリリィの代わりはいないんだよ。その勝負、真っ向から受けて立ってやる！」

02　万竜武闘会

戦いの舞台は、広大な風竜の城の裏手にある、さらに広大なコロシアムだった。風竜の白い羽毛と翼が、すり鉢状の観覧席に無数に連なっている。遠くから見る分には、まるで白鳥の群れが羽を休めているかのようでとても美しい光景だ。……これからこの全員と戦わなきゃとかじゃなかったら、もっと素直に綺麗《きれい》だと思えたんだろうけど。

「万竜武闘会は、二千五百頭ずつの四ブロックに分けたバトルロワイヤル形式の予選を行い、最終的にはそれを勝ち抜いた上位二十名による本戦となる。棄権は自由――第三予選までは既に消化されている故、そなたには第四予選会に参加してもらい、上位五名に残ることが最低条件となる」

「うん。っていうか、ここの敷石も全部ツムジ石だー……！」

コロシアムの真ん中で、しゃがみ込んで敷石を撫《な》でくりまわすオイラを、風竜王が理解に苦しむ、という目で見ている。

戦いの最中に、うっかり敷石を破壊しちゃったりしたら……きっと新しい敷石に変えなきゃだろうし、壊れたのはオイラが持って帰ってもいいよね、うん。敷石を壊すには、オイラのパワーじゃ無理があるし、たとえやれたとしても、いくらも壊せず剣が砕け散る公算が高い。

となると……自分で出来ないなら、他の人にやってもらえばいいんじゃない？

「火竜女王の愛弟子《まなでし》であるそなたには容易《たやす》過ぎる条件であろうし、誰かのせいでかなり予定が押していることから、第四予選会と本戦は続けて行うこととする。そなたらはチームでひとつの出場枠とし、誰かが死のうとも、一人でも最後まで生き残っていれば科戸は引き渡す。ハンデとして私は参加しない。せいぜい協力して風竜へ挑みたまえ」

「いやなんか譲歩してるふりして、かなりえげつないこと言ってない？　それ、科戸さん渡した後手出ししないとか一切言ってないし」

「私の言葉に何か問題でもあったかエスティローダ？」

上機嫌な春嵐さんを肩に乗せながらも、ニコリともしない風竜王がオイラの言葉を無視してエスティを見据える。

いや、戦うのオイラなんだけど。

「もちろんその条件で構わぬぞ。のぅ、ノア。おぬしの闘いに期待しておる」

だから戦うのエスティじゃなくてオイラなんだけど。親指立てて「グッドラック」じゃないよ。

文句を言う前に、春嵐さんを肩車したままの風竜王とエスティがふわりと舞い上がった。そのまま貴賓席《きひんせき》と思われる場所に舞い降り――それを目で追っていたリリィの羽が、ビクッと揺れた。

「どうしたのリリィ？」

「……父、さん」

揺れる視線の先、春嵐さんが風竜王の肩から飛び降り、石で出来た優美な鳥籠《とりかご》にひょいと腰掛けた。……って鳥籠？　その中に見えるのは、一抱えほどの白い鳥……

「あれ、もしかして」

暴れ、籠に体当たりを繰り返す白い鳥に、春嵐さんが楽しそうに何やら話しかけている。遠くて声は聞こえないけれど、今、春嵐さんの口が『しなと』という形に動きはしなかったか。

「魔力は感じない。姿も違う。声も聞こえない。でも、たぶん」

口元を両手で押さえたリリィの紅《あか》い目が潤《うる》んでくる。

「落ち着いて、リリィ。深呼吸して。科戸さんかもしれない、違うかもしれない。でも一つだけ確かなのは、オイラはリリィが協力してくれなきゃ生き残れない。風竜一万にオイラ一人とか、オーバーキルもいいとこだけど……勝算があるとしたら、オイラにはリリィがいて、リリィの力を風竜たちは知らないことだけだから」

リリィはパチパチと瞬《しばた》いて涙を散らし、オイラの顔を見上げた。

「ノアに、リリは必要？」

「もちろん。オイラが全力で風竜と渡り合うには、リリィの力が必要。オイラが全力で鍛冶をするのにも、リリィの力が必要。リリィのことは絶対にオイラが守るよ。だから、リリィの力をオイラに貸して」

ギュッと両手でリリィの両手を握り懇願《こんがん》するものの、リリィの白い眉が不安そうに寄った。

「無理しないでノア。リリを守ろうと無理したら、ノアが危ない」

あの魔法を使っている間、リリィは他の魔法を使えない。完全に無防備になる。周り中を敵に囲まれた状態でのこのお願いは、リリィの命をオイラに預けてくれと言っているようなものだ。

それなのにリリィは自分よりもオイラの身を心配してくれている。

「死なないでノア。リリの事情に付き合って、ノアが死ぬことはない。自分を一番に考えて。風竜王のルールだと、リリが死んでもノアが勝てば生きて帰れる。ノアはリリが何をしても守るから」

さすがにちょっと感動を通り越してムッとした。

分かっているようで全く分かってないリリィの言葉に、オイラはリリィの両のほっぺたをつまみ、ぐにっと左右に引っ張った。

「オイラにはリリィが必要だって言ったでしょ？　オイラはオイラの都合でここにいるの。リリィが気に病むことは何もないの。一緒に、生きて、科戸さんを連れて帰ろう。ついでにツムジ石もいっぱいゲットしてお土産《みやげ》にしよう。リリィがオイラを庇《かば》って大けがなんかしちゃったら、うろたえちゃってオイラまともに戦えないよ。オイラのためにもリリィこそ自分を大事にして」

「でも」

目をそらして少し赤くなった頬《ほお》を撫でるリリィを、オイラはギュッと抱きしめた。

「っ!?」

腕の中で目を見開いて固まったリリィの背中を、オイラはポンポンと叩く。

「リリィはオイラが守るよ。だから、リリィはオイラを守って」

リリィの白い頬が、かすかにピンク色に染まる。

大きくゆっくりと目をしばたたかせるリリィに、囁《ささや》くようにオイラは告げた。

「オイラには、リリィが必要なんだ。鍛冶にも、戦うのにも。リリィは実際に風竜と渡り合わなくても、オイラを守れる。そうでしょ？　ねぇリリィ、さっそくだけどあの剣出してくれる？　リリィがいたから打てた――ファルクス」

リリィは小さく息を呑《の》み頷《うなず》くと、空間収納から一本の剣を取り出した。

ほのかに紫《むらさき》を帯びた赤い刀身、柄まで一体成形の緩やかに湾曲《わんきょく》した逆刃刀《さかばとう》だ。

リリィが手伝ってくれるようになったから打てた、マグマ石、マグマ石、隕鉄《いんてつ》、チタンの四種の中の特殊二重合金。120センチという長さの割に重さと攻撃力があり、重さを利用して普通に叩き斬ることも出来るが、その特有の形状から、相手の力と動きを利用して引き斬ることに特化している。そして何より――

ファルクス【特異級】
〔攻撃補整〕　6000
〔速さ補整〕　9200
〔防御補整〕　2300

〔耐久力〕　800
〔特殊効果〕　体力吸収（50%）

ヴァンパイアの牙が、最も希少な鍛冶素材とされる理由は、『生きているヴァンパイアの口に手を突っ込んで牙を折り取らないといけないから』だと言われている。その危険を冒してでも欲しいと思わせる理由は、この特殊効果だ。

普通のヴァンパイアの牙の特殊効果は、体力吸収2%とからしいけれど、オイラの倉庫に大量にあるのは、とある一件で友人になった本物《オリジナル》のヴァンパイア――真祖《しんそ》の牙だ。

この効果は、文字通り相手に与えたダメージの半分を自分の体力として吸収出来る。

相手は人間より何倍も体力がある竜だ、攻撃が通りさえすれば、オイラの体力が尽きる心配はない。何日だって戦い続けられる。相手の力を利用して戦うことに特化しまくった剣だ。

リリィはオイラが指定した剣を見て色々と察したのか、羽を縮こませると、いそいそとオイラが背負ったリュックの中に納まり、顔だけ出して紐《ひも》をキュッと締めた。

オイラたちが立つ白い敷石の上へ次々と風竜が舞い降り始めた。その中でも一番近くにやって来た、羽先の黒い風竜が生真面目《きまじめ》にオイラたちへ目礼した。

『わっぱ、自分は風竜王直属の騎士で黒南風《くろはえ》という。幼い子ども相手に気の毒ではあるが、王命ゆえ手加減は出来ぬ。どうか死んでくれるなよ』

おそらくこのブロックでの優勝候補――高位竜だ。最初に春嵐さんに引っ張られて風竜の壁へ激突したとき、風竜王のすぐ隣にいた竜だと思う。

さらに黒南風さんの隣に舞い降りた竜が、竜の顔でもはっきり分かるほどいたたまれない顔をした。

『このわっぱが例の……火竜女王のお気に入りか。人の身であの女王に気に入られるとは……何と言ってよいか分からぬが……うん、まあ、隕石《いんせき》にでも当たったと思って諦めるしかないな。天文学的な不運だ。俺は黒南風の双子の兄で、白南風《しらはえ》という』

ちょっと風竜の間でのエスティの評価が気になる。なにその天災扱い。エスティってば竜の間でどんな立ち位置なわけ？

「風竜って火竜より速いんだよね？　どれくらいついていけるか分かんないけど、精一杯頑張るよ」

あえてニィっと笑って見せたオイラに、黒南風・白南風の二頭は目を点にしてから、プハッと噴き出した。

『頑張ってどうにかなるものなら、竜種は今頃人に駆逐《くちく》されておるだろうよ』

『風竜は速さを貴《たっと》ぶ。人の子に負けるようでは……風竜とは名乗れぬな』

心配しつつもオイラをあなどってくれる竜たちににっこりと笑いつつ、オイラは手にした剣を何度か軽く振って馴染《なじ》ませる。手のひらに根が張るような、独特の感覚がした。

「あー、テステス」

風に乗せて春嵐さんの声が広がり、風竜たちの白い姿が一斉に貴賓席のほうを向いた。

「それではこれより、万竜武闘会を開催するでおじゃ。優勝者の願いは、この春嵐が女王の名に懸けて叶えよう。――……はじめっ」

春嵐さんが扇子を振り下ろすと同時に、背中のリュックからピューーィとリリィの口笛が響く。

ふわり、と飛び上がり空中で一回転したオイラの下を、黒南風さんのしっぽがうなりを上げて通過した。宣言通り、手加減抜きでオイラをやっつける気満々のようだ。

「ありがと、リリィ。すっごく体が軽い」

リリィの『力』とは、空気抵抗をなくす魔法のことだ。

以前のエスティとの闘いのとき、風魔法で加速してもらったけれど、直進しか出来ずに使い勝手が悪かった。そこを改良しようと二人で色々と試し、最終的には風竜が生まれつき身にまとっている『風ごろも』というのを魔法で再現してくれた。

かなり難度が高いらしくて、この術を使っているときリリィはこの術だけにかかりきりになる。

ここ風竜の領域にルル婆の反重力魔法で落ちてくるときにも使ってくれていた。

空気が邪魔しないだけで、こんなにも動きやすいとは思いもしなかった。空気って実はかなり重かったんだな。

『あれを避けるとは、火竜女王のお気に入りは伊達《だて》ではないな』

しっぽを振りぬいた黒南風さんの後ろから、ぶわっと白南風さんが飛び上がる。

広げた翼から放たれるかまいたちは、様子見なのかエスティほどの数はない。半年前はかなり集中しないと避けられなかったかまいたちも、今はそれなりに余裕をもって避けられるようになった。

側転バク転宙返り。においの変化と勘、それに何より慣れ。くるくると避けて回るオイラが面白かったのか、白南風さんが楽しそうに笑い声を上げる。

『見事見事。人の身でよく躱《かわ》した。だが避けているだけでは永遠に勝てんぞ？』

それと同時に、黒南風さんの口がカッと開く。

あれって……ブレスだよね、そうだよね、竜だもんね！　背中のリリィの口笛のメロディも微妙に揺れる。つまりヤバイってことだよね!?

風竜のブレスがどんなものなのかは知らないけれど、当たったらアウトだっていうのは間違いない。幸い、竜のブレスにはほんの少しの溜《た》めがある。慌ててオイラは近くにあった白南風さんのしっぽを駆け上がった。

『おっ、おい、なんだ!?』

うろたえる白南風さんの頭を蹴って、空中で高みの見物を決め込んでいた風竜の一頭へと飛び移る。

『うわっ、黒南風さんちょっと待っ……』

『こっち来るなっ、黒南風さんのブレスに巻き込まれるっ』

『あれは風竜でも洒落《しゃれ》にならんっ』

『ふぐっ』

『ノミみたいな奴だ！』

オイラは次々と空中で風竜へと飛び移り、体を駆け上がりしっぽを駆け下り、常に移動しながらも風竜のしっぽをじっくりばっちり観察する。

エスティいわく『万竜武闘会』は慣れ合いの恒例行事《イベント》と化していたらしいし、いきなり飛び入りの人間と戦えとか言われた風竜たちはどこか真剣味が足りなかった。おかげでオイラを捕まえようとしては仲間の背中に飛びかかったり激突したりと、右往左往《うおうさおう》していて簡単に飛び移れる。火竜みたいに炎をまとったりもしてないし。

「すっごいフカフカだね、こんなときじゃなかったら羽にもぐって寝たいくらい」

基本は白だけれど、僅かに黄色や緑を帯びた風竜の羽毛は踏み心地満点だ。この羽毛を詰めた布団なら、真冬の野宿でも安眠出来そう。余裕があったら、風竜の羽毛布団を作ってみるのもいいかもしれない。

なにせ、これから大量に手に入るわけだし……？

「黒南風さん、こっちこっち！　こっちだよー！」

ぴょんと地面に降り、ブンブンと両手両足を振ってアピールするオイラの姿が見えたんだろう。オイラが風竜の群れへ紛れたせいでブレスの焦点が定められずにいた黒南風さんの鼻にシワが寄った。

『わっぱ、風竜を舐《な》めるのもいい加減に……！』

黒南風さんがそう言って吐いたブレスが、敷石を割りつつオイラへ向かってくる。それをジグザグに走って避けながら、ブレスから逃げ遅れた一頭の風竜のしっぽに追いすがり、その背を駆け上がる。さっきまでのお遊びじゃない、オイラの本気中の本気、全力疾走《ぜんりょくしっそう》だ。

『なっ⁉』

そのまま風竜の頭を蹴って、すぐ上を飛んでいた緑がかった風竜へとファルクスを向ける。武器を避けようとした風竜の疾《はや》さを利用し、しっぽの付け根にファルクスの逆刃を引っかけ――さらに渾身《こんしん》の力と体重をかけて引き斬った。

『なん……だと⁉』

呆気に取られた黒南風さんの前に、大きく飛んだ風竜のしっぽがずしんと落ちた。

初見の風竜、しっぽのちぎれやすいポイントを見極めるのにちょっと時間がかかったけど、一回認識出来れば、オイラにとっては慣れた作業だ。

驚きに風竜たちが固まった隙に、まとめて三十頭ほどのしっぽを切り飛ばしたオイラは、黒南風さんの後ろにトンっと着地するとにんまりと笑った。

「風竜って、火竜より速いけど、火竜より柔らかいんだね。火竜は全身鍛冶素材に使えるけど……風竜の羽毛って、鍛冶素材になるのかなぁ？」

ギギィとぎこちなく振り返った黒南風さんの頬が、大きく引きつった。

その黒南風さんの黄色い目の中に、ファルクスの赤い刀身を舐めるオイラが黒い笑顔で映っていた。

03　風竜王

「なんなんだあの小僧はっ!?」

私——青嵐の眼下では、信じられない光景が繰り返されていた。

二千五百頭もの白い風竜の間を、人間の子どもがノミのようにぴょんぴょんと跳ね回っている。

子どもが跳ねるたびに、風竜たちの尾がぼたぼたと落ち、尾を失った風竜は白旗を上げて戦線離脱していく。気まぐれで芸術家気質な風竜たちは、速さを尊び珍しいものを好む。小僧の健闘を好意的にとらえ素直に退場しているようだ。

「おぬしも知っておるじゃろうが。我が友、ノアじゃ」

抱えた卵を撫でながら、しれっとした顔でそう言うエスティローダを、私は歯噛みして睨み付ける。

「人の身であり得ぬだろう!?　なんだあの速さは!?　聞いておらぬぞ、化け物かっ!?」

「くはは、まさか風竜王に化け物呼ばわりされるとは、さすがは我が愛弟子じゃのぉ」

同年代ながら師匠面をしたエスティローダの小憎《こにく》らしい鼻っ柱を叩き折ってやりたくて、たかが人間の子どもに風竜二千五百という過剰戦力を投入した。それも優勝候補が含まれる第四予選のメンバーだ。

そんなものと戦わされる風竜たちの士気が低いのは分かっていたが、風竜の群れを見た小僧が泣いて逃げ出すか、遊び好きな風竜たちにすり潰《つぶ》されでもすれば、多少の溜飲《りゅういん》が下がると思っていた。さらにはかねてよりの懸念《けねん》だった科戸の娘を殺せれば一石二鳥——その目論見は、目の前で潰《つい》えようとしている。

「風が知ることは風竜も知る。その女王たる妾が知らなんだということは、あのわっぱのスピードは今日が初披露《はつひろう》かえ？」

科戸が入った籠の上で足を組み、春嵐が珍しく真面目に考察している。普段からそのように女王然としていてくれれば、私の苦労も少しは減ろうというものだが。

「確かに、我と戦った折より動きが良くなっておるな」

ふむ、と顎に手を当てるエスティローダを、私は愕然《がくぜん》と見つめる。エスティローダが知らぬということは、あの小僧の速さは火竜女王のしごきによるものではなく、小僧自身の修練と工夫によるものだということだ。

「これは我も、うかうかしておられんな。以前闘いを挑まれた際、我は知らずノアを激怒させておってのぉ。ノアの逆鱗《げきりん》が何か――……おぬしは知っておるか？」

それは、確か報告を受けたはずだ。

「余興であの子どもの父親を殺そうとしたことであろう。それとも貴様のしごきに耐えかねたか」

私の答えに、エスティローダはかすかに苦笑を浮かべて首を横に振った。

「違う。ノアは温厚でな、その程度のことで怒りはせぬ」

唯一の肉親を殺されようとして怒らぬだと？　あの地獄のしごきにも耐えうると？

「ノアが本気で怒ったのは……ラムダめがノアの大事な水槽《すいそう》を破壊しおったときよ」

「……は？」

水槽？　なんだそれは？

言葉もない私に向かって、エスティローダがやれやれと肩をすくめてみせる。

「おぬし、先ほどノアに何と言った？　あの白い小娘を置いていけ、父親もろともに始末する、と？　あれは当代一の鍛冶馬鹿よ。あの小娘はノアの大事な『ふいご』じゃ。ノアは鍛冶の邪魔をされることを何より厭《いと》う。その唯一無二の『ふいご』を壊すと言われて――……あれは今、相当腹に据えかねておるぞ」

ちらり、と先ほど小僧が浮かべた笑みがよみがえって来た。

あれは、私をしごいていたエスティローダによく似た……二度とは見たくない表情だ。

「ちょっと待て。人間を捕まえて『ふいご』とか鍛冶道具とか――私よりあの小僧のほうがひどくはないか？」

「くはは、ノアの考えることは毎回斜め上でのぉ。ともあれ、温和な気性故か中々本気を出し切らぬノアに、よくぞ火を付けてくれた。あの小娘を助けるためならば風竜一万と戦うも辞さぬ覚悟と見ゆるぞ。ほれ、そんなことを言っておる内に、闘技場にいる風竜は随分と少なくなったのぉ。残るは黒南風と白南風に……ひぃふぅみぃ、二十頭ほどか？」

言われて闘技場に目をやった私は唖然《あぜん》とする。

ほとんどの風竜は退場し、あちこちにぼたぼたと尻尾が落ちている中で、子どもが黒南風たちと互角に渡り合っていた。

「……信じられぬ。高位風竜と同格の疾《はや》さだと!?」

あの小僧が、人にしては速いという情報は得ていた。火竜にも勝る速さだということも知っていた。

だがあくまでも火竜に勝るだけで、風竜には及ばぬものだったはず。どれだけ破壊力があろうと、届かぬ攻撃に意味はない。ましてあの小僧の攻撃力は竜にとって蚊《か》にも等しく、速さと武器の攻撃補整頼みの戦い方だった。

その速さで勝る以上、万一にも小僧に勝ち目はないはずだった。どんなに足掻《あが》こうと攻撃一つ届かず、次第に削られて衰弱《すいじゃく》していく……そういう運命のはずだった。

それなのに、今、あの人の子は、高位竜である白南風や黒南風にも引けを取らぬ疾さを見せていた。

高位でもない竜の尾を落とすなど、造作もなかったに違いない。

「ふむ。あのわっぱの背中の小娘かえ。か細い啼《な》き声が聞こえておじゃるが、あれで風竜ならば無意識に使うておる『風ごろも』をわっぱにかけているでおじゃるな」

「『風ごろも』だと?」

春嵐の言葉に、私は小僧の背に負われた小娘を注視する。

風竜にとって、『風ごろも』をまとうことは当たり前すぎて気付かなかった。『風ごろも』とは、風竜ならば生まれたときから無意識にまとっている風の膜。空気抵抗を限りなくゼロに近づける風魔法だ。人間がまとっているはずはない。

『風ごろも』は風竜が無意識下で常に発動している魔法ゆえに、仕組みがどうなっているのか考えたことも、まして他人にかけようとしたこともない。

あの小娘は、それを分析《ぶんせき》し、あの小僧――人間にも使えるよう組み立て直したということか?

そんなことが可能なのか?

「なんという知識量とセンスかえ」

感情を抑えきれぬとばかりに、春嵐はぴょんと鳥籠から飛び立ち、貴賓席の手すりぎりぎりまで寄った。

手すりを掴む春嵐の目が爛々《らんらん》と輝き、薄い唇がにんまりと笑っている。

「風竜の優位、そして命でもある『風ごろも』を分析し、人が使える域まで落とし込んだというでおじゃるか。ただ小僧に守られるだけの人形娘かと思いきや……面白い、面白いでおじゃ」

その表情に、何か焦燥感《しょうそうかん》にも似たものが背筋を走り下りた。

「白南風！　黒南風！　体力を削れ！　それはただの人の子だ！」

私の声は風に乗り、子どもと戦う白南風たちまで届く。

いくら速かろうと、所詮は人。竜の体力に敵《かな》うはずはない。

「このまま続けて本戦を行う、出場資格保持者は参戦せよ！」

『せ、青嵐様っ！　黒南風様たちはまだ戦っておりまする。決着もつかぬ内に本戦出場者を参戦させるなど……』

「私が参戦せよと申しておるのだ」

『……はっ』

咄嗟《とっさ》に部下が声を上げたが、言いたいことを呑み込んだような表情で、下がっていく。

私とて、たかが人の子に矢継《やつ》ぎ早に戦力をぶつけることが、風竜王の威厳を損ねるふるまいだという自覚はある。

それでも、春嵐があの人間の子どもと小娘に興味を引かれている。その事実が面白くなかった。

しかし――

「……おかしい。たかだか人間が、なぜまだ同じ速さで駆け続けられる？　あの小僧のスタミナは無尽蔵だとでも言うのか!?」

風竜たちと小僧の拮抗《きっこう》した闘いは続き、それを食い入るように春嵐が眺めている。イラついた私が振り返った先で、エスティローダも首を傾げた。

「さすがのノアといえど、そろそろスピードが落ちても不思議はないはずじゃがのぉ」

いつの間にこんなに体力をつけたのか、それならば訓練内容を見直さねばなるまい、などと独り言《ご》ちているエスティローダは放って、私は口元を吊《つ》り上げた春嵐に目をやる。

その目線を辿《たど》っていけば……

「なるほど剣か。白南風、黒南風、小僧の剣を折れ！　おそらくそれが体力吸収の邪剣だ！」

『応』

答えた二頭が、子どもの剣を狙いに行く。

体力吸収の邪剣は、剣を打つ際に、希少なヴァンパイアの牙が必要となり、非常に珍しいものだと聞き及ぶ。あの子どもが持っていたのは意外だったが、タネさえ分かれば対処は容易い。あの剣さえなければ、ただ速いだけの人間。スタミナなど、あっという間に底をつく。

キィィィン――……

耳障りな音を立てて、子どもの剣が弾け飛んだ。折れはしなかったようだが、子どもから離れたのなら大差ない。

「よし、よくやった」

そう言いかけた私は、子どもの手にまた同じ剣が握られているのを見て瞠目《どうもく》する。闘技場の端には、確かに飛ばされた剣が転がっている。

いや、よくよく風の声を聴けば、子どもが手にしている剣は、もう五本目だと……!?

「青嵐、あれはただの魔力吸収の邪剣ではないえ。体力吸収率が極めて高い……おそらくは、真祖の牙を用いた剣。大国の国王が、宝物殿に一本でも囲っていれば一生の宝とするほどの逸品《いっぴん》。それが、もう五本目でおじゃ。青嵐、妾はやはりアレが欲しい。妾にたも」

子どものように無邪気に、悪魔のように楽しげに。唯一無二の女王が目を輝かせてコロコロと笑う。

こんなとき私は実感する。ああ、この方は『神』なのだと。本来私ごときの手の届かない方なのだと――……

そして、その指差す闘技場に目をやれば、人間の子どもが楽しそうに戦っている。私が次々に参戦を命じた風竜の特級戦力たちと。春嵐そっくりの表情《かお》をして――……

「――ノア!?　何事じゃ!?」

呆然《ぼうぜん》としていた私は、エスティローダの声で我に返った。

眼下の闘技場の中央では、先ほどまで楽しそうに戦っていた小僧が、まるで糸の切れた人形のように、地面に倒れ伏したところだった。

04　レベル1000の壁

……気持ち悪い。

湧き出る吐き気を、リリは胃を押さえてなんとか耐えていた。体の芯が熱くて、体中が怠《だる》い。

空中を無限に駆ける風竜は、三半規管が異常に強く、どんな嵐の小舟に乗っていても、魔物にまたがっていても酔うことはないので、振り回されていることによる車酔いではない。

リリにはこの感覚に覚えがあった。ずっと昔、父に連れられ魔獣狩りをしていた頃の記憶だ。具合の悪くなったリリを、父はいつも背中におぶって帰ってくれた。

これは、レベルアップ酔い。急激なレベルアップに体が順応しきれない、拒絶反応だ。

「ピューーィィ――……」

必死に吐き気をこらえ、『風ごろも』の魔法を維持する。魔法が途切れたら、ノアは確実に遅くなる。今戦っている高位風竜に届かなくなる。

補助をしているだけのリリが吐くほどの経験値を得ているのに、楽しそうに戦っている当の本人は平気なのだろうか。

『白南風、黒南風、小僧の剣を折れ！』

風竜王の声が響いた。

ノアの剣が体力を吸収する剣だと気が付いたのだろうけれど、剣を狙っても無駄だ。リリの空間収納には、上出来不出来を合わせて五十近い『真祖の剣』が入っている。

ノアが、ここまで二千以上の風竜のしっぽを落とすのに使った剣は五本。たとえ風竜全て一万頭が出て来たところで、必要なのは二十数本。

リリはリュックの中に入っていた金槌《かなづち》の柄を握りしめた。

この金槌の柄は高位竜《リムダさん》の骨で出来ている。竜の骨というのは高度な魔力の循環器官で、自分の魔力を加え廻《めぐ》らせることで、本来の容量を遥かに超える魔力を使えるようになる。

そもそも風竜が常にまとっている『風ごろも』は、難易度の割に消費魔力は少ない。リリが吐き気を我慢さえ出来れば、ノアはきっと一万頭の風竜にだってきっと勝てる。

……でも、なんだか羽がぞわぞわする。全身の毛を逆なでされているみたいな感覚。むず痒《がゆ》くて、思わず暴れ出したいような、頭を掻きむしりたいような。ダメ、集中を途切れさせちゃ……

――……そう、手の甲に爪《つめ》を立てた次の瞬間。

カクッ、とノアの体から力が抜けた。まるで糸が切れたマリオネットのように。空中にいたノアの体は、そのまま落下を始める。

「ノアっっっ!?」

悲鳴を上げてリュックから飛び出した拍子に、『風ごろも』の魔法が途切れる。

あっ、と思ったけれどそんなのは関係なかった。ノアの意識がない。

その抵抗すら出来ないノアに向かって、黒南風の爪が袈裟懸《けさが》けに振り下ろされる。

本人も途中でノアが気を失ったのに気付いたんだろう、凶悪な攻撃に反して焦った顔をしていた。

「『障壁っ』！！！」

ルル母さん直伝の魔法障壁を全力で展開する。

早口言葉は苦手だけど、呪文の高速詠唱を練習しておいて良かった。

最強硬度の魔法障壁は、モノを通さない。

落ちかけたノアもリリの側につなぎ留めてくれたけど――……リリたちは障壁ごと、黒南風の爪に弾き飛ばされた。

奥歯を噛みしめて、障壁を維持する。

空中で展開したせいか、球の形になっている魔法障壁は、一回ガツンとバウンドしてから地面に落ち、転がって止まった。

「ノアっ、ノアっ、しっかりして！」

障壁の中であちこちに体をぶつけた衝撃で、集中が一瞬途切れ、魔法障壁が消える。

それほどの衝撃でも、ノアの意識は戻らない。ゆすっても叩いても戻らない。

どうしよう、どうしよう――パニックになりかけた刹那、羽がぞわっとして、反射的に魔法障壁を張り直した。コンマ数秒の差で、風竜のかまいたちが魔法障壁に弾かれ消える。

『守られるだけの人形かと思いきや……小娘、中々やるではないか』

白南風の楽しそうな声と共に、殴るようにかまいたちがぶつけられる。ノアの意識がなくなっても、一時休戦にはならず、闘いは続くらしい。

風竜王も風竜女王も、何も言わずにこちらを凝視している。

かまいたちと一緒に、巻き上げられた小石が障壁にカンカンと当たる。

黒南風が、琥珀《こはく》色の目を細めると残念そうに言った。

『さすがは火竜女王のお気に入り、我らに匹敵する速さとは……と感服していたが、ここまでのようだな。殺すには惜しいわっぱだ。小娘、己の負けを認めれば、わっぱの命だけは助けてやろう』

リリは、後ろにかばったノアの顔を一度見てから、首を横に振った。

多分、昨日までのリリだったなら、黒南風の言葉に頷いていただろう。リリと父親は助からなくても、ここまでしてくれたノアの命が助かるなら、と。

でも、ノアは言った。ノアには、リリが必要だと。リリはノアが守るから、ノアはリリが守って、と。

リリの金槌を握りしめる手に、力がこもる。

「ノアは、リリが守る」

『ふむ。風竜は約束を違えんぞ？　だがまぁ信用ならぬというならば仕方がない。どこまで耐えられるか……試してみよう』

黒南風の口が、カッと開き、風竜のブレスが魔法障壁にぶち当たる。

ノアは風竜同士を盾にしてちょこまかと動き回りブレスを防いでいたけれど、ノアを抱えて避けるなんてリリには不可能だ。リリに出来るのは、魔法障壁を張り続けることだけ。

だが燃費の良い『風ごろも』の魔法と違って、魔法障壁はブレスを防いでくれる代償に、みるみると魔力を吸い取っていく。

——ビィィィィン、と魔法障壁が震えた。

「そうだった、風竜のブレスは……」

懸命《けんめい》に障壁を維持し続けるリリの顔から、サァッと血の気が引いた。風竜のブレスは、音波の攻撃。全てを破壊する超音波の振動は、魔法障壁をも揺らす。

攻撃が直接通らなくても、振動は障壁を伝わり地面を伝わり、空気を伝わり、ノアを揺らす。

ビシッ、と敷石にヒビが入る。障壁の内側の敷石に。

意識のないノアはピクリとも動かないけれど、起きていたら頭痛にもがき苦しんでいたはずだ。

この振動波は、人間の柔らかい脳をも揺らす。

「この最硬の魔法障壁と風竜のブレスは相性が悪すぎた。張り直さなきゃ……」

途切れることのないブレスに、リリの焦燥感だけが募《つの》っていく。先ほどは、咄嗟に一番慣れた最強最硬の魔法障壁を張ってしまったが、硬い障壁は振動を伝えやすい。

大賢者であるルル母さんが開発した、風竜のブレスを和らげる障壁の知識もあったというのに、どうしてこの障壁を張ってしまったんだろう。

自分にもっと実戦経験があれば。この障壁を解除してもノアを守りながら高位風竜と戦えるくらいの強さが、せめて障壁を張り直す間、一回だけでもブレスをはね除けられるくらいの強さがあれば。火竜女王やノアと一緒に鍛錬していれば。

色々な後悔が、波のように押し寄せる。

なんだか体が熱くて、締め付けられるように痛い。視界が赤くなり、頭がガンガンと痛む。急激なレベルアップと魔力の大量消費、一瞬も気を抜けない高難度の魔法操作に脳が悲鳴を上げ、タラリと一筋の鼻血が垂れた。

片手を障壁にかざしながらも、横たわったノアの頭を少しでも守ろうと膝《ひざ》に乗せる。

袖《そで》で鼻血を拭《ぬぐ》ったそのとき、聞き覚えのない声がした。

『小娘。魔法障壁を張り直せれば、この振動から小僧を守れるんだな？』

「え？」

リリはキョロキョロと辺りを見回したが、ここはリリが張った魔法障壁の中だ。リリとノア以外、誰もいるはずがない。

『俺が外に出て時間を稼ぐ。一瞬なら風竜のブレスも何とかしよう。その間に、魔法障壁を張り直せ』

リリが背負ったままのリュックから、もふっ、と温かい感触が首筋に触れた。

「……これ、タヌキの声？」

タヌキはリリの頬に一度頭をすり寄せると、子猫の毛玉をくわえ、ひょいっと地面に飛び降りた。

『坊主《ぼうず》には借りがある』

タヌキの体が淡い光に包まれ、魔法障壁がはち切れそうなほど大きくなる。強靭《きょうじん》な獅子《しし》の体にサソリの尾。それはノアたちがスタンピードの際に追いかけられていた――

「……まさかマンティコア？」

『そうなるな』

タヌキはリリとノアを囲うように体を丸めると、くわえていた毛玉を自分のたてがみの中に入れるように言った。

マンティコアには、雌《めす》にも髪のようなたてがみがある。リリが一旦《いったん》受け取った毛玉は、ノアと同じように気を失って、ぐったりとしていた。

「リリが毛玉を預かっておこうか？」

『綿毛猫には、母体を強化する力がある。小僧のおこぼれで、だいぶレベルは上がったが……毛玉はいたほうがいい』

綿毛猫に、そんな力があるとは。リリは言われた通り、マンティコアのたてがみの中に毛玉を入れ、ふと思いついて毛玉が落ちないように周りを編んで籠状にした。

「でも、マンティコアだったとしても、魔法障壁の外に出たら、タヌキが危ない。マンティコアは

Aランク、竜はSランク」

『俺が魔獣だったことには驚かないのか？』

ざりっ、と今度は大きな舌で頬を舐められた。

「なんとなく、普通の猫じゃないとは思ってた」

獅子の顔が、なんだか苦笑したように見えた。

『坊主には、毛玉を助けられた。子の命の恩人ならば、母が恩を返さなくてはな。それに、この振動は毛玉にもマズい。どの道、障壁の外に出さなくては』

「……ごめん、リリのせいで」

この最硬最強の魔法障壁を張ってしまったのは、リリの失態だ。

肩を落として謝ったリリの顔を、獅子の分厚い舌がザリザリと舐めた。リリの腕より太い牙がすぐ目の前に見えたが、不思議と怖さは感じなかった。

『気にするな。小僧を頼むぞ』

未だに風竜のブレスは止まない。息が続く限り黒南風と白南風が交互にブレスを浴びせかけてくる。

タヌキが、ググッと手足に力を入れて跳躍《ちょうやく》の姿勢になった。

『今だ！』

タヌキの声で魔法障壁を一瞬解き、風竜のブレス特化の魔法障壁の詠唱に入る。

魔法障壁を解いた瞬間、黒南風の驚いた顔が見えた。殺してしまった、と思ったんだろう。

そのブレスを、タヌキが全身を使って遮っていた。よくよく観察すると、その体を覆うように、ウロコのような小さな盾が無数に展開している。

魔獣が、あんな高度な魔法を使うなんて……

驚きは意識の端に押し込めて、早口で唱え終わったゴム鞠《まり》のような柔らかく分厚い魔法障壁を展開する。

「『障壁』っ！」

それを確認したタヌキがブレスを突っ切り、黒南風へと肉薄《にくはく》する。

『ほう、マンティコアか。「竜の棲む山脈」の固有種だな。次々と隠し玉が出て来るとは面白いわっぱだ。今までどこに隠れていた？』

風竜は好奇心旺盛で新しいことや思いがけないことが大好きだ。楽しそうに、黒南風や白南風がタヌキへと向き直る。

二頭に代わって他の風竜がその場に残ったリリとノアへブレスを吐きかけるものの、大賢者謹製《きんせい》の風竜特化魔法障壁の中へは、振動は微塵《みじん》も伝わってこなかった。

「……っ!?　父さん？」

リリは目を見張り、それから服の袖でゴシゴシと擦ってからもう一度見直した。

引き絞られた弓矢のように、一直線に飛んで行った白い鳥が、白南風の側頭部へと激突していったのだ。無理に籠を脱したのだろう、既に傷だらけの白い鳥からは、ほとんど魔力も感じない。そのなけなしの魔力を振り絞って、鳥はタヌキに加勢する。

リリは右手を障壁にかざし、次から次へと零れてくる涙をぬぐいながら祈った。

「父さん、タヌキ。どうか……死なないで」

タヌキが魔獣だったと知って、リリはノアが倒れた理由を理解した。

魔獣に名前を付けると、レベルの最大値が1下がる。ノアが今までに名前を付けたのは、黒モフ、綿毛猫の毛玉――そして、タヌキ。

『鑑定』で視るとレベル996を指しているノアのレベルは、実際は通常のレベル999に相当することになる。人間のレベルの最大値は999と一般には言われているが、本当は違う。膨大な経験値が必要になるものの、999の先、『レベル1000の壁』というものが存在する。

風竜の領域に来る前にレベル990を越えていたノアは、大量の風竜と戦い続け、人類の限界、『レベル1000の壁』にぶつかってしまったのだ。

『レベル1000の壁』はただ経験値を重ねただけでは乗り越えることの出来ない壁。遥か昔にはレベル1000を越えた人間も存在したらしいが、現在では乗り越えるための方法は失われている。

「ノア……」

リリは、膝の上に乗せたノアの藁色《わらいろ》の髪をそっと撫でた。

リリは知っている。

レベル1000の壁は、魔の壁。

ほとんどの者が乗り越えられず死んでしまう壁。

死なくとも、その人がその人のまま帰ってくるとは限らない壁。

『ヒト』という存在そのものが書き換えられ、人格や性格まで変わってしまう壁。

万全の準備をして立ち向かっていったはずの賢者たちが手も足も出ずに返り討ちにあってきた壁。

何の備えもなく、ただひょいっと突っ込んでいったノアが無事に戻って来られる確率は……

「帰ってきて、ノア」

金槌を握りしめる指先は、血の気が引いてもう感覚もない。体中の痛みもどこか遠い。

願いを叶えるはずの神は、すぐ近くで高みの見物を決め込んでいると知りながらも——……リリは、神に祈らずにはいられなかった。

05　壁の向こう

——お前は何者であろうと望む？

誰かが問う声に、はて、と首を傾げる。自分は、誰だっただろう。

声は答えを待っている。けれど、どこか遠く、よく知る人の「帰ってきて」と自分を呼ぶ声が聞こえた気がする。知らない声なんて後回しだ。アンタに付き合ってる場合じゃない。

意識が浮上し、目を開いたそこに見えたのは――……

血で汚れ、憔悴《しょうすい》しきったリリィの白い顔。その背後、魔法障壁の薄緑色を通して、毛玉をくわえた傷だらけのタヌキと白い鳥が飛ばされボロ雑巾のように落ちてくるのが見えた……

何が、起こった？

ここは風竜の領域、自分は風竜と戦っていたはず。あの傷ついた白い鳥は春嵐さんが腰掛けた籠の中にいた、リリィが『父さん』と呼んでいた存在ではないか――……

理解した瞬間、激しい頭痛と共に目の前が赤く染まった。

「ノア!?　良かった気が付い……」

リリィの悲鳴のような安堵《あんど》の声を後ろに残し、魔法障壁を破って全力で跳び上がる。伸ばした指先は、間一髪《かんいっぱつ》でタヌキたちを拾い上げ、地面に激突するのだけは防げた。

『気が付いたのか、わっぱ。さあ続きを戦《や》ろう』

赤く染まった視界の中、見上げた空で風竜たちが愉快そうに笑った――

「見事、見事。実に見事な闘い振りだったでおじゃる」

春嵐さんが『アッパレ』と書かれた扇子を広げ、ふわりと闘技場へ舞い降りてきたとき、黒南風さんたちはズタボロになって地に這《は》っていた。

『まだ、まだ自分の尾は落とされてはおりませぬ』

「素直に養生するでおじゃる。飛べぬ風竜が敵う相手かえ」

ポンポンと慰めるように肩を叩かれて、黒南風さんたちは無念そうに首を垂れた。

どうやら自分は、頭に血が上り過ぎて、逆刃刀であるファルクスの使い方をすっかりすっぽ抜けてしまっていたらしい。

力任せスピード任せにひたすら叩き込み、それを食らった黒南風さんたちは、切り傷こそないものの、地面にすくほどの羽毛を飛び散らせ、全身打撲に呻《うめ》いていた。

本来剣というのは、相手が切れるからこそ振るえるものだ。同じ一本の竹へ剣を振るうにしても、刃の側《がわ》ならばまっすぐに切り抜けて振るった側にダメージはないが、峰で打ったならば剣は跳ね返り、ダメージも跳ね返ってくる。

それなのに金属の棒で複数の竜を滅多打ちにしたはずの自分の体にダメージはなく、むしろ浮かび上がりそうなほどに体が軽い。

「万竜武闘会の勝者は、わっぱ――ノアとする。願いは科戸の解放だったでおじゃるの」

春嵐さんの言葉が薄布を通したように遠く、耳を滑るような感覚だ。

半眼、無表情で立ち尽くす自分の前で、春嵐さんが大きく翼を広げ――淡く輝いた。

その光の中、春嵐さんの体はみるみるうちに膨らんで、見とれるほどに美しい純白の竜へと変わっていった。

『じゃが、当事者がおらぬのに賞品贈呈というのもちと違うでおじゃるな。往《ゆ》くぞ、ララとやらの元へ』

春嵐さんのかぎ爪が自分の胴体をわしっと掴み、空へと舞い上がった。

その視界の中で、竜体になった風竜王が同じくかぎ爪でリリィとリリィが抱えていたタヌキ、白い鳥——科戸さんを掴み、追いかけてくるのが見えた。どこか現実味の薄い景色の中、闘技場の白い敷石が眼下に小さくなっていき——……

「あーっ、あの敷石！　せっかく黒南風さんたちの攻撃が当たるように調節して割りまくったのに！　ツムジ石だよねあれ!?　割れちゃった分はこっそりもらおうと思ったのに、まだ一個もリュックに入れてない！　戻って春嵐さん、風竜のしっぽも鍛冶に使えたかもしれないのに！　オイラにちょうだい！」

『正気に返った最初の台詞《せりふ》がそれでおじゃるかえ？　相変わらず面白いわっぱよの』

春嵐さんの言葉に、オイラはペタペタと自分の顔を触ってみた。

そうだ。オイラはノア。父ちゃんの子どもで、リリィの友達な鍛冶見習いだ。

未だ聞こえる誰かの声に、オイラは胸を張って答える。オイラはオイラだと。

『さて、往《ゆ》くぞ』

上っていた体が一瞬ふわりと浮き——春嵐さんはそのまま頭を下にして一直線に急降下した。

絶対に普通に落下するよりも加速している。風竜がまとっているという『風ごろも』の効果か風圧はないけれど、急激な高度の変化にお腹の中がキュウッと引き絞られ、首元で呼吸補助の魔道具がパリンと割れた。

ぶわっ、と世界が真っ白になった。

それが風竜の領域の真下にある『風の大砂漠』へと舞い降りた春嵐さんが巻き上げた大量の砂煙だと認識するより早く、ララ婆の声がした。

「風竜……ノアしゃん!?」

「『速度強化』『速度強化』『速度強化』『速度強化』『バランス補整』！」

ルル婆の圧縮した呪文詠唱が聞こえたのとほぼ同時、オイラを掴んだままの春嵐さんが反対の手を地面に付き、回し蹴りの要領でしっぽで二人をなぎ払った。

それが当たる寸前、速度特化のオイラからしてコマ落としに見えるほどのスピードで、ララ婆はルル婆をひっかかえて跳び退《ずさ》った。

そしてその場にルル婆をいったん手放すと、僅かに遅れてきた風竜王が着地する瞬間を狙ってかぎ爪の中のリリィたちを引っさらい、再びルル婆を抱え直して風竜たちと距離をとる。

「『障壁！』」

ルル婆がララ婆とリリィを含む周囲に魔法障壁を張り巡らす。ここまで、約一秒。

「リリ、無事かいっ!?」

「ノアしゃん、すぐ助けるから待っとるんじゃよ！」

唖然とした表情の風竜王とは対照的に、春嵐さんは愉快そうに笑った。

『くくっ、これは科戸が惚《ほ》れるわけでおじゃるな。風竜は新しいもの珍しいものを好み疾いものを尊ぶ。そちはおそらく、人類最速であろう？　しかも「速度強化」の四重掛けとはまたたまげた。並の人間ならば「速度強化」二重でも己のスピードに振り回されまともに動けぬであろうに。まさかまさか、青嵐の爪から獲物をかすめ取るとは』

『実にアッパレ』と書かれた扇子から、ふわふわと紙吹雪が舞う。

っていうか竜サイズの扇子になってる――ってことは、あの扇子、まさかまさかの【神話級】!?

オイラが春嵐さんの扇子を凝視している間に、エスティも追いついてきた。

『ふむ、最後の「バランス補整」とやらが肝でおじゃるの。妾をして初見ということは、そちのオリジナルの術かえ。小娘の「風ごろも」といい、実に興味深い。しかし「バランス補整」があったとしても人の身でそこまで動けるとは――いかほどの修練を積んだものか』

コロコロと上機嫌に笑っている春嵐さんの動向を注視しつつも、ルル婆がリリィとタヌキ、毛玉、科戸さんに治癒魔法をかけている。ララ婆が抱えていた科戸さんの首がよろよろと持ち上がった。

ふと、科戸さんの羽根がララ婆の簪《かんざし》の羽根と全く同じものだと気付いた。

『ララ、ララ、ララですね!?　会いたかった、私の愛しいララ！』

顔を上げた科戸さんは翼を広げ、そのままララ婆を素通りして、背後に揺れていたモフモフのしっぽに勢いよく抱きついた。

「……」

ララ婆の額に青筋が浮かぶ。

「だからっ、あたしゃの本体はしっぽじゃないって何度言ったら分かるのかね、このヒトデナシはっ!?　ええーい離れろっ、心配して損したよ！　半世紀経ってもちっとも変わりゃしない！」

怒声と共に引き剥がそうとするものの、鳥――科戸さんはララ婆のしっぽにひしっとしがみついたまま離れない。

『くくっ、無駄じゃ無駄。風竜は疾いものを尊び、新しいものを好み、モフモフしたものに愛らしさを感じるでおじゃ。そちは風竜の好みど真ん中よ。科戸の番《つがい》でなくば妾が飼いたいくらい……あ、警戒せずとも良いえ。望みがあるならば実力で示すのが竜種の流儀。ここで言う実力とは、火竜の場合「強さ」を指すが、風竜の場合「独自性がある面白いもの」を指す。そちらの術、疾さ、小娘の「風ごろも」に妾は大いに食指が動いたでおじゃる。殺すには惜しい』

扇子はひらひらと舞うたびに、『実にアッパレ』『見事』『感服したでおじゃる』と文字を変えている。

ってていうか、風竜が求める実力が強さじゃないなら、オイラが『万竜武闘会』に出る必要ってなかったんじゃ？

ジト目でエスティを見ると、両手を後ろで組んで明後日の方に目線をやり、調子外れの口笛を吹いている。実に分かりやすい。

承知の上でオイラを武闘会に放り込んだ、と。

帰ったら徹底的に『話し合い』してやる。

「あたしゃとリリは見逃してくれる、ってのかい？」

『科戸もそのまま持ち帰ってくれて構わぬでおじゃる。このわっぱが風竜の領域で開催された武闘会で優勝してのぉ、わっぱは科戸を賞品として所望したゆえ』

「「……は？」」

魔法障壁の中で、ルル婆とララ婆の目が点になった。

もの問いたげにギギイッとぎこちなくこちらを見やる。

「なんか、そういう流れで？」

てへっと笑うと、片眉が大きく上がり、「ハァ？」という顔をした。双子だけあってそっくりだ。

『実に見事でおじゃったぞ。風竜一万をバッタバッタと切り伏せて、途中レベル１０００の壁に当たり気を失ったものを、小娘が健気に障壁で守り続けてのぉ。あの音波を防ぐ障壁も実に興味深かったでおじゃる』

「風竜一万!?」

「レベル１０００の壁じゃと!?」

「リリィがオイラを守っててくれたの!?」

ルル婆ララ婆とほぼ同時に叫んだけれど、リリィには聞こえたらしくコックリと頷いた。

「うわありがとう、大変だったでしょ。ごめんね、あんな大口叩いといて気ぃ失うとか。かっこ悪いなオイラ」

頭をガシガシ掻きながら眉尻を下げると、リリィはふるふると首を横に振った。鼻の頭が赤くて、どこか泣きそうにも見える。

「ううん。ノアはかっこ悪くない。ノアが戻ってきてくれた。それだけでいい」

思わず抱きしめたくなったけれど、オイラは相変わらず春嵐さんに掴まれたままだ。なんとなく風竜王に睨まれている気もする。妬《や》くくらいなら、春嵐さんにオイラを放すよう言ってくればいいと思うんだ。

「というかレベル1000の壁を越えたってのかい⁉　いったい何をどうやったんじゃねノアしゃん」

「そもそもレベル1000の壁って何？」

首を傾げたオイラに、何故か春嵐さんまでもが絶句し、それからププーッと噴き出した。

『実に面白いわっぱでおじゃる。レベル1000は存在の限界を示す壁。竜ならばレベル1000が高位竜となる境となり、1000を越えた者は物質のエネルギー化が可能となる。ゆえに竜形態から人型、鳥型などへの変化が可能となるわけでおじゃるな』

「「は？」」

婆ちゃんたちが目を丸くしている。どうやら婆ちゃんたちの知識とは違ったらしい。

『レベル１０００を越えるには、竜ならば容易いが人の身では到底まかなえぬほどの体力が必要となるでおじゃ。人がただ経験値を積み重ねたところで、壁を越える前に体力が尽き、命果てるか存在が歪み魔物と化してしまう。人の身で壁を越えるためには――どうすれば良いと思うえ、大賢者？』

ルル婆はオイラの顔を見上げ、それからリリィの抱えたタヌキと毛玉に目をやった。もう一度こちらを見上げたララ婆のしっぽが、ぶわりと膨らんだ。

「……テイムでしゅかな。弱った綿毛猫の子猫を救うのに、ノアしゃんにテイムしてもらい体力を分けてもらおうとしたことがありました。テイマーとテイムした魔獣の間では、体力を融通《ゆうづう》し合うことが出来る。ノアしゃんは……高位竜をテイムしていましゅな」

『正解でおじゃる、大賢者。昔は盟約《めいやく》と言ったが、今はテイムとか申すのかえ。霊獣格《れいじゅうかく》の魔獣に認められ協力を得ること、それがレベル１０００を越える唯一の道筋え』

春嵐さんは扇子を閉じ、はふんと息を吐いた。

『科戸は解放し、そちらの命も見逃すが、少々昔話に付き合ってもらおうかのぉ。女王竜以外を愛するのは女王への謀反、力の横領。それはな、実は表向きの理由なのでおじゃる。そちらは当事者ゆえ話すが、竜にはな、魂というものがないでおじゃる。女王竜から授けられた竜の力が魂の代わりをしておる。それゆえ竜は、いわゆる転生というものが出来ぬ』

春嵐さんはオイラを地面に降ろし、ちょいと背中をつついた。押されるままに、オイラは婆ちゃんたちの魔法障壁へと歩み寄った。

『昔昔の話じゃ。あるとき、人を愛した竜がおじゃった。その竜が愛した人間は、竜という災いを里に呼んだと糾弾《きゅうだん》され、同胞であるはずの人の手で殺されてしもうたそうじゃ。竜は嘆き、里を滅ぼし、愛した人間が生まれ変わるのを待った。されど待っても待っても生まれ変わった愛しい者は見つからぬ。自分の寿命を前に、竜は禁呪《きんじゅ》に手を出した。それは他の竜を喰《く》らい、己の命を長らえさせる術でおじゃった』

目線を下げ肩を落とした春嵐さんを包み込むように、風竜王の大きな翼が囲った。ひょっとしたら、その昔話の竜というのは春嵐さんたちの知り合いだったのかもしれない。

『狙われたのは、まだあらがうことの出来ぬ子竜たちばかりでおじゃった。幼い竜たちを喰ろうた奴は次第に狂い始めた。己が長らえたい理由も忘れ、ただ破壊し喰らうばかりの祟《たた》り竜となってしもうたでおじゃる。奴を殺すために、さらに何頭もの竜が犠牲となった。それ以来、竜は女王竜以外愛してはならぬこととなったでおじゃる。二度と祟り竜を生まぬために』

『夕闇谷《ゆうやみだに》』のスタンピードの際に聞いた祟り竜の話が、まさかこんなところにつながっていたとは。

婆ちゃんたちもリリィも、唇を引き結んで春嵐さんを見つめていた。

『この昔話を聞いて、どう思うえ？　科戸は祟り竜にならぬと思うかえ？』

ララ婆はしっぽにしがみついていた科戸さんをベシッとはたき落とした。

「あたしゃはもう八十を超えた。残りの命は、どんなに多く見積もったとしても、後十数年だろうよ。女王様の話を聞いてね、あたしゃも腹をくくったよ。あたしゃが死ぬときには、科戸も道連れしゃ。嫌がっても連れて逝《い》くよ。愛してるってんなら、黄泉路《よみじ》まで付き合ってもらおうじゃないか」

くっ、くふふ、と春嵐さんは喉の奥で笑った。

『何とも気《き》っ風《ぷ》の良い女子《おなご》でおじゃるのぉ。科戸、そちは幸せ者でおじゃるな』

『……私のララですから当然です』

何とか立ち上がった白い鳥は、ヨロヨロ飛んでララ婆の頭へと止まった。

『そちの覚悟に免じて、ひとつ教えてやるでおじゃる。レベル１０００の壁は変化の壁。存在変化の壁。存在が変化すれば、寿命もまた変わる。後残り十数年……そちらが再び妾を驚かせてくれるのを、妾は心待ちにしておじゃるぞ』

理解するまでに、ちょっとだけ時間がかかった。

つまりそれは、ララ婆がレベル１０００を越えられれば、科戸さんともっと一緒にいられるかもしれないってことで。科戸さんは霊獣格の高位竜、助けてもらえれば壁を越えられる。

ルル婆とララ婆は無言で顔を見合わせ——それからお互いの右手を持ち上げ、バシッと打ち合わせた。

「やってやろうじゃないか、ルル」

「やって遅いことはないね、ララ」

ニヤリ、と笑った目は気と野望に満ちあふれ――うん、絶対に後十数年で死んだりしないと思う。二百歳までは生きるよ。

「ところで、リリ、なんだか大きくなってないかい？」

パチン、と魔法障壁が弾けたところで、ララ婆が首を傾げた。

「それどころか、どうしたんじゃねこの羽は!?　鳥の……科戸と同じ翼になってるよ！」

改めてリリィを見たルル婆が目を丸くする。

オイラもそこで、ようやく気付く。

「リリィって、ルル婆ララ婆より小さかったよね？　目線が婆ちゃんたちと同じになってるし、今までエスティみたいな羽だったのが、天使みたいな羽になってるよ！　すっごい可愛い！」

体をひねって翼を確認したリリィが目を見張る。全く自覚していなかったようだ。

そこに、卵を抱えたエスティが来てこともなげに説明してくれた。

「ああ、小娘――リリィはレベル５００を越えたのであろう。竜というものはレベルに大きく影響を受ける種でな。レベル５００は竜として最低限のライン、レベル５００を越えたところから成長期が始まり、逆に成竜のリミットである百歳までに５００を越えられねば大人になれずに衰弱して死んでしまう。さらに女王竜は百歳までにレベル１０００にならねばならぬゆえ、並の竜よりちと条件が厳しい」

「……成長期」

リリィは目の前で手のひらを開いたり閉じたりしてパチパチと瞬《しばた》いている。

六十年近く子どものまま姿が変わらなかったというリリィの成長のきっかけが、まさかそんなところにあったとは。

「懐かしいのぉ。未成年でありながら春嵐の夫になりたいと望んだ青嵐は、火竜の領域での修練によりレベル１０００を越え、僅か数ヶ月で成竜の姿まで成長したのじゃ。周りが無謀《むぼう》だといくら止めても、春嵐様のためなら地獄にも耐えると泣きながら我のしごきに食らいついてきてのぉ、何ともいじらしく愛らしい子竜であった。……それが、いざ風竜王の名を得たら、これよ」

『何が言いたい、エスティローダ』

エスティの背後で、風竜王が威嚇《いかく》するように羽根を膨らませる。それを歯牙《しが》にもかけず、エスティはゴウと風を巻き起こし空へ舞った。

「ははっ、言いたいことがあるならば実力で示すが竜種の流儀。ノアたちの闘いを見て血が滾っておったところよ。おぬしが相手をしてくれるならちょうど良い。安穏《あんのん》とした地位にあぐらをかき、その爪が鈍ってはおらぬか、かつての師が存分に検証してやろう！」

そよ風ひとつ起こさずに、風竜王の巨体が舞い上がる。その首には人型になった春嵐さんが楽しそうにまたがっていた。

「火竜女王と風竜王の腕試しとは」

「ここが砂漠で良かったね。下手したら地形が変わるよ」

やれやれと首を振る婆ちゃんたちに、オイラは尋ねる。

「そういえば、ルル婆ララ婆はなんで砂漠にいたの？」

「ノアしゃんたちが風竜の領域から落っこちたとき、真下にいれば多少は着地を和らげてやれるかと思ってね」

「うっわありがとう。『妖精の粉』で浮けるから大丈夫かと思ってたんだけど、意外と浮いてる時間が短くて、風竜の領域でもバランス崩しちゃって……」

そう言う間にも、上空では楽しそうなエスティといらつきを隠そうともしない風竜王の姿が交錯し、すれ違い、激突する。衝撃波に砂煙が舞い、悪くなった視界の中——

「あ！」

低空をかすめるように飛んでいたエスティの懐から、何かが零れ落ちるのがかすかに見えた。反射的に地面を蹴り、それが地面に激突する前に手を伸ばす。

さっきもこんなことあった……！

幸いにも今回もギリギリで手が届き、そのままオイラは衝撃を吸収するために卵を抱き込んで飛び込み前転の要領で転がった。

勢いが付きすぎ、ボスっと砂山に突っ込んで逆さまに止まったときにはリリィたちからかなりの距離が開いていていた。

「うっわ、砂だらけ」

両手で卵を抱え、プルプルと頭を振って砂を落としていると、ピキッと小さい音が聞こえた。

サァーッと血の気が引く。

「恩に着るぞノア！　まさか卵が落ちるとは思わなんだ」

『そもそも卵を抱えて暴れ回る方がどうかしていると思うぞ』

「何を言う、我とセバスの子じゃぞ。楽しんでおったに決まっておろうが」

慌ててやってきたエスティと風竜王の前に、そーっと卵を差し出した。

「エ、エスティ、ごめん、なんかオイラやらかしたかも……」

「何をじゃ？　おぬしはしかと卵を受け止めてくれたであろうに」

首を傾げるエスティの前で、卵にピキピキッとヒビが入った。

「まさか今産まれるのか!?　しばし、しばし待て！　せめてあと十分！」

何故かおろおろと辺りを見回し始めたエスティの前で、卵のヒビはピキッパキッと広がっていき、ついに一欠片の破片が落ちた。

そこから覗《のぞ》く赤い小さな鼻面が、卵の殻《から》をはむっとくわえるとパキリと折り取り、ポリポリと咀《そ》嚼《しゃく》した。少しだけ大きくなった穴から、黒い小さな鼻面も覗き、同じように卵の殻を食べていく。

『ほう珍しいな、双子卵とは』

卵を差し出したまま固まっているオイラと、その卵を見つめたまま固まっているエスティ。微動だに出来ないオイラたちの横で、風竜王がのんびりと赤ちゃん竜たちを覗き込んだ。

『元気な子どもたちだ。確執はいったん横に置き言祝《ことほ》ごう。この者たちの先に幸いあれ』

その間にも双子竜たちはパリパリと卵の殻を食べ進め、やがて満足そうに「はふぅ」と息を吐いた。

『きゅあっ』

『みゅあっ』

オイラの手にちょこんと乗った小さな赤ちゃん竜たちが、上機嫌に顔をすり寄せてくる。

次の瞬間、背筋に悪寒《おかん》が走った。何とも言えない冷気が、背後から漂ってくる。

エスティが、微動だにしないまま目線だけをそちらへ向け――目元を引きつらせた。

「ほんの少し、私めが目を離した隙に……」

地の底を這うような声は、とても聞き覚えがある。振り返りたくない。振り返ればきっと、地獄を顕現《けんげん》させた執事竜が悪魔の微笑《びしょう》を貼り付けているだろうから。

「竜の子は、卵から出て最初に目にした者二人を無条件に慕《した》うのでございますよ。お嬢様が産んでくださった最初のお子の誕生に、まさかこの私が立ち会えぬとは……。私めが何をしていたとお思いか。お嬢様と春嵐様の指示でノア殿がたたきのめした高位風竜どもを治癒し、闘いによって壊れた敷石――ツムジ石をノア殿の鍛冶場へ運ばせる算段をしておったのですぞ。その私めに、この仕打ち」

「だーっ、ごめんなさいっセバスチャンさん！　ツムジ石はホントにホントにありがとう！　でもこれは不可抗力っていうか！」

「そうじゃぞセバス、ノアは我が落とした卵を拾い止めてくれたのじゃ。ほれこのように砂まみれとなって、全力で！」

振り返り様に全力で謝ったオイラを、エスティが必死に擁護《ようご》してくれる。

――セバスチャンさんは、最近久しく見なくなった種類の笑みを浮かべた。

「卵を落としたのですか。そのときお嬢様は何をなさっておいででしたかな？」

「ひぐっ」

言葉に詰まったエスティの肩へ、黒い赤ちゃん竜が駆け上った。同じくオイラの肩へは、赤い赤ちゃん竜が。

上機嫌に『きゅあっ』『みゅあっ』と鳴いた二頭は、反対の肩に小さな頭を乗せて、満足そうに『はふんっ』と息を吐いた。

セバスチャンさんの頭上に暗雲が立ちこめる。

「ほ、ほら赤ちゃん、黒ちゃん、お父さんはあっちだよ」

赤い赤ちゃん竜を抱っこしてセバスチャンさんへ差し出すと、セバスチャンさんの瞳孔《どうこう》が大きく縦に裂けた。何故かエスティが「あちゃあ」と言って額に手を当て天を仰《あお》ぐ。

「しかも、名付けまでしましたな。父親である私めを差し置いて」

「えっ!?　今ので名前を付けたことになっちゃうの!?」

愕然としてエスティを見ると天を仰いだまま、風竜王には同情のこもった眼差しを向けられ、春嵐さんの扇子には大きく『逆鱗激押し』と書いてある――……

オイラの人生、詰んだ？

「ごめんなさいセバスチャンさんっ、わざとじゃないいっ、わざとじゃないんですっ」

「ごめんで済むとお思いか」

その後、『風の大砂漠』には無数の魔法陣が展開され、逃げ惑うオイラとエスティの声がしばらくの間響き渡った。なお、赤ちゃん竜たちはとても楽しんだようで、疲労困憊満身創痍《ひろうこんぱいまんしんそうい》でへたり込んだオイラたちをよそにセバスチャンさんに大いに懐いたことを追記しておく。

大物になるよ、きっと。

06　テリテおばさんとスフィーダ教授

――テリテおばさんが、倒れた。

一番うろたえたのは、やっぱりマリル兄ちゃんだった。

「グレートボアが激突しても屁《へ》でもない母ちゃんが……こんなに弱ってるとこなんて、初めて見た」

風竜の一件が片付き、オイラたちはミュールちゃんのダンジョンへと戻った。

綿毛猫を連れてきたムスタファさんはいなくなっていたが、心配しながら待ってくれていたテリテおばさんやマリル兄ちゃん、ユーリたちには泣き出しそうなほど安堵された。

その後、知人に会うつもりだと言うテリテおばさんについて、オイラ、マリル兄ちゃん、ルル婆、ララ婆、リリィはソイ王国へ向かうことになった。

一緒に行きたいと言ったユーリは、「王子が無断で他国へ行けるか」とお目付け役のご隠居《いんきょ》やカウラに引きずられていった。


「母ちゃん⁉　どうしたんだよ、母ちゃん⁉」

ソイ王国の王都・ガルバンゾに着いてすぐ、テリテおばさんの足取りがおぼつかなくなってしまった。そのままずるずると座り込んでしまったテリテおばさんをマリル兄ちゃんが背負い、近くの宿屋へと転がり込んだ。

「ソイ大学にいる、ヨーネ・スフィーダ先生に、連絡を」

辛うじてそれだけ告げたテリテおばさんは、昏々《こんこん》と眠りについてしまった。いつもの圧倒されるような迫力が薄くなり、顔色も悪く呼吸も少ない。

「ルル婆、テリテおばさんは……」

『鑑定』のぐるぐる眼鏡をかけ、脈を取ったり、体温を測ったり、テキパキとテリテおばさんを診《み》てくれていたルル婆は、ふぅと息を吐くと断言した。

「おめでたじゃね」

「「……は？」」

マリル兄ちゃんとオイラの声が重なった。

おめで……おめでた？　おめでとう？　おめでたって、つまり？　え？

「なんじゃい二人して鳩《はと》が豆鉄砲を食らったような顔して。テリテしゃんのお腹には、マリルしゃんの弟か妹がいるってことじゃ。あと二ヶ月もしないで産まれるわしゃ」

「えっ、えっ、妊娠!?　テリテおばさんが!?」

「俺の弟妹《きょうだい》!?」

オイラとマリル兄ちゃんは顔を見合わせ、それから同時にベッドに横たわったテリテおばさんのお腹を見つめた。テリテおばさんは普段から体型のよく分からないサロペットを愛用しているせいか、全く気付かなかった。

「熊っていうのは、必ず冬眠中の一月か二月に出産するんじゃよ。熊の獣人も、通常の冬は起きて過ごせないこともないが、妊娠すると体温が低くなって脈拍も落ち、熊の冬眠に限りなく近くなるんじゃ」

「……じゃあ、赤ん坊《ぼう》が産まれるだけで、母ちゃんは大丈夫なんですね」

安心してふぁさっふぁさっとしっぽを振りだしたマリル兄ちゃんへ、ルル婆は険しい顔を向けた。

「それがね、そうとも言えないんじゃわ。大型獣人の女性は子に恵まれ辛い。一人授かれば幸運、二人で奇跡、三人目なんてのはこの大賢者をして初耳。そしてそれ以上にお産を乗り越えるには危険を伴うんじゃ。そもそも二足歩行の人間は、四足歩行の生き物より骨盤の造りがお産には向いていない。それなのに、大型獣人の胎児は、母親本人の出産能力を越えて成長してしまうんじゃよ。お産が重くて亡くなることも珍しくはなくてね……」

「そんな……！」

「じゃからこそのスフィなんじゃろうよ。わしゃは人も診るがあくまで専門は魔術、じゃがスフィは錬金術、その中でも産科医療を得意としているからね。……ララ、連絡は付いたかい？」

宿の窓を開けて何かの術式を飛ばしていたララ婆が首を横に振った。

「どうやらスフィは王宮に呼ばれているようだよ。研究室《ラボ》はもぬけの殻《から》しゃ」

「老師《ラーラ》ルル！」

マリル兄ちゃんをテリテおばさんの側に残し、ルル婆ララ婆、オイラとリリィは王宮に来ていた。王宮はデントコーン王国の王城とは全然違って、青い玉ねぎのような屋根と白いタイルで出来ていた。

ルル婆ララ婆の顔パスで王宮の門をくぐってしばらく、こちらに向かって駆けてくる獅子の獣人と鉢合った。ムスタファさんだ。

「老師《ラーラ》！　ああ、良かった！　探してたんです。研究所も大学もすっからかんだし……今、城に見えられたって連絡を衛兵から受けてすっ飛んできたんです！　早く、一刻も早く、アイツを診てやってください！」

ムスタファさんは崩れ込むようにして膝をつくと、今にも泣き出しそうな顔をして低いところに浮いていたルル婆の肩を掴んだ。

「ちょいと落ち着きなよ、ムスタ坊。わしゃらはスフィがここにいると聞いて訪ねて来たんじゃが、藪《やぶ》から棒に何事じゃね？」

「スフィ？　ああ、確かにスフィーダ教授にも来てもらってます。アイツが、セリムが一大事なんです。腹を痛がって白い顔をして。ここ一日二日は意識も朦朧《もうろう》としてて。城付きの治癒師はもう手の施しようがないと」

「なんじゃって⁉」

ルル婆のしっぽがぶわりと逆立ち、座っていた座布団の高度がふわっと高くなる。キュイィっと耳慣れない音までし始めた。

「王《シャー》はどこじゃね⁉　後宮か？」

「ジュリーの離宮で倒れたんで、そのままジュリーの部屋に」

ムスタファさんの言葉が終わらない内に、座布団に乗ったままのルル婆が高く舞い上がった。そのまま直角に王宮へ向けてすっ飛んでいく。くねくねと続く小径《こみち》を辿る手間を惜しんだらしい。

さらにその後を、周囲に植えられた木々の梢《こずえ》を次々に蹴りつつ、最短距離を突っ切ってララ婆が続く。肩で息をしていたムスタファさんも再び立ち上がり、婆ちゃんたちを追いかけて走り出す。

オイラとリリィは顔を見合わせた。

事情はよく分からないけれど、テリテおばさんを助けられるかもしれない『スフィさん』に会わずに戻る事は出来ない。

リリィはふわりと舞い上がり、オイラもムスタファさんの後を追って走り出した。

何秒かで追いついたので、併走《へいそう》しながら問いかける。

「オイラたちもついていっていい？」

「ああ、綿毛猫の、ときの、坊主か。老師《ラーラ》の、身内なら、構わん、ぞ」

「ありがとう」

息を切らしながら言うムスタファさんを、オイラは腰を掴んでひょいと頭の上に抱え上げた。

「うわっ！」

「疲れてるでしょ、おんぶして行くよ。場所分かんないから案内してくれる？」

「こんな、子どもに、抱え、られるとは……老師《ラーラ》の身内だけあって、規格外、だな」

背中におんぶし直したムスタファさんの指示で、庭を突っ切り門をいくつかくぐり、迷路のような王宮内を進む。

「それで、誰かが具合悪いの？」

「ああ……俺の双子の妹だ」

ようやく息が整ってきたムスタファさんから、短い言葉が返ってきた。

オイラに並ぶように飛びながら、リリィが冷静に解説してくれる。

「セリム王《シャー》というのは、このソイ王国の王さまの一人。ソイ王国は、初代国王が双子の獅子だったことに由来して、二人の王を戴《いただ》く。内政、外務担当のセリム王と、軍務担当のムスタファ王。双子の獅子であることが国王の条件」

「ん？　今……ムスタファ王って言った？」

「そう。今ノアがおんぶしているのが、この国の王の一人」

「ええっ、ダンジョンで保護観察官て言ってなかった!?」

走りながらも跳び上がって驚いたオイラの背中から、ムスタファさんの照れた声が聞こえた。

「趣味《しゅみ》だ」

「王様が趣味で他の国まで来ちゃ駄目でしょ!?」

「いやしかし、今ソイ王国は平和でな。絶滅危惧《きぐ》種や人間の密輸が軍務の最大案件……というのはまぁ建前で、セリムが大の動物好きでな、喜ばせてやりたくて、つい」

「ついって」

うん、まぁ、何か良いお兄ちゃんなのは理解した。その大事な妹さんが具合悪いんじゃ取り乱すのも無理はない。

広間を突っ切り、カーテンのような沢山の布を掻き分け、隠し階段のようなものを上り、もう一度外に出た。

豪奢な本宮から少し離れた、それでもかなり豪華な離宮の前で、兎《うさぎ》のような耳に長いしっぽの四十代くらいの痩せた男の人が待っていた。

「宰相《パシャ》、セリムは？」

「ムスタファ王《シャー》!?　そのお姿は……？」

目を丸くされて、あ、と慌ててムスタファ王を背中から降ろす。今さらだけど、王宮内をおんぶで走るって、王様の威厳とか的にマズかっただろうか。

「なに、老師《ラーラ》の身内が、俺が消耗しているのを察して運んでくれただけだ。それよりセリムは？」

「今、老師《ラーラ》が診てくださっておりますが……」

宰相《パシャ》と呼ばれた男の人が先導してくれた廊下《ろうか》を通り、ムスタファ王が二階の部屋の中へ入っていく。オイラとリリィもその後に続けさせてもらった。

中はガラクタなのか宝物なのか分からない雑多な物が色々と置かれている部屋で、ベッドの上に少し黄みを帯びた顔をした華奢な獅子の女の人——セリム王が力なく横たわり、時々引きつるように顔を歪め、もがくように手足を動かしている。おそらく、痛みに体を丸めたいのに、丸める力すら残っていないのだろう。

ふと、その姿が前に倒れた父ちゃんの姿と重なった。

あのとき、父ちゃんが死んじゃうのかと怖くて、足下がグラグラ揺れているようだった。きっと、今のムスタファ王もそんな気持ちなんだろう。

「くっ……うぅ」

小さな声をもらすセリム王の右隣では、腹部に手をかざしたルル婆が治癒魔法にその手を淡く輝かせつつ、セリム王の体をあちこち触診《しょくしん》し、ララ婆はその補助をしているようだ。

妹さん――ジュリーさんだろうか、苦しむセリム王の手をどこか面差しの似た紫ドレスの綺麗な人が握り、懸命にさすっている。

数歩離れたところでは、金髪に白衣に眼鏡の美しい女性と黒髪に白衣の男性が、ルル婆の処置を見守りつつ何かの記録を取っていた。女性は牛の獣人、男性はイタチ系だろうか。おそらくこの女の人が『スフィさん』だと思われる。

「ふむ、大陸一を誇るルル師の治癒魔法でも回復傾向は見られない、か。治癒魔法をかけると、かえって痛みが増すのも同じ。右上腹部にしこり、刺すような痛み、黄疸《おうたん》、皮膚《ひふ》の痒み、炎症反応、白血球の増加……」

おそらく今までの症状をまとめた紙をめくりながら、『スフィさん』とルル婆が何やら難しい顔で話し合っている。はっきり言ってオイラにはほぼ内容が理解出来ない。

ただ、顔を青ざめさせ、セリム王のベッドの横に跪《ひざまず》いてひたすらに祈っているムスタファ王のためにも、何かが出来たら良いと思う。

顔を歪めるセリム王の横では、真っ白いもこもこした狐《きつね》のような動物が、心配そうに後ろ足で立ち上がり、ベッドに前足をかけてセリム王の顔を覗き込み、ペロペロとなめている。

よく見れば、ベッドの足下には丸い兎っぽい動物が何匹もうずくまっていて、ベッドの向こうには毛の長い狼《おおかみ》のような生き物が耳をピクピクさせながら横になっていた。

色々と器具を手渡したりと、ルル婆の助手をしているララ婆が、容赦《ようしゃ》なく足で丸兎たちをどかしているけれど、動物たちは再びコロコロと戻ってくる。

ムスタファ王が言っていたように、セリム王はかなりの動物好きで、動物にも慕われているんだろう。

そこまで考えて、ふと違和感に気付いた。部屋で狐を飼ってる？

「ね、リリィ。ちょっと聞きたいんだけど」

ルル婆たちの邪魔をしないように声をひそめると、リリィもまたオイラに耳を寄せてくれた。

「ソイ王国にエノキ……じゃなかった、エキノ……えっと、名前忘れたけど、狐の虫っていないの？」

その瞬間、バンッ！　と音がした。

何かと思って顔を上げれば、載《の》せた板ごと記録紙を勢いよくテーブルに叩き付けたらしい『スフィさん』がツカツカと歩み寄ってきた。

「ご、ごめんなさい、邪魔するつもりはなくて」

「……今、君は何と言った？」

金色の髪に白い角、眼鏡を通しても分かる濃い睫毛《まつげ》に縁取られた青い目。絶世の美女と言っても過言ではない『スフィさん』に険しい眼差しで詰め寄られて、オイラは思わず一歩下がった。

「オイラが住んでるとこだと、狐にはエノキ……エキ……何か寄生虫がいるから、無闇に触ったり飼ったり生水を飲んだりしちゃいけないって手習い処で教わるし、犬科の獣人は全員虫下しを飲まされるんだけど……ここでは普通に一緒に暮らしてるみたいだから、どうしてなのかなって」

あまりの迫力にしどろもどろに答えると、『スフィさん』はオイラの肩にバシッと力強く手を置いた。

「それだ」

「へっ？」

「ルル師、セリム王の症状は肝《かん》の臓に由来すると私は診ていたが、どうにも病と損傷の中間のような症状で今まで決定的な処置をしかねていたんだ。寄生虫——おそらくこの子が言いたいのはエキノコックスというものだろうが、そう考えればしっくりくると思わないか」

ルル婆は改めてセリム王に『鑑定』の眼鏡を向け、顎に手をやった。

「傷ならば体内のものでも治癒魔法で治る。逆に腫瘍《しゅよう》や感染性の病ならば病根をも活性化させ治癒魔法で悪化する。わしゃの所感では、王の症状は治癒魔法で治りつつ悪化している——確かに寄生虫症状に酷似《こくじ》しとるわ。寄生虫ってのは、大概が貧しい庶民が罹《かか》るという先入観かね、無意識に除

外しとった」

「同じく。君、忌憚《きたん》ない貴重な意見をありがたく思うよ」

どうやら怒られたわけではなく、何かの役に立ったらしい。

ほっと息をついたところで、祈りの手を解きおろおろと見守っていたムスタファ王がルル婆へ尋ねた。

「あの、老師《ラーラ》、エキノコックスというのは……」

ルル婆は眼鏡を外し、セリム王の顔にすり寄るモフモフした真っ白い狐を凝視した。

「ああ、ソイ王国ではまだエキノコックスは見つかっていなかったからね、知らないのも無理はないしゃ。エキノコックスってのは、寄生虫の一種じゃ。デントコーン王国でも北の方に棲むイヌ科の生き物を終宿主《しゅうしゅくしゅ》としゅる。大概の寄生虫は、決まった宿主の決まった部分にしか寄生出来ん。エキノコックスは、ネズミを中間宿主とし、イヌ科の生き物や獣人を終宿主としゅる」

「中間宿主？　終宿主？」

聞き慣れない言葉に、困惑の表情でムスタファ王がセリム王へと目をやる。

「寄生虫には、一生を一つの宿主に寄生するものと、二つ以上の宿主を渡り歩くものがいるんじゃ。寄生虫の成虫が寄生し、卵を産むことの出来る宿主を『終宿主』、卵から幼虫が寄生する宿主を『中間宿主』というんじゃ。二つ以上の宿主を渡り歩く寄生虫は、特定の『終宿主』にたどり着けないと、幼虫のまま成虫になることが出来ない。エキノコックスは、イヌ科の生き物の体内にいるときには、消化器官の中で卵を産むくらいでほとんど悪さもせんし、宿主側も何の異変も感じない。虫下しを飲めば簡単に駆除《くじょ》出来る」

「悪さをしないなら、問題はないのでは？　なぜセリムはこんなに苦しんでいるんだ？」

ルル婆はかぶりを振った。

オイラも知っている。手習い処に行っていたとき、イヌ科の獣人だけ何で薬を飲まなきゃならないのかと不満顔の子どもたちに、満月先生が絵を描いて分かりやすく寄生虫の生態を説明してくれた。

「イヌ科なら、と言っとるじゃろう。王は獅子。イヌ科以外の体内に入ってしまった幼虫は成虫になれない。パニックになって、本来なら行くはずのない臓器を食い破って侵入し、宿主にダメージを与えるんじゃ。消化器官から外れてしまえば虫下しは効かんし、今はまだ一箇所に留まっているようじゃが、散り散りになっちまえばまず助からん」

「そんな……ああ、神よ」

両手を組んで額に当てたムスタファ王を、ルル婆は気の毒そうに見下ろした。

「それとね、イヌ科とは言ったが、デントコーン王国では犬や狼より狐を中心にエキノコックス感染が広がっておるんじゃわ。ノアしゃんも言ってたように、手習い処で狐に触らないよう周知して虫下しを配るほどでね」

「きつ……ね？」

ムスタファ王と『スフィさん』の視線が、ふわふわモフモフとした真っ白い狐に注がれる。

「宿主《キャリア》の糞便《ふんべん》には、エキノコックスの卵が含まれる。コイツは、雪帽子狐《ゆきぼうしぎつね》。デントコーン王国の東北地方に棲む魔獣じゃわ。狐ってのも、毛繕いするんじゃないかね？　舌を介して、卵は毛皮にも伝播《でんぱ》する。宿主《キャリア》を撫でた手で、そのまま洗わずに食事なんぞしようもんなら」

「虫の卵が口に入る……」

理解したムスタファ王が、サァーーッと青ざめた。

ソイ王国の伝統料理には手づかみで食べるものも多い。きっと王さまだって料理を手づかみで食べることがあるんだろう。

「まさかコイツか、コイツが原因か！　俺が連れて来たコイツが！」

ムスタファ王が、雪帽子狐の首っ玉を掴んで、セリム王から引き剥がす。

綿毛猫を背負ってダンジョンまでやって来た姿からは及びもつかない顔つきで、雪帽子狐を睨み付けた。いやむしろ、今まで保護活動に尽力してきただけに、ショックが大きいのかもしれない。

「やめなやめな。その雪帽子狐は単純に王に懐いているだけじゃ。悪意があるわけでなし、今更その狐を殺したところで現状は何も変わりゃしないよ。ま、虫下しを飲ませ、全身洗っておくのは勧めるがね。自分の手を洗うのも忘れるんじゃないよ」

くしゃりと顔を歪めたムスタファ王は、狐を扉の外の侍従に渡し、ルル婆の指示を伝えたようだった。

「あれは、密輪を摘発したものの、どこの生き物か分からず俺が保護したんだ。結局、セリムが気に入って世話しだして……俺の記憶が正しければ、およそ六年前か」

「エキノコックスは、十年潜伏《せんぷく》することもあるから、発覚が速かった方かね。原因は分かったが、根治させるにゃ――腹を切って虫を探し、取り出すしかない」

青ざめたムスタファ王は勢いよく立ち上がった。

「腹を切る……!? そんなことをしてセリムは無事なのか!? いくら老師《ラーラ》といえど、セリムに何かあったら……！」

「技術的にはね、多分出来る。ただ治癒魔法と違って、開腹手術ってのは耐えがたい痛みを伴う。痛みと出血に耐えきれずショック死することも多くてね……弱った体で、王がどこまで耐えられるか……」

難しい顔をして腕を組むルル婆を見つめ、ムスタファ王は震える拳を握りしめた。

「俺と違って、セリムは生まれつき体が弱くて、それなのに双子の獅子になんぞ産まれちまったばっかりに、重責を担う内政、外務の王に担ぎ上げられちまって――動物に囲まれているのが何より幸せなヤツなのに、寝込んでばかりでろくにラクダにも乗れやしない。だから、城内で飼える生き物を、と俺が内廷に丸兎を持ち込んだのが始まりだったんだ。セリムは喜んでくれたが、その結果が――これか」

感情のまま、ムスタファ王はガゴッと壁に拳を叩き付けた。美しい装飾の施された天井から、パラパラと砂が落ちてくる。

「私が切ろう」

そんな中、ほとんど表情を動かすことなく『スフィさん』がそう言い切った。黒髪の助手さんに言って革の鞄《かばん》を持ってこさせ、その中からケースに収められた銀色に光る細身のナイフを取り出した。

「下手を打ったらさらし首じゃよ、スフィ」

「それしか手段はないのだろう、ルル師。王の意識が朦朧としている今がチャンスだ。外科手術の有効性は以前から提唱されているが、少しばかり痛みと出血を伴う故、中々被験者の同意が得られず症例が少ない。やらせてもらえるなら願ったり叶ったりだ」

しれっと被験者とか言ったよ今。ルル婆が「耐えがたい」って言った痛みをさらっと「少し」とか言い直したし。中々マッドなスフィさん（確定）へ、ルル婆が焦って止めに入る。

「いやいやいや、ちょっとお待ち。この国の法だと、王に刃物を向けただけで極刑じゃよ。第一、正確な虫の位置が分からなくちゃ滅多矢鱈《やたら》に王を切り刻むことになっちまう」

「刻んだ端からルル師が治癒魔法をかければ何の問題もあるまい？　まぁ途中で力尽きたとしても、ただ無意味に死ぬよりは今後の医療の発達に寄与出来るんだ、王も本望だろう。それとも他に何か方法があると言うのかい？」

多分、お医者さんとしては凄く有能なんだろうけど……すんごいマッドだ。目的のためなら手段は明後日の方だ。本望どころかセリム王の意識があったら泣いて拒絶されると思う。

さっきから、セリム王の苦しんでいる姿が父ちゃんと重なる。父ちゃんが倒れたとき。あれは母ちゃんの装備を盗んだ詐欺師《さぎし》に暗示だか幻術をかけられていたせいで……

「ねぇ、部外者のオイラが口挟むのもあれなんだけど……ひとつ言ってもいい？」

「おお、なんじゃねノアしゃん？」

藁にもすがる感じで、ルル婆が前のめりで話にのってくれた。

「エノ……狐の虫は本来の宿主じゃない体に入っちゃって混乱して暴走する。だったらその体を正しいものだって思わせられれば、虫は自分から消化器官のほうに戻るんじゃないかって思って。そうしたら、オイラが飲んだのと同じ虫下しで駆除出来るでしょ」

「面白いことを考えるな君は。だがしかし、どうやって虫に正しい宿主だと思い込ませられると言うんだね？」

オイラの頭をよぎったのは、頭痛と耳鳴りに苦しんでいた父ちゃんだった。

あのとき、セバスチャンさんは言った。父ちゃんは詐欺師に暗示と洗脳を受けていた、暗示が解けかけた際の頭痛も幻術の中に組み込まれていた、と。

幻の痛みを本物だと感じさせられるなら――

「王様のお腹の中の虫そのものに暗示をかけられないかな？　そこが、獅子じゃなくて犬の獣人の体内だって。それともう一つ、幻術とか暗示なら、開腹手術？　とかいうので本当はあるはずの凄い痛みを感じなくすることも出来るんじゃないかって……」

「ぷはっ！」

オイラが説明しきらないうちに、スフィさんが盛大に噴き出した。

「くっ、くくっ、面白い、実に面白いよ。人間じゃなく虫に暗示とはね……さらに暗示で痛み止めか。少ないとはいえ先例のある開腹手術より、試行する価値がありそうだ。出来そうかい、アビウム？」

「へ？」

急に聞いたことのない名前が出て来て、オイラは間の抜けた声を上げてしまった。

スフィさんが振り返った先で、黒髪に白衣の男性が顎に指を当て何かを考え込んでいた。

「出来そうにないと言っても、やれとおっしゃるんでしょう。貴女がやれとおっしゃるならやりますよ」

「はは、分かっているじゃないか。紹介していなかったね、あれはアビウムといって私の弟、イイズナの獣人で種族特性として『幻術』と『暗示』を持っている。中々の腕だよ」

「中々どころか、大陸屈指の腕じゃろうに。何度誘ってもスフィの助手ばかりで表舞台に出ようとせん。もったいないほどじゃわ」

ルル婆の嘆きに、アビウムさんは困ったように笑った。

「幻術使いというのは、あまり世間に歓迎されない特性なんですよ。使いようによっては容易く盗

み も 暗殺も出来ますからね。あるというだけで疑われることもあります。出来れば名が知られないほうが生きやすいんですよ……ところで、僕の紹介はしていただきましたが、そもそも貴女の名乗りが済んでいませんよ」

「ああ、私はこれだからだめなんだ。アビウムが補佐してくれないと、研究以外はからっきしでね。お茶の一つも淹《い》れられやしない。改めて私はヨーネ・スフィーダ。ソイ大学で教鞭《きょうべん》をとっている。専門は錬金術、中でも医療だ。君の提案は素晴らしいよ。暗示による痛み止めが可能となったら、医療の未来は広がる。今まで不可能だった多くの手術が可能となり、救える命は増えるだろう」

右手を握られ、上機嫌に何回も上下に振られた。

「さらに——私は何度も卑下することはないと言っているのに、アビウムは自分の能力が好きではないようでね。もし暗示で手術が可能となるなら、名実共にアビウムは私の右腕だ。私の大事な弟を陽の当たる場に連れ出すことが出来る。感謝してもし足りないくらいだよ」

「いや、まだ出来ると決まったわけじゃないし」

オイラがそう言ったとたん、スフィさんはパッと手を放しクルリと後ろを向いた。

「確かにその通りだ。さあ、実験を始めようじゃないか」

07　勇者さん登場？

「ありがとう、ありがとう。望みなら何でも言ってくれ。君はセリムの恩人だ」

涙をにじませたムスタファ王がオイラの手を取り、何度も額に当てて感謝してくれる。

結論から言うと、アビウムさんの幻術は成功し、無事にセリム王の虫は本来いるべき場所に戻り、虫下しで退治することが出来た。

いったんは意識を取り戻したセリム王だったけど、ルル婆の治癒魔法を受け、今再び眠りについている。けれどその顔は今までのような苦しそうなものではなくて、やつれてはいるけれど安堵したような表情で――その場にいたみんなが手を取り合って喜んだ。

ただ言い出したオイラは思いつきもしなかったけれど、虫が戻るときにも物凄い激痛があったようで、『暗示で痛み止め』がさっそく行われた。結果は上々だったようで、「実証実験が出来た、実に興味深い」とスフィさんは各種のデータを書きとめつつ大喜びだった。

お医者さんというのは、結果的に患者が治れば、途中痛かろうが気絶しようがどうでもいいものらしい。

「いや、オイラはただ思いついたことを言っただけで、頑張ったのはアビウムさんだから」

しかしムスタファ王は首を横に振る。

「もちろんアビウム師にも礼はするとも。だが君がその『思いつき』をしてくれなかったら、セリムは今も苦しんでいただろう。死んでいたかもしれない。心から感謝している。この国の特産は魔水晶だが、とりあえず馬車に一台もあれば良いか？　他にも欲しいものがあれば用意しよう」

いやいやいや、確か魔水晶って、ものすっごく高かったよね、馬車一台って何個？　ってかそもそも魔水晶って鍛冶に使えなかったし別にいらない……とか思ったとき、どこかで聞いたような声がかけられた。

「あらん？　どこかで見た顔だと思ったら、ハーベスタの鍛冶屋の子じゃなぁい？　久しぶりねぇん、何でこんなところにいるのかしら」

眠ったセリム王の手を握ったまま、セリム王に面差《おもざ》しの似た紫ドレスの儚《はかな》げな美人さんがこちらを向いていた。妹さんだよね？

ぶっちゃけ、見覚えはない。が、何故か、既視感がある。主に口調と色彩に。

「何だジュリー、この坊やと知り合いなのか？」

意外そうなムスタファ王に、ジュリーと呼ばれた美人さんは反対の手を頬に当て、ニコリと笑った。

「そぉなのよ。デントコーン王国の『獣の森』に行ったときにねぇ、お兄様にもらった剣が折れちゃったのよ。それで新しい剣を探したんだけど、中々アタシに相応《ふさわ》しい剣が見つからなくて。そんなときにたどり着いたのが、この子の鍛冶場だったのよ」

まさか。まさかだよ？　このエピソードで思い当たる人といえば……。

派手な紫の服、『獣の森』、特徴的な口調で、剣のお客さん。冒険者ギルドの受付嬢、スゥに付きまとっていて、『獣の森』を踏破してスキュラと戦い、『妖精の森』の入り口を発見した、カバの獣人の――

「勇者さん⁉」

あんぐりと口を開けて目をまん丸にしたオイラに、ジュリーと呼ばれた紫色の美人さんは満足げに笑った。

「そうよねぇ、勇者ですものねぇ、思いがけない場所で会えたらビックリ超ラッキーよねぇ。アタシはジュリーオース。勇者にして、偉大なるムスタファ王とセリム王の妹なの」

いや、勇者さんがガルバンゾのお城にいたのもビックリだし、ムスタファ王の妹なのもビックリだけど、見た目がものすんごく変わってるインパクトに全部持ってかれたっていうか……

前に会ったときは、全体的に『たゆん』とした体型で、男性なのか女性なのか悩んで、ギリギリ女の人かな？　と結論づけた、中性的？　な見た目だった。いや、今も胸はないし中性的っちゃ中性的なんだけど、エキゾチックなかなりの美人だ。

妹ってことは、やっぱり女の人？　でもでも、体は男性で心は女性、だから妹って名乗ってるって説も……？

確かに最初に会ったときもソイ王国の民族衣装だったし、鎧《よろい》こそ着けていないものの、服装はそんなに変わっていない。

けど、けど、けど。何がどうなったら、あれがこうなるわけ!? 骨格変わってない!?

混乱で絶句したオイラを何と解釈《かいしゃく》したのか、勇者さんはウンウン頷いた。

「勇者ですものねぇ、再会に言葉もないほど感激してくれるなんて、よっぽどアタシのファンだったのねぇ、嬉《うれ》しいわぁ」

そこでムスタファ王は握っていたままだったオイラの手を放すと、勇者さんの手を握って額に当てた。

「ジュリーは勇者、『戦神の加護』がある。あまり知られてないが、『戦神の加護』には、パーティメンバー全員への体力増強効果があるんだ。さらに触れることによって自己治癒力も高まる。これはパーティ登録した個人への効果だから、普通の治癒魔法とは異なりセリムには効いても病原菌へは効かない。だから治療法の分からないセリムの命綱として、ここしばらくずっと、ジュリーにはセリムに付いていていてもらっていたんだ。セリムがここまで保ったのは、ジュリーのおかげだ」

ムスタファ王はそこで顔を上げ、眉尻を下げて勇者さんを見た。

「セリムを心配して付きっきりで看てくれたジュリーの心根は尊いが、心痛のあまり食事も喉を通らずすっかりやつれきっちまってな。このままじゃ共倒れだと心配してたんだが、君のおかげでジュリーも眠らせてやれる」

兄王の言葉に、勇者さんはほんの少し眉を寄せた。

「確かに筋肉も落ちて、大分みっともなくなっちゃったわぁ。これじゃあ、せっかくお姉様が良くなったのに、目覚めたら逆に心配されちゃうわねぇ」

安堵の想いをため息に乗せた勇者さんに、「デントコーン王国で会ったときの体型がベストコンディションなの!?」とか「ソイ王国の美意識が行方不明過ぎない!?」とかいったツッコミは思わず呑み込む。

「でも、ちょうどアタシが戻ってきたところで良かったわ。倒れてから呼ばれても間に合わなかったもの」

「そういえば、何か報告があって戻ってきたんだったか」

「頼りの老師ルル《ラーラ》が見つからなくて、みんなパニックだったものねぇ、しょうがないわぁ」

そう言われると、ルル婆ララ婆を、誰が探しても決して見つからない場所で引っ張り回していたオイラとしては責任を感じる。さすがに『妖精の国』とか『風の大砂漠』の真ん中にいるとは思わなかっただろうし。

「アタシ、デントコーン王国でね、『真実の愛』に目覚めたの。運命の恋人に会ったのよ。その子を紹介したくて」

「ほう、それはめでたいな。ついにジュリーも第一夫人を娶《めと》る気になったか」

冒険の話かと思いきや、妙にハートを飛ばしたピンク色の雰囲気を醸《かも》し出されて、オイラは目を泳がせる。

ひょっとしてスゥの話だったり？

もう随分前な気がするけど、この夏、冒険者ギルドの受付嬢・スゥを勇者さんが口説いていた。その結果もろもろあってオイラは『獣の森』の奥地にある『妖精の森』に出入り出来るようになり、目的だったミスリルも手に入って万々歳……だったんだけど、スゥ自身に頼まれたこととはいえ、勇者さんの恋路を思いっきり邪魔してしまった。

「ジュリーは惚れっぽいからなぁ。また好みのタイプを見つけたのか？」

「いいえお兄様、この恋に比べたら今までのなんて子どものままごとだったのよ。本気もド本気。デントコーン王国に着いてすぐ、腕ならしに、王都近くの『獣の森』ってとこに行ったのよ。そしたら、奥の方に水色の髪のドストライクなかわいこちゃんがいてねぇん」

ん？　『獣の森』奥のかわいこちゃん？　スゥじゃないよね。

「こぉんなくらいの、まさに理想の姿だったわぁ。運命を感じたのよ。ずきゅんてきたのねぇ」

勇者さんが、セリム王の手を握っていない方の手の親指と人さし指を直角に広げる。

十五センチ……くらい？　何が？　って、かわいこちゃんの大きさ!?

「夢中で追いかけたのよ。かわいこちゃん待ってぇ、アタシとお話しましょ、一目惚れなの、良かったら結婚を前提に付き合ってぇ、一生尽くすからっ、って一生懸命口説《くど》いたのに」

勇者さんは、頬をぷくぅっと膨らませた。

「邪魔されたのよねぇ。銀の髪の女に。かわいこちゃんを守る騎士よ。つまりかわいこちゃんと付き合うための試練よ。会いたかったら俺を斃《たお》して行けってやつね。何度も何度も通って、戦って、戦って、ついに認めてもらえたの。かわいこちゃんと会えるようになったのよ」

えっと、脳内を整理しよう。つまり勇者さんが一目惚れしたのが、『妖精の森』のフェアリー族で、守っていた銀髪の女ってのは、魔法陣の守りのスキュラ？　あのスキュラに認められたの？

勇者さんすげぇ。

「それでね、かわいこちゃん——ポポルちゃんをお兄様とお姉様に紹介して、ルン君とライぽんも見せてあげようと思って連れてきたの」

「連れてきた？　この離宮のどこかに滞在しているのか？」

不思議そうに首を傾げるムスタファ王に、勇者さんは少し口を尖《とが》らせた。

「ずっといるわよぉ、アタシの肩に。ただ困ったことに、妖精って見える人と見えない人がいるらしいの」

ムスタファ王は目を細めたり皿のようにしたり遠ざかったり何度も瞬《しばた》いてみるけれど、中々見えないようだ。

一方で、オイラは妖精の見つけ方を知っている。

ドレスの飾りかと思っていた、勇者さんの首元の煌《きら》めき。そこをじっと見ていると、次第に透明な翅《はね》が、それから水色の髪の友達の姿が見えてくる。

『ノア。ひさしぶり』

こちらへと飛び移りながら小声でにこやかに話しかけてくるポポちゃんに、オイラもにこやかに——返したいけど、その前にとても気になる。

「久しぶり……って、ホントに勇者さんと結婚するの？」

『ジュリーと？　結婚しない。ジュリーは最初にスキュラいじめた。ジュリーは、剣が壊れて焦った、色々投げてたまたま香辛料が当たったたって言ったけど……ミはまだ許してない』

あー、勇者さんの片想いか。でも、まだ、ってあたり可能性はあるのかも。

『ノア、あれ。ライぽんとルン君。ジュリーの親友。ミはあれを見に来た』

ポポちゃんはツンツンとオイラの髪を引っ張った。それから、部屋の棚を指差す。

ゴチャゴチャと色々な物が載った棚の中央、不思議な物が二つ飾られていた。なんとなく人型の、花柄と水玉に塗られたそれは、レースやリボンのついた人形のような服を着せられた、多分、石で——？

「あれってまさか、ヒヒイロカネ鉱石⁉」

オイラの叫びが部屋に木霊し、セリム王の寝顔を見守っていた全員が振り返ると、咎める目付きで口元に指を当てた。

「「「しーっ」」」

本当に、ごめんなさい。

ムスタファ王からオイラへのお礼は、『分解しても良い壊れた武具』をリクエストしたところ、あるわあるわ、リリィの収納魔法がなかったらとても持って帰れないほどの量が出て来た。

それもほとんどが元【希少級】や【伝説級】で、目を丸くしていたら、なんでも全て力加減の下手だった小さい頃の勇者さんが壊したものだそうだ。その中でも木属性の特殊鉱石、タマキ石の杖《つえ》があったのに感動した。

初めて見たよタマキ石！　薄い木目模様が見てとれて、普通の金属より軽く手触りも木と石の中間のようだった。

『合金鑑定』で見ると「タマキ石」と「ミナモ石」と「オバケ石」の合金だった。特殊鉱石同士の合金――オイラにはまだ出来ない技術だ。ワクワクが止まらない。それに「オバケ石」って鉱石も初めて知った。帰って父ちゃんに見せるのが楽しみだ。


「確かにルル師の診断通り、妊娠八ヶ月。不調の原因はソイ王国の気候だろう。ヒグマの獣人が冬眠出産するのに、この国は暖かすぎるからね」

スフィさんは、湯で洗った手を拭いつつそう断言した。

「けどね、デントコーン王国で出産まで冬ごもりしてるわけにはいかなかったんですよ」

スフィさんを宿の部屋に案内し、何とかたたき起こしたテリテおばさんを診てもらった。今のところテリテおばさんは普通に喋《しゃべ》っているけれど、一つ一つの動きが億劫《おっくう》そうで、ゆっくりだった。

「私を探しに来たんだろう？　悪かったね、音信不通にしていて。まさかテリテ女史が三人目に恵まれるとは思ってもみなかった」

「ルル様に、先生がソイ王国にいると伺《うかが》ったときには天の采配《さいはい》かと思いましたよ」

「テリテ女史の最初の子、シャリテ君は大きくて逆子で難産だった。途中で腹を割いて取り出さねばならぬほどに。マリル君は正常位、大きさもほどほどだったが、シャリテ君の出産で一度切り開いた子宮は、通常分娩《ぶんぺん》が困難になった。シャリテ君と同じく帝王切開での出産――おそらく、この子もまた切開しなければ産まれてくるのは難しいだろう」

「そんな、母ちゃん!?　腹を割いてって!?」

テリテおばさんは無言だったけれど、困ったように笑いながらマリル兄ちゃんの頭をくしゃりと撫でた。

スフィさんが白い指でサイドテーブルをコツコツと叩く。

「帝王切開術は、理論自体は古くからある。母体をあきらめ腹の子を生かすための術式だ。しかしテリテ女史は頑強な肉体と、精神力、治癒魔法、それにマーシャルが浴びるほど集めてきた『回復の柿《かき》』でシャリテ君とマリル君の二度の手術を生き残った。……わざわざこんな月齢《げつれい》になってからやって来たのは、私に断らせないためかい」

テリテおばさんは、そっとお腹に手を置いた。

「あたしもいい年だ、あの手術にもう一度耐えられるか――正直言って分かりませんがね。でも、せっかくあたしらのとこに来てくれた子だ。どうしても産んでやりたいんですよ。ある意味、先生にはあたしを殺してくれと言っているようなもんだ、酷なことを頼んでるのは百も承知だけど、どうか、この子を生かしてやってはもらえませんか」

深々と頭を下げるテリテおばさんに、スフィさんは片眉を上げた。

「マーシャルはこのことを知っているのかい？」

「言ってませんよ。腹の子は諦めてくれって、そう言われるのは分かってたからね」

テリテおばさんとスフィさんは顔を見合わせて苦笑を浮かべた。

「あー、もう仕方がない。帰って怒られるがいいさ。あの心配性な狼にね。せっかくの覚悟だが、ちょうどタイミング良く、この坊やが『暗示』スキルでの痛み止めなるものを提唱してくれてたところでね、易々《やすやす》と死なせはしないよ。こちらとしても帝王切開術で『暗示』を試せるなら願ってもない。微力ながら役に立とうじゃないか」

「『暗示』で……本当に、あの、腹を裂く痛みが？」

テリテおばさんが、茫然《ぼうぜん》と目を見開いた。

「いかにも。開腹手術、特に帝王切開術においては痛みによる被験体の精神的ダメージが最もネックだったんだ。肉体の損傷自体は治癒魔法やポーションでどうとでもなるが、痛みに精神が耐えられずショック症状を起こす場合が非常に多い。テリテ女史の実験によって、この『暗示』理論が実証されれば、この先多くの母親や赤ん坊の命が助かることになるだろう」

淡々《たんたん》と説明するスフィさんに、テリテおばさんは大きく見開いてた目を泣きそうに細め、顔をくしゃくしゃにして破顔した。

「ああ、先生は気休めで嘘《うそ》なんて言わない人だ。あたしは生きてこの子の顔を拝めるかもしれない……そんな人体実験なら大歓迎ですよ。相変わらず、先生は人が好きだねぇ」

ちょっと驚いた様子のスフィさんは、コホンと咳払《せきばら》いをして明後日の方を向いた。

「医術というのは、錬金術の一分野だ。錬金術師の一番の関心事は、人造人間《ホムンクルス》、つまり我が手で命を生み出すこと。だから私も生命とか誕生とかいうものに興味関心があるだけのことで……」

「照れない照れない」

オイラにとってテリテおばさんは、第二の母ちゃんのようなものだ。

どうかどうかテリテおばさんと赤ちゃん両方が元気で、無事に産まれますように。


テリテおばさんの体のためには、ヒグマの出産に適した気候のハーベスタに帰ったほうがいいだろうとスフィさんが言う。

けれど、体調が悪くてすぐに眠ってしまうテリテおばさんを連れて転移の魔法陣は通れない。

『妖精の国』を通るのも暖かすぎる。

というわけで、帰りはテリテおばさんの様子を見ながら、ララ婆の用意してくれた大きな馬車二台で、一ヶ月以上かけてゆるゆると王都ハーベスタへと帰還した。

スフィさんとアビウムさんは、大学を休んでテリテおばさんについてきてくれた。

少し野暮用があると言うスフィさんアビウムさんと王城近くで別れ、テリテおばさんとマリル兄ちゃんをお隣に降ろし馬と御者さんにはお礼を言って帰ってもらった。

事情を聞いて滝のような涙を落とすマーシャルおじさんにテリテおばさんを渡して、オイラとリリィは久しぶりの我が家へと帰宅した。

……とたんに。

「ノマド、てめぇ、いい加減にしやがれ！」

聞き覚えのない怒声に目を丸くすることになったのだった。

08　父ちゃんの偽物現る

「ノマド、てめぇ、いい加減にしやがれ！」

久しぶりに帰った自分ちの土間で、見たことのないオッチャンが怒鳴《どな》っている。

寝ていた黒モフが、びっくりしたように毛を膨らませ、ぴゅんっと前掛けの中へ逃げ込んだ。

開け放ったままの玄関から見えるのは、襟足《えりあし》の白い灰色の頭、黒いしっぽに、前掛けとブーツの後ろ姿だけ。

その手前に、見覚えのある後ろ姿があった。

「あれ、ネム？　久しぶり。ラムとジャムは一緒じゃないの？　なにごと？」

オイラの声に、そのテンの獣人――茶色い巻き毛に茶色い丸耳の頭が振り返った。

言葉にならないのか、あわあわとオイラとオッチャンとの間を視線が行き来する。

彼はこの春に、父ちゃんに弟子入りしたいとやってきた鍛冶見習いの三人組の内の一人だ。

父ちゃんがエスティに依頼されたヒヒイロカネを打ち終わり、『竜王の鍛冶士』の称号を得たとき――元々父ちゃんを疎《うと》んでいた鍛冶ギルドは、その事実を『黙殺《もくさつ》』することを決めた。

それに憤慨《ふんがい》し、奮起してせめて自分たちだけでも味方に、と申し出てやってきたのがネム、ラム、ジャムの三人組だった。

まぁもっとも、その直後に訪れた弟子入り希望の火竜、リムダさんを見て一目散《いちもくさん》に逃げ出したんだけど。今では元の親方のところに戻って鍛冶見習いを続け、たまに鍛冶ギルドの情報を持って来てくれたりなんかする――って、あれ？

「ひょっとして、あれってモン親方？」

オッチャンの方を指差したオイラに、ネムはコクコクと頷いた。

激高していたオッチャン――父ちゃんの兄弟子にして王都でも名高いネームドのモンマブリスク親方だ――もこちらに気付いたようで、くるりと振り返った。

「おお、お前さんがノマドの。噂《うわさ》通りちっこいなぁ」

「小さくないよ！　今にね、こう、びゅーんって伸びるんだから！」

手を上げて将来の身長予定を示すオイラに、モン親方はガハハと笑う。

手習い処の同級生と比べて小さかったなんて過去はない。ないったらない。

「初めまして、オイラはノア。オッチャンはモン親方？」

「おお、そうだ。初めまして。王都で鍛造鍛冶をやってる、ラーテル族のモンマブリスクだ」

歩み寄ってくれたモン親方とガシリと握手する。

父ちゃんより身長は低いけれど、横幅と厚みは倍くらいあって、ゴツゴツした金槌ダコのある大きな手のひらと火傷痕《やけどあと》のたくさんある腕だ。それに、長年炉の熱に耐え続けた硬い皮膚をしていた。

鍛冶屋の手だぁ、と思った。

母ちゃんが生きてた頃、父ちゃんもこんな手のひらをしていたなと懐かしくなる。

エスティに『火耐性』をもらったせいか、父ちゃんの手はあの頃の硬さに戻りきってはいない。

「おう、ノア、おかえり。早かったな」

いつものこたつに入り、いつもの褞袍《どてら》を肩にひっかけ、いつものぐい呑みを抱えた父ちゃんが見えて、オイラは体の底から「ああ帰ってきたんだ」と思った。

思えば、こんなに長く父ちゃんの側を離れていたのは生まれて初めてだった。

「ただいま。って、マツ翁《おう》？　来てたの？　久しぶり」

父ちゃんの向かいには、大きな体を窮屈《きゅうくつ》そうにこたつに入れたマツ翁がいた。

サイの獣人のマツ翁は、ルル婆ララ婆や母ちゃんと同じくジェルおじさんのパーティメンバーで、冒険者を引退した今は冒険者ギルドのお偉いさんをしている。

「……」

無口なマツ翁は無言で手を上げた。

その横で、火鉢の鉄瓶から番茶を淹れていたリムダさんがにこやかに笑った。

「おかえりなさいノアさん。ああ、やっぱりタヌキはそっちについていってましたか。……無事で何よりです」

おそらく、オイラとテイム契約しているリムダさんには、風竜の領域であったことがうっすら分かっているんじゃないかと思う。

淹れている番茶の湯呑《ゆの》みの数がオイラたちの分まであるし、いつ帰ってくるかまで把握《はあく》していたようだ。

「モン親方も、ここはいったん、お茶でもいかがですか？」

リムダさんが火竜だと知っているのだろう、モン親方はおっかなびっくり番茶を受け取った。でも、そのままリムダさんのいる板の間に腰を下ろしたあたり肝が太い。何度もうちに来ているわりに、未だにリムダさんを怖がって土間の端っこにいるネムとは大違いだ。

「で、何があったの？　父ちゃんがモン親方に怒られるような何かがあったんだよね？」

まだモン親方を警戒して出てこない黒モフに、マツ翁のお土産らしいかりんとうをひとつ、前掛けの内側に放り込んでやると、カリカリとかじる音がした。

父ちゃんは頭を掻きながら視線を逸《そ》らし、モン親方はあっという間に『がるる』と喉を鳴らしそうな顔つきになる。

一番冷静そうなリムダさんが困った顔で言った。

「実は、お師匠さんの偽物が出たそうなんです」

「父ちゃんの偽物？」

「厳密には、お師匠さんを偽物だと、自分こそが『竜王の鍛冶士』だと主張するお馬鹿さんが現れたんですよ」

「……なんていうか、命知らずだね」

オイラの頭の中で、火を噴きながら『金烏《ジンウ》』を振り回すミニ・エスティが飛び跳ねた。

『竜王の鍛冶士』は、火竜女王エスティローダが王都の空に姿を現してまで直々に授けた称号だ。詐称する人間が無事に済むとはとても思えない。

「まぁ、普通の人間は、ヒヒイロカネの鍛冶が終わった後まで、竜の女王が頻繁に鍛冶場に顔を出しているとは思わないんでしょう。人間の街で自分がついた嘘を、竜王当人が耳にするとは想像だにしないはずです」

腕を組んだマツ翁がコクリと頷いた。

エスティと友達づきあいしているからあんまり気にしたことはなかったけれど、世間では竜を統べる王というのは実在するのかも怪しい伝説の生き物、というくくりになっているそうだ。

「ことの始まりは――滅多に流通しないはずの【希少級】がいくつもオークションに出されたことだったそうです。モン親方は名の通った鍛冶士ですから、その武具が間違いなく【希少級】だと証明するための鑑定人の一人としてその場に呼ばれ――そして、疑問に思ったそうです。全くの別人が打ち手だと出品された武具が、お師匠さんの手によるものではないかと」

「お師匠さんって、父ちゃん？」

「疑問にも何も、ありゃあノマドの大剣だった。刃紋《はもん》、金槌の癖《くせ》、研ぎの癖。ただ、長いこと同じ炉に向き合ってた俺にゃあはっきり分かったが、他人が納得するようにそれを説明するのはちと難しい。そこでノマド本人に確認することにしたんだ」

リムダさんは眉を寄せて、番茶を傾けたモン親方の言葉を引き継いだ。

「盲点でした。ノアさんが出かけてから、武具の『お店』は閉めっぱなしにしていたんです。店番する人もいませんし、お師匠さんも僕も、剣を売るより剣を作っていたい。モン親方に指摘されて久方ぶりに確認したところ、ごっそりとやられていました」

「ごっそりと……って、ドロボー!?」

「ええ。ここは陛下の縄張りの内、おじいさまの結界の内ですが……おじいさまの結界はリリさんを風竜から隠すことに特化していて、レベル５００以下の生き物は対象外。さらに僕の知覚も、

『隠密』スキル持ちの人間を察知することは難しかったようです」

「『隠密』……」

オイラの脳裏に、以前セバスチャンさんが捕まえたフクロウ族の人が浮かぶ。

ヒヒイロカネ鍛冶をしていたうちの様子を窺《うかが》っていて、ジェルおじさんによると一流どころの隠密だったという人。結局、誰の依頼だったのかはまだ分かっていない。

モン親方が、けっ、と喉を鳴らした。

「あんな錠前とも言えねぇつっかい棒立てかけただけの小屋に、【希少級】を何十本も置いとくなんざ、盗んでくださいっつってるようなもんだ。まあ、ただ盗まれて売っ払われただけだったらまだマシだったが」

「え？　売られただけじゃないの？　壊されたとか？」

モン親方は鼻にシワを寄せて忌々しそうに腕を組んだ。

「俺から見りゃあ、明らかにノマドの手と分かる武具をひっさげて、鍛冶ギルドにネームド申請しやがった阿呆《あほう》がいるんだ。盗人猛々《ぬすっとたけだけ》しいたぁこのことだな。オークションに出品された大剣にも、そいつの名が刻んでありやがった」

オイラの目が徐々に見開いていくのが、自分でも分かった。

ネームドってのは、打った武具に自分の名を刻むことを許された、ごく一握りの鍛冶の親方を差す。鍛冶士の最高峰《さいこうほう》であり、全鍛冶士の憧れ、誇りだ。

「ちょっと待って、名前が刻んであったってことは、つまり」

「ああ、そいつは俺らですら滅多に打てねぇ【希少級】を何本も打ち上げたっつぅ実績をもって、ネームドに認定されちまった。逆に言えば、盗まれたノマドの武具はそいつが打ったもんだと、鍛冶ギルドのお墨付き《すみつ》を得たも同然だ。気に入らねぇ。ああ、全くもって気に入らねぇ。鍛冶の神に顔向け出来ねぇことをやっといて、何がネームドだ。鍛冶ギルドだ」

モン親方の握っていた湯呑みが、ギチギチと音を立てた。

「俺ぁ言ってやったんだ。お前の打ったってぇ武具は全部ノマドの手癖だ。お前はノマドの武具をかっぱらって、手前の手柄にしやがったんだと。大通りにある、鍛冶ギルドの真ん前でだ」

「ひょー、モン親方やるぅ」

パチパチと拍手するオイラに、調子に乗ったモン親方が腕を持ち上げて力こぶを作り、にんまりと笑う。

「いえ、笑い事ではないんですよ。それを聞いた相手の男――ジステンバーというそうですが、彼は事もあろうに、『逆だ』と主張したのです。今まで、お師匠さんが英雄王や大盗賊、重剣豪《じゅうけんごう》に収めた武具も、『神の鍛冶士』の称号を賜《たまわ》った剣も、火竜女王の武具ですら、全ては自分が打ったものので、お師匠さんはそれを盗んでいたと言うのです。自分は意気地がなくて今まで告発出来なかったが、鍛冶人生の最高傑作だった竜王の武具すら盗られてもう我慢出来ないと。大衆の前で涙ながらに語ったそうです」

苦虫を噛みつぶしたようなリムダさんに、モン親方は何やら目線を逸らして頭を掻いた。

「なにせ場所が大通りだ、あっという間に野次馬が集まっちまってよ。なんつーか、鍛冶なら負けねぇが役者としては俺より奴の方が一枚上手だったわけだな、ははっ」

オイラは目をパチパチと瞬《しばた》き……それから、ゆっくりと理解する。

オイラはリムダさんを見て、モン親方を指差した。

「つまり、なに、モン親方のせいで、ジステンバーって人の方が正しくて、父ちゃんがドロボーだって、そこにいた人たちみんなに思われちゃったってこと⁉」

「そこにいた人たちだけじゃありません。面白おかしく脚色した瓦版《かわらばん》も直後に出たので、正しくは王都中の皆さんに、ですね」

「うわちゃー。なにその人、父ちゃんに恨みでもあるわけ⁉」

オイラが頭を抱えると、モン親方は分厚い手で顎髭《あごひげ》を撫でた。

「んー、まぁ、あるっちゃあるな。ジステンバーは鍛冶士の中でも名門中の名門の出でな、母親には貴族の血も入った、いわば将来を嘱望《しょくぼう》された鍛冶士だった。本人も、まぁ家柄と才能を鼻にかけた嫌みな奴ではあったが、鍛冶に対する努力は惜しまない、当時の若手の中じゃ頭一つ出た腕の良い鍛冶士だった。先代勇者の武具を一手に任されるほどのな」

「……先代勇者」

頭の中に、ぽややんとしたジェルおじさんが浮かぶ。肝心なとこが抜けてて、詰めが甘くて、ぐだぐだな、先代勇者かつ、現国王。

「今から思えば不敬だが、当時は『勇者ジェラルド』が王族で、次の王様になるなんて誰も知らなかった。ジステンバーも、剣をすぐに壊しちまう手のかかる弟みたいにジェラルド様のことを思ってたらしい。次こそは、アイツが無理しても壊れない剣を打ってやるんだと、酒の席で息巻いてたこともある。けど、勇者はあるときからふつりとジステンバーの鍛冶場を訪れなくなった。そして勇者のパーティメンバーも、次第に勇者の勧める他の鍛冶場へ流れていった」

「ああ……」

「当時のノマドが打つ剣は、まだ【名人級】が基本で、数値もそれほどじゃなかった。ジステンバーからすれば納得がいかなかったんだろう。だが『武具鑑定』の数値は同じでも、武具には使い勝手ってもんがある。実際に戦ったこともねぇ、育ちの良すぎる奴には、そいつが分からなかった」

「……本人にしか価値がない、本人に合わせたフルオーダーメイドの剣」

モン親方は重々しく頷いた。父ちゃんの師匠のこだわりだと言っていたし、兄弟子であるモン親方も、フルオーダーメイドの剣に関して知っていたようだ。

「極めつけに、奴はたまたま聞いちまったそうだ。ジェラルド様が、ノマドのことを『幼馴染《おさななじみ》だ』と話しているのを。そのときから、奴の中でノマドは『ろくに腕もないのにコネで勇者の専属に成り上がったゲス野郎』に認定されたわけだ」

「ってそれ、悪いの全部ジェルおじさんだよね⁉　父ちゃん一個も悪くないよね⁉」

思わず叫んだオイラに困った顔を向け、モン親方はポリポリと頬を掻いた。

「まぁ、当時ジェラルド様本人にも話を聞いたが、『壊れない剣』を追求するあまり、ジステンバーの武具はどんどん重く大型化してったらしくてな。とてもじゃないが実戦じゃ使えないと嘆《なげ》いておられたぞ」

「王族なら！　根回しの一つくらいしろー！」

両手で筒を作って王城の方向に叫ぶ。

「その後、ノマドが鍛冶ギルドに『新しい特殊な合金の手法』を報告したときにも、真っ向から『あり得ない』と反発したのがジステンバーだ。特殊二重合金っつったか——公開鍛冶でノマド本人と俺とジステンバーが挑戦したが、誰も成功しなかった。それ見たことかと奴は鼻を高くしたが、次の機会、つまりジェラルド様が『不死者ノ王《ノスフェラトゥ》』討伐で壊した神剣の代替を奉納する際、唯一条件を満たせたのはノマドの打った剣だけだった。奴の鼻っ柱はポッキリだ」

手で鼻が折れるジェスチャーをするモン親方に、オイラはふと思ったことを尋ねてみる。

「なんかモン親方、ジステンバーって人のことに詳しいね？」

「あー。認めたくはないが、奴の家とは遠縁でな。つぅか、奴の家が本家で俺のとこは分家だ。武具鍛冶の名門ってなぁ、イタチ系の獣人が多くてよ。奴のクズリも俺のラーテルもイタチ科だ。犬の鍛冶士は農具鍛冶に多い。まぁ、奴がノマドを認められねぇのは、武具鍛冶の名門が農具鍛冶の倅《せがれ》に負けるはずがねぇっつぅ、明後日なプライドもあるんだろうよ」

「そういえば、父ちゃんの父ちゃんは農具鍛冶だったたって言ってたっけ」

イタチだろうと犬だろうと、武具だろうと農具だろうと、使う人により喜んでもらえるもの、より凄いものを作れる人が作れば良いとオイラは思うけど、ジステンバーって人にとってはきっと違ったんだろう。

「っていうか、エスティの『金烏《ジンウ》』を作ってるとき、ずっとルル婆ララ婆が見てたし、父ちゃんが打ったたって証言してもらえばいいんじゃないの？」

そこで口を開いたのは、今まで黙って聞いていたマツ翁だった。

「残念だが、王国法により、家族や家族と同パーティの者では証人になれない。疑われた者の益となる偽証をする可能性が高いとみなされる」

「ってことは、ジェルおじさんでもダメなの？　王様なのに？」

「うむ。ノマドがオムラのパーティメンバーからしか依頼を受けていなかったことが完全に裏目に出た」

「じゃあ後は、ずっといたわけじゃないけどテリテおばさん……ああダメだ、テリテおばさんは今冬眠中なんだった」

オイラは思わず天を仰いだ。

ソイ王国で倒れてからテリテおばさんはほとんど眠ったままだった。馬車から降りるのにも歩くのが難しくて、ついにはマリル兄ちゃんがおんぶ……しようとして、お腹を潰すからダメだとドクターストップがかかり、オイラと二人がかりで戸板に乗せて運んだんだ。

スフィさんによると、熊の獣人は通常なら冬眠したりはしないけれど、妊娠すると本能が強くなって体温が下がり、臨月前には冬眠と似たような状態になってしまうそうだ。ソイ王国に着くまでのテリテおばさんはかなり無理していたんだろうと言っていた。

「後はエスティとセバスチャンさん」

多分無理だろうな、と思いながらそう挙げると、マツ翁とリムダさん両方に首を横に振られた。

「同じく王国法により、国に籍のない者の証言は王国民より軽んじられる」

「認めさせるには、『金烏《ジンウ》』のときのように竜体にて『顕現』してみせる必要があるでしょう。けれど、同じ王の治世において一度目の竜王の顕現は瑞祥《ずいしょう》ですが、二度目は竜種の怒りと言われているそうです。まして武を司る火竜、刺激された人間が早まらないとは言えません」

リムダさんの言葉は静かだったけれど、オイラは理解する。

火竜の方に人間を害する気がなくても、恐怖に駆られた人間が火竜へ攻撃を仕掛ける可能性があるってことか。

エスティたちはちゃんとオイラたちの話を聞こうとしてくれるけれど、一方的に攻撃されたらその限りじゃない。下手したら王都が滅ぶ。

詰んだ――……

そのとき、今まで何も言わず腕を組んで話を聞いていた父ちゃんが口を開いた。

「モン兄貴、心配してくれるのは有り難いが、もう放っておいてくれないか。ジステンバーに盗られた武具は、幸いなことに依頼人のいない習作だ。盗られたら盗られたでいい。あいつが自分で打ったモンだって言い張るなら、そのままでいいさ」

「いい加減にしろノマド！　これだけ馬鹿にされて、てめぇにゃ反骨心ってもんがねぇのか⁉」

「ないさ。そんなもん、とっくに」

父ちゃんは組んでいた腕をほどき、こたつに肘《ひじ》を突くと頭をかき混ぜ始めた。

「駄目なんだ。俺が目立っちまったら、芋づる式にノアも目立っちまう。俺はオムラと約束したんだ。どこにだって行ける、大口開けて笑い合える、誰とだって友達になれる、そんな当たり前で平凡な自由を、ノアから奪わせないと。オムラの子だと分かったら、いつかノアを攫《さら》いに来る者がいるかもしれない。オムラは死ぬまでそれを恐れてた。だから……」

父ちゃんが、オイラが思ってた以上にオイラのことを考えてくれていたのは分かってたつもりだったけど……

目を丸くしてちょっと感動しているオイラの横で、リムダさんが気まずそうにリリィと目配せしあう。

「ノアさんが目立たないようにって、もはや手遅れですよね」

「ノアはもう色々やらかしてる」

「火竜女王と高位竜をテイムしてますし」

「転移の魔法陣とダンジョンの裏技を駆使してレアアイテムに竜素材てんこ盛り」

「ギルドの受付嬢の依頼で勇者さんの『獣の森』踏破も邪魔しましたし」

「『妖精の国』に出入り出来る唯一の人間」

「『獣の森』のご老体——土竜の尾も落としたそうですしね」

「それもBランク冒険者の前で」

「騎士団と王族の前で騎士団総括にも勝ったそうですし」

「スタンピードも収めた」

「人の身でレベル1000も越えたようですし」

「ソイ王国の国王の命も救った」

「それは初耳ですね」

「どれも、誰にも口止めしてない。迂闊《うかつ》すぎる。ノマドにしても、『竜王の鍛冶士』を授かった時点で手遅れ」

「まあ、お師匠さんのは不可抗力ですから……」

やれやれ、と首を振る二人に、モン親方が目を点にし父ちゃんが灰色になる。

まぁ、オイラも、ちょーっと自分が『当たり前で平凡』とは別のとこにいるんじゃないかなー、という自覚はある。

「オイラのことは気にせず、父ちゃんは父ちゃんのやりたいようにやってよ」

はっはっは、と笑ったオイラに、何故か父ちゃんの額に青筋が浮かんだ——次の瞬間。

「大変っスよ、おやっさん！」

「鍛冶ギルドの真ん前で、ジステンバーの奴と勇者って人が大声で……！」

モン親方のとこの鍛冶見習い三人組の残り二人、ラムとジャムが大慌てで転がり込んできた。

09 公開奉納鍛冶？

「なんだと!?　こうしちゃあいらんねぇ！」

「おやっさん!?」

息せき切ったラムとジャムにオイラが水を差し出している間に、腕まくりしたモン親方が飛び出した。

その後をネムが追いかけていく。

「あー、畜生！　心配してくれるのは有り難いが、モン兄貴は喧嘩っ早過ぎるんだよ！」

頭を掻き回した父ちゃんが、ダンッとこたつに手を突くと立ち上がった。

「俺もちょっくらモン兄貴を追いかける。売り言葉に買い言葉で手でも出した日にゃあ、モン兄貴のほうが営業停止になりかねねぇ。俺一人に止められるモン兄貴じゃねぇし、帰った早々悪いが、お前もちっと手伝ってくれ」

説得じゃなくて、物理で止める要員てわけね。

慌ててブーツを履《は》く父ちゃんを横目に、リリィが少しだけ脳内を検索し、口を開いた。

「モン親方の『ラーテル族』は、分厚い皮膚と毒耐性を持ち、小柄ながらライオンにもコブラにも立ち向かう。世界一恐れ知らずな種族、とも呼ばれる」

「ってか、モン親方ってばラムとジャムの説明、何も聞かずに出てったよね？」

「それがラーテル。義理人情に厚く一本気で、考えるより先に手が出る」

「あー、なんか喧嘩ふっかけてそう！」

「モン兄貴なら確実にふっかけてる！　急ぐぞっ」

気が急《せ》いてブーツの紐を踏んづけてつんのめった父ちゃんの前で、水を飲み干したラムとジャムが、「おやっさーん」とゾンビのようにモン親方を追いかけだした。

「てんめぇ、ジステンバー！　テキトーなことぬかしてんじゃねぇぞコラァ！」

「おやっさん、暴力は駄目です暴力はっ」

「相変わらず野蛮だねぇ、モンマブリスク。僕はただ、勇者様に僕こそが正しい『竜王の鍛冶士』だと、そう説明していただけじゃないか」

「それが事実無根だって言ってんじゃやねぇか！」

「君は『竜王の武具』が打ち上がる瞬間に居合わせたのかい？　君が主張するところの、僕の方がカタリだという証人が見つかったのかい？　そうでないなら、そっちのほうこそ言いがかりだ、手を放してもらおうか」

オイラたちが鍛冶ギルドの前に到着したときには、既に物見高い野次馬が大勢集まり、モン親方が焦げ茶色のちんまりした丸耳の獣人の胸ぐらを掴んでいた。

その親方の腹にはネムが抱きつき、激高する親方を懸命に止めているようだ。

『火事と喧嘩は王都の華』という言葉があるくらい、王都の人たちは喧嘩見物が大好きだ。殴り合いの大立ち回りにならないかと、今も大勢の人たちの注目が集まってしまっている。

「あらん、貴方はノマドって人が詐欺師だって言うけど、アタシ、前にノマド鍛冶で【希少級】を買ったことがあるのよ。可愛い坊やが店番で、一両銀500枚のところを勇者割で200枚にオマケしてくれたのよね。自分で打ったからこその割引額なんじゃないかしら」

オイラの位置からは人垣に遮られて見えていなかったけれど、聞き慣れた勇者さんの声がした。

「盗品だからこその値引きですよ、レディ。【希少級】は並の鍛冶士なら一生に一本打てるかどうか、ネームドの鍛冶士でも千本に一本打てるかどうか。神棚に祀《まつ》るレベルです。店売りにするなんてあり得ません。盗品だからこそ、価値も分からず捨て値で売りつけたのでしょう」

「へぇ、【希少級】って貴重なのねぇ。兄様が普通に餞別《せんべつ》だってくれたから、当たり前にお店で売ってるものだと思ってたわ。まぁ、勇者の持つ剣ですものねぇ、兄様もきっと頑張って用意してくれたのね」

「……餞別に、【希少級】ですって？」

「勇者さんは、ソイ王国の王族なんだよ」

「なんと、ソイ王国の……って、うわっ⁉」

野次馬の股の下をくぐって、ひょいと顔を出したオイラに、クズリの獣人は何故かのけぞった。

同時に驚いたらしいモン親方もクズリ――多分ジステンバーって人の胸ぐらを思わず放し、急に放されたジステンバーは尻餅を付く。

口調から何となく貴族然とした優男を想像してたけれど、実際のジステンバーはモン親方とどこか似た体格のガッチリしたオッチャンだった。

「うちの鍛冶場に来たとき、『全ステータス３０００以上の【希少級】が欲しい』って言われて驚いたけど、元々持ってた剣がその数値の【希少級】だったんだね。納得」

「あら、王族なのは関係ないわ。勇者だからよ」

バチン、と長い睫毛でウインクをかましてくる勇者さんの肩の辺りが、何だかキラキラしている。

既視感に目をこらしてみると、最初に翅……それから、水色の髪とふわふわとした花びらのような服が次第に見えてきた。

『妖精の森』フェアリー族、ポポちゃんだ。

未だに一緒にいるということは、勇者さんは想い人を口説くのに無事成功したのだろうか。ポポちゃんがこっちを見て、人差し指を口元に当てた。人前で話しかけるなということらしい。

「ところで勇者さん、お姉さんが良くなるまでソイ王国にいるはずじゃなかったの？」

ソイ王国からこのデントコーン王国の王都まで、馬車で一ヶ月はかかるはず。すぐ出発したオイラ達とほぼ同時に到着しているなんて、いったいどうやって移動したのやら。

「ふふん、勇者ですもの、大盗賊が育てた伝書鳩の一羽や二羽、譲り受けていて当然でしょう」

「……納得」

ララ婆の伝書鳩――つまり、騎乗用のワイバーン。ララ婆のことだから、知り合いとは言えものすんごい金額をふっかけていそうだけど、それを普通に払えるのがソイ王国の王族だ。

「ところで、君は誰なんだ？」

砂ホコリを払いつつ立ち上がったジステンバーが、いぶかしげにオイラを見る。

「あ、初めまして。オイラはノア。話題になってた、ノマドの弟子だよ」

「……あいつの弟子だと」

ジステンバーは嫌そうに顔をしかめ、鼻にシワを寄せた。

「アタシはソイ王国で、そこの坊やに、デントコーン王国になら【神話級】を打てる鍛冶士がいるって聞かされてわざわざこんなところまで出向いたのよ。勇者ですもの、アタシが持つのはこの世で最高の剣でなくちゃいけないわ」

勇者さんが小指を立てて紫色の羽根扇子《はねせんす》をフワリと振った。

「アタシの大事なカワイコちゃんにも約束したのよ。この世で一番綺麗な剣を作るところを見せてあげるって。カワイコちゃんは、キラキラして楽しいものが大好きなの。ビードロとか、シャボン玉とかね」

ソイ王国まで『ライぽん』と『ルン君』を見に来たと言っていたポポちゃんは、どうやら今回もそれ目当てで勇者さんと一緒にいるだけらしい。勇者さんファイト……

「……それで、どちらがアタシに最高の剣を打ってくれるのかしら」

勇者さんは目を細めて、野次馬を掻き分け何とかやって来た父ちゃんとジステンバーとを見比べた。

「と、当然、僕だ。竜王の剣を打ったのは僕なんですから。『勇者の剣』を打つにふさわしいのは、野良鍛冶のノマドなどではなく、この僕です。残念ながら、最高の剣を打つには最高の金属と最高の素材が必要になります。今から集めるとなると数年はお待ちいただくことになりますが……」

胸に手を当て、貴族の礼をとりながらそう言うジステンバーとは対照的に、父ちゃんは首を横に振った。

「無理だ。【神話級】は神代の金属、ヒヒイロカネがあって初めて可能となる。逆立ちしたって新たなヒヒイロカネを調達出来る目処《めど》は立ちっこねぇ。俺にゃ二度と、【神話級】は打てねぇよ」

勇者さんは両者を見比べ、目を弓なりにして口の端を吊り上げた。

「そう。つまり二人とも、最高の金属――ヒヒイロカネさえ用意してあげれば、【神話級】が打てるってことね」

勇者さんが羽根扇子をヒラリとどけると、その左手には、赤ん坊の頭ほどの大きさの、花柄と水玉柄の石が二つ。

「それって！」

指差したまま絶句したオイラの前で、くつくつと勇者さんは笑った。

「これこそがヒヒイロカネ、ソイ王国の秘宝よ。二人共が『竜王の鍛冶士』を名乗るなら、二人共が【神話級】を鍛えればいい。単純な話ね。この子たちは国宝なの。失敗したら国を追われる覚悟をなさい……でも、当然、出来るのよね？」

目を細めた笑顔の勇者さんから、逆らうことはとても許されない圧が放たれる。

時間が止まったようだった。

野次馬までもが水を打ったように静まり返り、固唾《かたず》を呑んで見守っている。

目をカッ広げたまま固まった父ちゃんとジステンバーの間で、モン親方が『パァンッ！』と拳と手のひらを合わせ、大きな音を立てた。

「二十年ぶりの奉納鍛冶！『勇者の剣』をめぐる【神話級】の鍛冶士同士の決闘だ！刮目《かつもく》せよ、鍛冶の神の庭にて奉《たてまつ》る。ここに居合わせた全ての者が立会人、神の代理人だ。今こそ神の審判が下るとき！」

突然のことに目を白黒させていると、いつの間にか隣に来ていたリリィがそっと解説してくれた。

「モン親方の台詞は『奉納鍛冶』の定型文。鍛冶士には、何かもめ事が起こったときには互いに同じ条件下・衆人環視《しゅうじんかんし》の中で鍛冶を行い、武具の出来の良し悪しで勝敗を決める古い慣習がある。鍛冶神の社《やしろ》にはそれ用の鍛冶場もある」

「え、ってことはつまり、勇者さんが言ってたのは『奉納鍛冶』ってやつで白黒決めろって意味だったの？」

鍛冶見習いのオイラすら知らない鍛冶士の慣習を知ってたなんて、勇者さんて意外に博識……と思って勇者さんを見ると、勇者さんは目と口をポカリと開いてモン親方を見ていた。

「……奉納鍛冶？　決闘？」

あ、これ知らないやつだ。

「多分、ジュリーは知らない。ジュリーの言った条件は公開鍛冶ともとれる。モン親方が早合点《はやがてん》した」

軽く肩をすくめるリリィの向こうで、固まっていた父ちゃんがモン親方に慌てて走り寄るのが見えた。

「おい、モン兄貴、俺は奉納鍛冶をするなんて一言も……！」

「宣言は成された。ケツまくって逃げるたぁ、鍛冶の神にツバぁ吐くのと同じだぞ？」

「だが！」

なおも取りすがる父ちゃんだったが、一方のジステンバーは暗く据わった目で父ちゃんを睨み付け、一方的に宣言した。

「いいでしょう、その勝負、お受けしましょう。【神話級】ならば壊れぬ剣だ。勇者様が命を預けるにふさわしい。『勇者の剣』を打つのはこの僕です。他の誰であってもならない。ましてや、薄っぺらい縁にすがってしか仕事の取れない腰抜けの野良犬なぞでは」

ジステンバーがこじらせているのは、『竜王の鍛冶士』の称号ではなく、『勇者の鍛冶士』の立ち位置。モン親方に聞かされた、若かりし頃のジェルおじさんとの顛末《てんまつ》が頭をよぎる。

「ほれ、ジステンバーもこう言ってるぞ。第一、お前、ヒヒイロカネだぞヒヒイロカネ。お前が打たねぇってんなら俺が打っちまいてぇくらいだ。打ちたくねぇのか？」

モン親方にジロリとねめつけられて、父ちゃんがぐっと言葉に詰まる。

「そりゃ、もちろん打ちたいに決まってるが」

「なら決まりだ！　何を悩むことがある。奉納鍛冶の開催だ！」


その後、「武具をあつらえるなら勇者様の戦いが見たい」という父ちゃんの言葉で、鍛冶神の社に移動して奉納鍛冶の前の奉納試合ということになった。

そもそも鍛冶神の社って、今まで聞いたことないんだけどどこよ？　と思っていたら、何のことはない鍛冶ギルドのすぐ裏だった。というより、鍛冶ギルドそのものが鍛冶神の境内の一部に建っていたらしい。

何で知らないのかと、逆に父ちゃんに呆《あき》れた目を向けられた。

いや、オイラが常識に疎いのは父ちゃんのせいだと思うんだけど。

奉納試合の相手？

そりゃあ言わずと知れた——オイラだよ。

「あれ、勇者さん二刀流？　両手剣じゃないの？」

鍛冶神の庭には、多くの武具が用意してあった。鍛冶士なら一度は自分の鍛えた武具を奉納しに来るものらしい。やば、オイラ一回も来たことなかった。今度まとめて五本くらい持ってこよう。

置いてある武具は、危ないので、研ぎは入れていないけれど、まともに当たれば骨くらいは折れる。

たくさんの武具の中から勇者さんが選んだのは、大きめの片手剣二本。勇者さんが前にうちの鍛冶屋から買っていった【希少級】とは全く違う。

「ふふ、勇者ですもの、あらゆる武器は友達なのよ。それでも一番得意なのはこれかしら。両手剣は兄さまがくれたから使っていたの。今思えば【希少級】は貴重らしいから、二本は手に入らなかったのね、きっと」

多分、ソイ王国の宝物庫には【希少級】どころか【伝説級】もいっぱい入っているんだろうけど、あらゆるものをすぐに壊す勇者さんだから——あんまり国宝級の武器は渡せなかったんだろうな……

「ライぽんとルン君が剣になったら、一緒に冒険出来るわ。兄さまと姉さまも、今回の褒美に、アタシが死ぬまでは二人を預けてくれることになったの。兄さまたちも二人がアタシのお気に入りなの知ってたから。二人なら、勇者の剣に相応しいだろう、って」

嬉しそうに紫のマントをなびかせてターンした勇者さんが、二本の剣をギャリンッと合わせた。

「さあ、坊やのお手並み拝見といきましょうか」

……結論から言うと、勇者さんは想像以上に強かった。力が。

テリテおばさん寄りのパワーファイターで、スピードで勝るオイラは攻撃を受けこそしなかったけれど、鍛冶神の庭はかなりボコボコになった。

今までこの世で最強生物はヒグマだと思ってたけど……

カバ最強説、浮上。

10　二人の鍛冶士1

「こんなものにワシの名が刻めると思っておるのか！　確かに【名人級】には仕上がっておるが、刃紋がウチの物とは一部違う。均一な仕事が出来ぬ者は『ブルータング鍛冶』にはいらん。クビにさせたくないならやり直させろ」

「御意っ」

ガラン、と転がされた剣を拾い、職人頭が慌てて頭を下げ、出て行った。

ここは武具鍛冶の名門、『ブルータング鍛冶』の親方部屋、言い方を変えるなら経営者の執務室だ。

目の前の黒い革張りのソファにどかりと座るのは、十三代目ブルータング、同じくクズリの獣人で、ジステンバーの伯父《おじ》に当たる。

「ああ、くだらない用で待たせたな。ノマドに『奉納鍛冶』を承諾させたそうじゃないか。出来損ないにしてはよくやった」

「ありがとうございます。モンマブリスクが都合良く踊ってくれました」

報告するまでもなく事態を把握しているらしい伯父に、ジステンバーは逆らうことなく頭を下げた。

伯父は、糸のように目を細めて白く柔らかい手で膝の上に乗せた猫をゆったりと撫でる。

もう、何年も、何十年も金槌を握っていない手だ。

『ブルータング鍛冶』――いや、王都の名門と呼ばれる鍛冶場はみな、百人以上の雇われ職人を抱える、武具工房、製造工場だ。その鍛冶場を率いる『親方』に求められるのは、優れた武具を鍛える鍛冶士の腕ではなく、百人以上の社員を食わせていく経営の手腕。

その点では、当代ブルータングはとても優れた親方と言えた。

職人一人が一本の剣を打ち上げるのにかかる時間は平均半月。大物なら一ヶ月かかることもある。一人が一年で打ち上げられるのは平均で二十本。百人なら年に二千本。それを、当代ブルータングは完全なマニュアル化、分業制を立ち上げ、職人百人で年に三千本を可能にした。

【希少級】が打ち上がるのは千本に一本。単純計算で、『ブルータング鍛冶』からは年に三本の【希少級】が生み出される。

そして、そこに刻まれるのは、武具を手がけた職人の名ではなく、ネームドである『ブルータング』の銘《めい》だ。

鍛冶士として割り切れないものを感じるのは、きっとジステンバーが『出来損ない』の『半端《はんぱ》者《もの》』だからなのだろう。

「お前の役目は分かっているな?」

「はい親方。『奉納鍛冶』で、僕はノマドに負けます」

下げたままの頭に隠し、ジステンバーは唇《くちびる》をきつく噛んだ。

――この勝負には、大勢の鍛冶士の未来がかかっている。出来損ないの自分一人が道化になって、百人、千人の同胞が救われるならば、安いものだ。

ノマドも、モンマブリスクも、ジステンバーが過去の『勇者ジェラルド』との因縁《いんねん》に絡み、未だノマドを逆恨みしていると思っているのだろう。

確かに当時はかなり腹に据えかねた。武具とは使い手の命を預ける物だ。

ジステンバーの弟は冒険者だった。ジステンバーの打った剣を持ち、魔獣と戦った。ようやくC級になった頃、ハグレ魔獣の群れに襲われた集落を救おうと、無理をして戦って命を散らした。弟の遺体を引き取ったとき、弟が握っていたのは砕けた剣の柄だけだった。

自分の剣さえ砕けなければ、弟は生きていただろうか。

武具鍛冶の名門『ブルータング』の嫡男《ちゃくなん》でありながら、ジステンバーは経営ではなく、自ら武具を打つ道へとのめり込んでいった。そうこうするうち、ジステンバーは父から出来損ないと呼ばれるようになり、『ブルータング』の名は、父の弟が継いだ。

それでも、冒険者や騎士が安心して命を預けられる『壊れない剣』を作りたい。そんなジステンバーの思想を認めてくれたのが、当時勇者だったジェラルド様だった。

すぐ剣を壊すジェラルド様を、弟とも重ねていた。そんなジェラルド様が、ノマドの剣を賞賛したとき、裏切られたと思った。

何故なら、ノマドの攻撃に特化した『長さや重さや重心を同じくした剣』とは、壊れることを前提とした剣だからだ。

剣が砕けた瞬間、ジェラルド様は危機に瀕《ひん》する。奴が友だというなら、そんな剣を何故渡す？

しかし、それは私怨《しえん》だ。

依頼人であるジェラルド様が、ノマドの剣の方が良いというならば、鍛冶士としてそれを拒む術《すべ》はない。そう自身に言い聞かせ、この二十年を生きてきた。

「ノマドの鍛冶士としての腕は本物だ。前々から、ワシは奴を評価し、『ブルータング鍛冶』に迎え入れてやると言っておるのに……ワシを恩人だと持ち上げよるくせに、一向に首を縦に振らん」

猫の背に置いた伯父の手にギリリと力が入り、嫌そうに猫が身をよじる。けれど爪を切られヤスリで丸められた猫の手は、いくら伯父の手をかすめても傷を付けられはしない。

自分もまた、牙を抜かれ爪を切られた飼い猫のようなものだとジステンバーはかすかに嗤う。

「恩人――『特殊二重合金』の件ですね」

「いかにも。奴が提唱した、新しい鍛冶手法だ。否定する親方衆を抑え、奉納鍛冶の場を整えてやったのはワシということになっておるからな。ワシの腹の内がどうあろうと、良い具合に恩に着てくれおったわい」

「本人すら十本に一本しか成功しない、特殊な鍛冶技法」

「今回の件の大本であり、かつ、奴が鍛冶ギルドと決別することになった根本理由だな」

二十年前。

ノマドが鍛冶ギルドに持ち込んだ新技術は、全鍛冶士に激震をもたらした。

十本に一本しか成功しない新技術。

それは、裏を返せば――

十本に一本は、確実に【希少級】か【伝説級】が生まれるという、とんでもない技術だった。

ネームドの名門ブルータング鍛冶においてさえ、【希少級】は千本に一本。百人の鍛冶士が百日かかって、ようやく一本。

つまりは、もしブルータング鍛冶の職人の内一人でも『特殊二重合金』を会得したなら、残り九十九人は職を失うことになる。

そして事態はブルータング鍛冶だけには留まらない。高度に分業化専門化された技術はつぶしがきかない。ノマドの新技術が広まれば、どれほどの鍛冶職人たちが首をくくることになるか。

当時鍛冶ギルドを構成していた親方衆は談合し、ノマドを鍛冶ギルドからはじき出すことにした。

それで行なわれたのが、ノマド、モンマブリスク、ジステンバーの三人による奉納鍛冶だった。

密《ひそ》かにスキルの発動を妨害《ぼうがい》する魔法回路が描かれた炉で、当然のようにノマドの『特殊二重合金』は失敗した。

ジステンバーは伯父の指示通り、ノマドを『ほら吹き』『詐欺師』とののしった。

伯父によると、とある『侯爵様《こうしゃくさま》』が、鍛冶士の行く末をいたく案じてくれ、ノマドの排斥に力を貸してくれたという。スキル封じの魔法回路を描ける魔道具士を派遣してくれた他、あちこちの業界に圧力をかけ、ノマドの鍛冶場に納入される金属や素材、薪《まき》の量を減らさせた。

侯爵家に逆らえる平民などいない。ノマドに同情的だった親方衆や業者も、結局のところは見て見ぬ振りを決め込んだ。

ノマドがいかに天才だったとしても、弟子もいない一人鍛冶で、一年間に打てる剣の本数は三十本。十分の一の確率で【希少級】が打ち上がっても、年に三本。しかも納入先は、元々のひいき筋だった英雄王パーティに限られる。

それくらいならば、鍛冶ギルドとしても何とか黙認出来る範囲内だった。

相場が崩れることもなく、ノマドの知名度も限定される。

ある意味で、鍛冶ギルドとノマドは共存の棲み分けが出来ていたのだ。

ところが、そのギリギリで保っていた溢水域《いっすいいき》を超える事態が起こる。

伝説の竜王が王都の夜空に現れ、【神話級】の武具を手に、ノマドへ『竜王の鍛冶士』の称号を与えた。

鍛冶ギルドは恐慌状態に陥った。

親方衆が集まり、夜通し議論するもこれだという打開策はなく、ただただ黙殺することになり――それに業《ごう》を煮やしたのか、嫌がらせなのか、ノマドは自宅で武具店を開いた。

『侯爵様』が雇った『影』によると、ノマドの弟子が店番をし、並べられた品の多くが【希少級】や【特異級】で、『武具鑑定』の数値も申し分なく、百点近い品揃《しなぞろ》えだという。

その上、武具の価値も分かっていなさそうな弟子が勇者様に宣伝費込みで【希少級】を銀二百枚で売ったという――トドメの情報がもたらされた。

もう、駄目だ。

もう、今のままノマドを放置してはおけない。

通常ならば、【希少級】の値段は銀五百枚以上。

庶民には目玉が飛び出そうな値段だが、何も暴利ではない。

【希少級】を三本打つのには百人の鍛冶士が一年がかりで、売り上げは銀千五百枚。この内、材料費や光熱費など含め、銀千枚を親方が取る。残りの銀五百枚を百人の鍛冶士で分けると一人あたり銀五枚、これは王都で平均的な家族が一年暮らすのに必要な生活費だ。

もちろん、経験やスキルの有無によって手間賃は変わるが、【希少級】の売値が大きく下がれば多くの鍛冶士の生活は成り立たなくなる。

ノマド鍛冶で武具を購《あがな》った者は、ブルータング鍛冶の武具を見て必ずこう言うだろう。

『なぜノマド鍛冶より高価なのか？　ノマド鍛冶より数値は劣るのに？』

ブルータング鍛冶などの名門鍛冶において、【希少級】の鍛冶とは連綿と受け継がれたノウハウそのものだ。

過去に【希少級】が誕生した際の詳細なデータを元に、その鍛冶場のやり方を叩き込まれた多くの鍛冶士が【希少級】を再現しようと挑む。

だからこそ一定の確率で【希少級】が生み出せるわけだが、ある意味でそれはオリジナルの模造品に過ぎず、オリジナルを越える一品はほぼ生まれない。

全てがオリジナルであるノマドの武具と見比べられれば、見劣りするのはどうしようもない。

では、何故名門は名門たり得てきたのか？

それは、長い歴史の中で、オリジナルの【希少級】を打てる天才たちを幾人《いくにん》も一門に取り込んで来たからだ。

時には下にも置かぬ待遇を与え。時には一門の外では金槌が振るえぬほどの圧力を加え。

そして、取り込んだ天才たちの打法を徹底的に分析し、弟子たちに教え込み、再現してきたのだ。

そんなブルータング鍛冶を始めとする鍛冶の名門が、喉から手が出るほどに欲していたのが、ノマドだ。

もちろんノマドにも、長年に渡って一人鍛冶が続けられなくなるほどの圧力をかけ、一門に入れば優遇すると飴《あめ》をぶら下げて続けてきた。

しかしノマドはどの引き抜きにも首を縦に振らなかった。

その上、ノマドは『侯爵様』の目の届かぬ某《なにがし》かの手段で金属や素材を入手し、弟子と共に年に三本どころではない大量の【希少級】を打ち始めた。一般の鍛冶士が一生をかけても打ち上がらないと言われる【希少級】、鍛冶士の夢とも言える【希少級】をあろうことか習作と言い放ち、店売りの投げ売りという鍛冶ギルドへの決闘状に等しい真似をやってのけた。

当然、伯父は面白くない。今もタヌキ顔の下の腸《はらわた》は煮えくりかえっているだろう。

だが、『竜王の鍛冶士』を拝命し、他国の勇者にまで認められ、勇者の紹介で高名な冒険者へと名が知られつつあるノマドを今さら潰すのは無理がある。

ならば、当初の予定通りノマドを一門に引きずり込めば良い。ノマドの鍛冶手法を徹底的に分析し、一門で吸収し、世に出す武具の本数をコントロールし、後は金と酒と女を潤沢《じゅんたく》に与えての飼い殺しだ。

この道化が『竜王の鍛冶士』をカタリ、世論を煽ったところで公開奉納鍛冶の場にノマドを引っ張り出す。そこで因果応報の道化は破れるが、ノマドが真の『竜王の鍛冶士』であることが世間に広まる。『竜王の鍛冶士』の打った【希少級】を相場の半値以下に値切る馬鹿はいなくなる。

少なくともそれだけで、【希少級】の相場が大幅に崩れ、今いる鍛冶職人たちが食っていけなくなる事態は防げる。

そこからは伯父の手管だ。今までのノマドの不遇の責任をジステンバーへと押しつけつつ、自分の一族から不届き者を出した責をとる形でノマドの待遇改善へと尽力する。ノマドが気付いたときには、既にとっぷりと一門に取り込まれているというわけだ。政治力に秀でた伯父は、鍛冶ギルドの親方衆への根回しにもぬかりはない。

伯父は、その膝を降りようともがく猫を引き留め、機嫌をとるように喉をくすぐった。

「お前の役割の重さは、ワシも承知しとる。鍛冶の未来はお前の肩にかかっておるのだからな。なに安心せい。国王様のお膝元を騒がせた罪は重いが、『侯爵様』にお頼みして、『王都からの所払い』で済むように話を付けてある。手切れ金もくれてやろう。どこぞの田舎町で、田舎者相手の鍛冶場をやるには充分な金額だろうて」

「……お気遣いに感謝いたします」

深く頭を下げたジステンバーに、伯父は二重顎を三重にして満足げに笑った。

どこかの魔物の領域の近くの街で、弟のような冒険者のために丈夫な武具を打つ。そんな余生もきっと悪くはないだろう。

これが、おそらく鍛冶ギルドに所属する職人たちや、ノマドにとっても最良の落としどころのはずだ。馬鹿を見るものは最小で済むのだから。

ジステンバーは目をつむる。

ノマドには色々と煮え湯を飲まされたが、ひとつだけ感謝していることがある。奴は、【神話級】を打ち上げた。それはジステンバーが希《こいねが》ってやまなかった、壊れない剣だ。

ジステンバーの夢は仇敵《きゅうてき》であったノマドの手で叶い――そしてもう、ジステンバーの生きている意味はなくなった。

鍛冶人生の終わりに何か意味を持たせてもらえるなら、使い捨てのトカゲのしっぽにされようと、むしろ伯父には感謝すべきなのかも知れない。

「親父！　『侯爵様』から文が届いてますぜ！」

伯父の息子、ジステンバーにとっては従兄弟にあたる柄の悪い男が、都合伺いもせずにガチャリと戸を開けた。

「おお、そうか。どれこちらによこせ」

立ち上がった伯父の膝から、長毛種の猫がスルリと飛び降り、振り返りもせずに逃げて行った。

頭を下げたままのジステンバーの頭上で、ガサガサと巻紙を広げる音がする。辛抱強く待つジステンバーの頭に、伯父の愉快そうな嗤いが降りかかった。

「くはっ、くはははっ、あ奴は――あ奴めは、どれほどあの方の不興を買っておるのだ。ジス、お前の王都所払いの話はナシだ。それどころか、お前を真の『竜王の鍛冶士』にしてくださるとさ。あ奴は鍛冶士としての最たる不名誉を被って廃業だ。くくっ、ワシも、忌々しいあ奴の機嫌取りなぞしなくてすんで万々歳だ」

「どういうことですか、それでは新たな【希少級】のノウハウは手に入りません」

ジステンバーは思わず顔を上げた。普段ならそれだけで不機嫌になるはずの伯父は、しかし上機嫌に垂らしていた巻紙をしゅるしゅると巻き戻した。

「なに、あ奴さえいなくなれば、今までのレシピでウチは充分にやってゆける。『侯爵様』のおっしゃることは絶対だ。『侯爵様』が排除するとおっしゃれば、必ずそうなる。あの方はこれを機に、欲しておられたモノを手に入れることにされたそうだ。それにはあ奴が邪魔だと。――予定変更だ、ジス。【神話級】は是非ともお前に成功させてもらわねばならなくなった。喜べ、二十年前から模倣しようとあがいていた技術がようやくに日の目を見るではないか」

ジステンバーは息を呑んだ。伯父に知られているとは思わなかったからだ。二十年前の『神の鍛冶士』の一件以来、ジステンバーが密かに一度だけ見た『特殊二重合金』に挑み続け――そして、ついに形になろうとしていることを。

「……未だ、僕の技術では二十本に一本すらほど遠く」

「二十本に一本だろうと百本に一本だろうと、奉納鍛冶に合わせられるよう調整しておけ」

「……御意」

鍛冶士として絶対的に逆らえない伯父、その伯父も逆らえない『侯爵様』。

ジステンバーが何をどうしたところで、遥か頭上で決定された未来が覆ることはない。

それが、たとえ鍛冶の神に顔向け出来ないことであっても……

ジステンバーは頭を下げ、微動だにせずに床を見つめ続けた。

11　二人の鍛冶士2

「ヒヒイロカネだよヒヒイロカネ！　すっごい、まさか勇者さんがソイ王国の鉱石を持ち出せるとは思わなかったなぁ！　もう一回打てるなんて夢みたいだよね！」

「ノア坊、落ち着け」

野次馬でもみくちゃの鍛冶ギルドの前から引き上げ、ノマドの野郎とノア坊、リムダと白い嬢ちゃんたちはとりあえず俺――モンマブリスクの鍛冶場へと避難させた。

まぁ、野次馬が興奮しちまったのは、俺が『奉納鍛冶』を宣言したからってのもあるんだが……

ノマドの野郎とリムダはともかく、ノア坊と白い嬢ちゃんにゃ、あの過密状態は危ねぇからな。

ブンブンと尻尾を振りながら飛び跳ねるノア坊は、兎《と》にも角《かく》にも神代の鉱石に大興奮している。

俺だって本当なら踊り出したいくらいだし、無闇矢鱈《むやみやたら》に叫びたい気分ではあるのだが、少なくともこの場では俺が最年長だ。

ぐぐっと口の中を噛んで雄叫びを押さえ込む。

「だってヒヒイロカネだよヒヒイロカネ！　モン親方は嬉しくないの!?　また【神話級】がひとつ生まれるんだよ！」

「嬉しくないわきゃねぇだろうが！　これに燃えない鍛冶士はいねぇぜ！」

思わず拳を振り上げるると、ウェーイ、と近づいて来たノア坊とハイタッチする。

腕を組んでクルクルと回っていると、白い嬢ちゃんにベリッとノア坊を剥ぎ取られた。

「モン親方こそ落ち着いて。踊るのは後。それより……ノマド、今回のヒヒイロカネ鍛冶は、鉱石しかない。素材はどうする？」

冷静な嬢ちゃんの言葉に、冷や水をぶっかけられた心地になった。

そうだ。前回のヒヒイロカネ鍛冶に関しては、俺もノマドから聞いている。

ヒヒイロカネとヒヒイロカネの特殊二重合金、そこに『竜王の牙』と『竜王の牙』の特殊二重付与、そこまでしてようやく【神話級】のフチに指がひっかかる。そうノマドは言っていた。

ノア坊も飼い主に怒られた犬みてぇなツラで尻尾を垂らし、肩を丸めた。

「確かに、勇者さんの牙じゃ素材にならないだろうしねぇ」

ほぅ、とため息をつきながら物憂《ものう》げに言っているが、素材になるなら躊躇《ためら》いなく勇者様の牙を折って粉にするつもりのようだ。まぁ、鍛冶士として気持ちは分かるが。

「倉庫に積んである『女王竜のウロコ』を使う？」

何でもない風に尋ねる嬢ちゃんを、思わずギョッと見ちまった。『女王竜のウロコ』っつったら『火竜のウロコ』の上位互換、鍛冶士なら喉から手が出るほど欲しいが手に入らない素材の代名詞、オークションに出品でもされたら銀数千枚の値が付いてもおかしくねぇシロモノだぞ。

間違っても『積んである』ような素材じゃねぇ。

竜王の武具を打った報酬に、女王竜から賜りでもしたのか？

ともあれ、『女王竜のウロコ』が使えるってんなら【神話級】にも届くかもしれねぇ。

けれどノマドは、ゆっくりと首を横に振った。

「いや……今回、素材は使わないつもりだ」

「なんだと!?　勝負を諦めるっつぅのか!?」

三和土《たたき》の縁台に座り込んだノマドの襟首を掴み上げようとすると、後ろからノア坊に羽交い締めにして止められた。

小せぇくせに何て力だ。体重が三倍はあるだろう俺の足が浮く。

「まぁまぁ、ちょっと待ってよモン親方。父ちゃんの話も聞いてやって」

「この腰抜けの何を聞けってんだ」

ジタバタもがく俺に視線も向けず、ノマドは眉間に一本のシワを寄せ、ただ宙の一点を見つめていた。

……この姿には、見覚えがある。

同じ釜の飯を食っていた間、嫌と言うほど見た顔だ。この顔を見た後、俺は弟子であるはずの

ノマドの才に、何度妬《ねた》まされたか。

『竜王の鍛冶士』の称号の効果は『特殊合金』の成功率上昇だった。おそらく……『特殊合金』っ

てのは本来【神話級】を打つためにある技術だ。そもそも【神話級】ってなぁ鍛冶の神が打った剣

だと言われてる。つまり『特殊合金』は神の技。じゃあ神ってのは……何者だ？」

「おい！　何てこと言いやがる。不敬もいいとこだぞ、鍛冶の神は鍛冶の神だろう」

神罰が下りやしないかとキョロキョロすれば、ノア坊が俺の体を放して隣に並んだ。

「……神様の正体？　って、父ちゃんには分かるの？」

ノマドの視線が茫洋《ぼうよう》とさまよう。

「俺が『特殊三重合金』に苦慮してたのは知ってるな。俺の『特殊二重合金』は、点の集まりであ

る二つの金属を僅かにブレさせて重ねる。遠くの景色を眺めるとき、目の前に立てた二本の指と指

が重なって見えるように、『二重合金』までの感覚は何となく掴めた。けど三点が重なる感覚が分

からねぇ。そんな俺を見かねて、リムダが教えてくれたのが、第三の目だ」

「第三の目？　心の目とか第六感とかそういうの？」

「いや違う。文字通り、竜には額より上に三番目の目があるんだとさ。薄いウロコや皮膚に覆われているから、外から見たんじゃそうとは分からねぇし、そこまで視力はないらしいがな。空中戦においては頭上の敵を察知するのに不可欠なんだそうだ。弱点にもなるから、本来竜種以外には秘密らしいんだが」

ノア坊はポンと手を打った。

「確かにそこだけウロコが薄いって分かってれば、狙い放題だもんね」

いや、竜の脳天だぞ。いくら防御が甘いったって、狙ってそこに攻撃を当てられる人間なぞいるわきゃねぇだろう。いや、ジェラルド様とか大賢者様ならいけるか？

ノマドはノア坊にひとつ頷くと、ギュッと拳を握りしめた。

「神。鍛冶の神。これは単なる俺の勘に過ぎないが……鍛冶の神ってなぁ、実は竜なんじゃないか？　となれば、【神話級】に本来必要なのは『特殊二重合金』に『特殊二重付与』なんかじゃない、竜の三つの目を必要とする——『特殊三重合金』だ」

「って、てめぇの目ん玉は二つだろうが」

「ああ、だが、充分なヒントをもらった。俺は今までこう、横並びの三点を重ねようと苦心してた。でもそれは間違いだった。竜の第三の目は上にある。三角形の三点に描いた円を徐々に重ねていくような……」

ノマドの言葉を遮るように、ドンドン！　と鍛冶場の戸が叩かれた。

「こんなところにいたんだ、ノア！　探したよ！」

様子を見に行ったネムが開けた戸から、赤い服に一つにくくった金髪をなびかせた、角のある嬢ちゃんが勢いよく転がり込んできた。

体から湯気が出そうなほどに汗を掻き、膝に手を置いて肩で息をしている。

「ユーリ!?　どうしたの!?」

目を丸くしたノア坊の態度からするに、親しい知り合いらしい。

嬢ちゃんのあまりの美貌《びぼう》に、ネムが顔を茹《ゆ》で蛸《だこ》にしながら水を差しだした。

「……んっ、ありがと、生き返ったよ。って、大変なんだノア！　父上がどこにもいないんだよ。もう半日消息不明なんだって！　ただ出かけるときに、『ノマドが……？』って小さく言ってたのをヌール母さまが思い出したらしくって、確認に来たんだよ！」

「えっ、ジェルおじさんが!?　それってかなり大ごと……ユーリ一人で探してる場合じゃないよね？」

ノア坊の言った『ジェルおじさん』の単語に、俺はようやく理解する。

ノア坊の言う『ジェルおじさん』ってのは、ジェラルド様だ。ジェラルド様はこの国の国王。ってことは目の前のこのお綺麗な嬢ちゃんは、王女様ってわけか!?

いやそれより、国王陛下が消息不明!?

「ノアがそう言うってことは、やっぱりノアのとこにも父上は来てないんだね……」

「父ちゃん、何か知ってる？」

振り返ったノア坊の言葉に、ノマドは無精髭《ぶしょうひげ》をジャリジャリ撫でた。

「んー、ジェルは他んとこに行くときでも『俺んとこに行く』って口実にしてることがままあるらしいからな……。アテにはならんと思うぞ。少なくともここしばらく、アイツの顔は見てないな」

「そうですね。僕も保証しますが、ノアさんたちが旅立って以降は、いらしてませんよ」

リムダも口を揃えると、お綺麗な金髪の嬢ちゃんはガックリと細い肩を落とした。

「そっかぁ。騎士団を動員して大々的に探したりすると、本当に国中がパニックになっちゃうからって、まだ内々で探すに留めてるんだ。事件的なものじゃなくて、単にその辺の酒屋で酔い潰れてたり、勇者だった頃の血が騒いで魔獣を狩ってたりするだけかもしれないし」

「あー、うん、ジェルおじさんならありそう」

うんうんと同意するノア坊の横で、白い嬢ちゃんが軽く手を上げた。

「ジェルがいなくなる前に『ノマドが』って言ってたなら、今回の件を知って単独で動こうとしてる可能性もある」

「あぁ、そっか」

ポンと膝を打ったノア坊に、金髪の嬢ちゃんが「今回の件て？」と不思議そうな顔を向ける。

『竜王の鍛冶士』にまつわるあれやこれやを説明していると、コンコンと再び戸が叩かれた。

「こんにちは、モンマブリスク親方。初めまして、カウラと申します。兄のユーリとノアがお邪魔していませんか」

現れたのは、白金の巻き毛の少年。先の金髪の嬢ちゃんと比べると、随分と礼儀正しい。

ん？　兄のユーリ？　ってこたぁ、また王子か王女がウチの鍛冶場に来たってことか!?

どうなってんだ今日は？

ん？　あれ？　兄？

俺が頭をひねっている間に、ネムが戸を開けた。そしてギョッとしたように後ずさった。

「今度はカウラが来たの？　ジェルおじさん見つかった？」

呑気《のんき》に戸の方を見やったノア坊も、入ってきた白金の頭に黒い巻き角をした上品な兄《あん》ちゃんの後ろに、ずらりと並んだ衛士に目を丸くした。

「え、なに、何事？」

白金頭の兄ちゃんは、ニコリと貴族的な笑みを浮かべた。

「残念ながら、まだ父上は見つかっていないんだ。でも、ユーリが出て行ってすぐに、父上から手紙が届いた。『オムラの聖杯』を『王陵《おうりょう》』に届けて欲しい、ってただそれだけの一文」

ノア坊は首を傾げ、ノマドを見つめる。

「オムラって当然母ちゃんだよね？　セイハイって何？　聞いたことないんだけど。父ちゃん何か知ってる？」

ノマドは軽く眉を寄せ、リムダもほんの少し視線を泳がせた。

「……なんでジェルがアレを『聖杯』と呼ぶのかは知らんが、思い当たるモノはひとつだけある」

「え、なにそれ？　母ちゃんのことでオイラが知らなくて父ちゃんだけ知ってるのずるくない？」

「ずるくない。お前も知ってる。俺が普段使ってる黒いぐい呑みがあるだろ。あれが、オムラの遺《のこ》した、『杯《さかずき》』と名の付く唯一のものだ」

「えーっ、あのぼてっとして歪んでる古いぐい呑み？　母ちゃん趣味悪くない？」

「悪くない。俺の宝にケチつけんな」

「あー、はいはい、母ちゃんとの思い出なわけね」

親父の惚気《のろけ》に手でパタパタと顔を扇ぐと、ノア坊は白金頭の兄ちゃんをくるりと振り向いた。

「オイラ的には違うんじゃないかなと思わなくもないけど、それだったらウチに帰ればあるよ。それをオウリョウ？　ってとこに持って行けばいいの？　ジェルおじさん、用が終わったら返してくれるかなぁ。曲がりなりにも母ちゃんの遺品だし、オイラが持ってってもいい？」

「うん、ノアと……それからユーリ、案内についていってくれる？　僕はこっちに残ってやることがあるから。ひょっとしたら父上が誘拐されてて、誘拐犯に書かされたって線もなくはないから、騎士団の選抜隊を連れて後から向かうつもりではあるけど……まぁ、ノアがいるなら無駄足《むだあし》になるかな」

クスリと笑った白金頭の兄ちゃんに、ほんの少し違和感を覚える。

ノア坊がかなりレベルが高いって話はノマドから聞いた。だが所詮《しょせん》は生産職だ。王女様と鍛冶見習いの二人で、国王誘拐なんて凶悪犯がいるかもしれない場所へ行かせていいのか？

尋ねたいが、王族のいる場所で求められてもいないのに平民が言葉を発することは出来ない。

白金頭の兄ちゃんはさておき、後ろの衛士どもは王族と普通に喋っているノマド親子を飛びかかりそうな目で睨み付けている。

「王陵はね、『獣の森』にある。詳しい場所と王陵に入る方法はユーリが知ってる。ね、ユーリ」

金髪の嬢ちゃんは、少しだけ眉を寄せた後、コクリと頷いた。

「父上をよろしく頼むよ、ノア。ユーリ」

柔らかに微笑《ほほえ》む白金頭の兄ちゃんに、ノア坊はドンと胸を叩いて満面の笑顔で請《う》け負った。

「うん、任された！　ジェルおじさんが誰かに捕まってても魔獣狩ってても酔い潰れてても、ちゃんと担いで帰ってくるね！」

ノア坊が何度も「絶対奉納鍛冶までには帰ってくるから！」と念を押しつつ、金髪の嬢ちゃんと白い嬢ちゃんを連れて出て行った直後。白金頭の兄ちゃんが、すうっと貴族的な笑みを深くし、軽く左手を上げた。

「かかれ」

「「「「はっ！」」」」

それを合図に、今まで人形のように突っ立っていた衛士どもがザッと動いた。

俺たちを囲み、まるで退路を断つかのような配置にカッと頭に血が上る。

「なんだこの罪人みてぇな扱いは！」

「おっと、モンマブリスク親方、貴方に用はないんですよ。我々が話を聞きたいのは、ノマドさんだけなので」

「俺？」

呆《ほう》けたツラで自分を指差すノマドに、白金頭の兄ちゃんは金色の目を糸のように細めた。

「仮にも一国の王が、貴方の名を告げたまま行方不明になった。騎士団《こちら》としては、事情も聞かずに無罪放免とはいかないんですよ」

「いや、事情はさっき説明しただろ？　俺はここしばらくジェルのツラぁ見てねぇって」

ノマドの不敬待ったなしの言いように、衛士どもが一斉に殺気立つ。

「それを証明出来ますか？　ああ、リムダさんはお弟子なので家族枠、証言として認められません」

衛士の殺気と兄ちゃんの言い草に反応したのか、リムダの気配が重く暗くなっていく。

「それで？　僕の言葉が信用ならないからお師匠様をどうすると言うんです？」

「悪いようにはしないつもりですよ。大ごとにしないために、あえて僕が所属する騎士団ではなく、王都の治安維持を担う衛士の方たちにご足労願ったわけですし。まぁ、しばらく牢に入っていただくことにはなりますが……もし父上の誘拐犯から次の連絡があったとき、ノマドさんが牢内にいたというのはこれ以上ない不在証明《アリバイ》になりますす」

貴族的な笑みを崩して、ほんの少し少年らしさを覗かせた笑みに、リムダの気配が僅かに緩んだ。

そこに、ノマドの呑気な声も重なる。

「んー、じゃあまあ、しばらく厄介になるか」

「ってお前、奉納鍛冶の準備はどうするつもりだ！　奉納鍛冶は三日後だぞ！　金属は勇者様の持ち込み、炉も薪も用意されちゃあいるが、素材の組み合わせに、どんな剣を打つかの図だってまだ引いてねぇだろうが」

「大丈夫だ、モン兄貴。そもそも素材は使わねぇつもりだし、図はいっくらでも頭ン中で引ける。強度計算も重心計算も――まぁ、数少ねぇ俺の特技だよ。牢に入ってたって、考える時間だけはあるだろ」

首の後ろを手のひらで叩いて見せるノマドの腹の内が、はっきりと読めるようだった。火竜の弟子を持つノマドのこと、抵抗しようとすれば王都の衛士十人程度でどうにかなるもんじゃない。だがここは俺の鍛冶場だ。俺の鍛冶場を荒らさぬよう、俺の立場を悪くせぬよう、黙って捕まるつもりなのだろう。

気に入らねぇ。ああ、全くもって気に入らねぇ。

俺はお前の何だ？　兄だ、兄弟子だ。鍛冶の腕と才はかなわぬ情けねぇ兄弟子だが、弟に守られるほど落ちぶれちゃいねぇつもりだぞ。

だがここで事を荒立てりゃあ、ノマドの顔をつぶすことにもなる。

白金頭の兄ちゃんの言ってることは、言葉面だけなら何の問題もない、むしろノマドを慮《おもんぱか》った内容だった。力尽くでノマドを奪い返しゃあ、こっちがお縄になっちまう。

「ノマド、待ってろよ。必ず迎えに行ってやるからな」

俺の言葉に、ノマドは軽い調子でひらひらと手を振りながら衛士に連行されて行った。

最後に戸をくぐる白金頭の兄ちゃんの口元に、薄い笑みが浮かんでいた。

根拠はただ、ヒゲが震えるようなこの勘だけだ。

それでも分かる。理屈なんてねぇ。けど、ノマドを取り返さなきゃならねぇ。

俺は、血管が浮くほどに拳を握りしめているリムダの肩をバンッと叩いた。

「なに呆けてやがる。動くぞ。ノマドを取り戻すんだ。根回しだなんだ腹芸は苦手な分野だが、そんなこたぁ言っちゃいらんねぇ。まずはマツ翁だ。コネも脅しも使いまくるぞ」

「……はいっ」

リムダが尊敬の眼差しで俺を見つめる。俺はリムダと勢いよく拳をぶつけ合い……痛みにしばし悶絶《もんぜつ》したのだった。

……そういやコイツ、高位竜だった。

12　王陵へ

「ええっ、辰《たつ》の刻《こく》？　初代国王と初代王妃の血筋二人？　何それ？」

「そうさのー。この二千年、王陵の調査をしたいと何人もの人間がやって来たが、みなその条件に辿りつけず半泣きで帰っていきおったのー」

ユーリによると、王陵というのは初代国王と初代王妃のお墓で、『獣の森』の『隠者の縄張り』のすぐ近くにあるという。それなら隠者——土竜のじいちゃんのとこにも久しぶりに寄ろうと、オイラは父ちゃんのぐい呑みを取りに帰りがてら、どぶろくの壺《つぼ》もひとつ持ち出してきた。

そこでオイラとユーリは、土竜のじいちゃんから思いがけない情報を聞かされたのだ。

挨拶《あいさつ》代わりの一撃を避け、お返しに分厚い土塊《つちくれ》の付いたウロコを一枚剥ぎ取ると、じいちゃんはふんわりと光って人型になった。

土産のどぶろくを渡し「王陵に行く途中に寄ったんだよ」と言うオイラたちに、じいちゃんが待ったをかけたのだ。

なんでも王陵の扉というのは、辰の刻に初代国王と初代王妃の血を引く人間が二人で訪れ、魔力を込めないと開かないらしい。

王陵が築かれた頃からここに住んでいるじいちゃんは条件を知っているけれど、人間の間では長い年月の内に情報が途絶えてしまったらしく、今では誰も知らないんじゃないか、と。

「いやでも、王陵に来いとは言われたけど、その条件ならジェルおじさんも中に入れてないんじゃないのかな？」

「そうさのー。国王ともなれば、余人が知らぬ口伝があるのかもしれんがのー」

「うーん、辰の刻っていうと朝だよね。今日はもう夕方だし……それに、初代国王と初代王妃の血筋ってのを見つけるのにも時間がかかりそうだし。とりあえず、王陵の周りにジェルおじさんがいないか見てくるね」

オイラが走り出そうと屈伸を始めると、ユーリが目をパチパチと瞬《しばた》いた。

「ねぇノア、初代国王と初代王妃の血筋って、私とノアで足りるんじゃない？」

「ん？」

オイラは自分とユーリを交互に指差す。

「あ、そっか。母ちゃんはジェルおじさんの姉ちゃんだから……王族っぽい人間が二人いればいいわけか」

「王族っぽいって。かなり王族の中の王族だと思うんだけどなぁ」

「ユーリは第一王子だもんね」

「いや、私じゃないよ!?」

「オイラはただの鍛冶見習いだってば」

ユーリは、「ただのじゃない」と高速で首を横にプルプル振っている。

その横で、リリィが話をまとめた。

「今から王陵の周りを探索して、ジェルが見つかれば良し。見つからなかったら、ここに泊まって、明日の朝、王陵に入れるか試してみればいい」

そこに隠者のじーちゃんが被せる。

「そうさのー、ひょっとしたら、中には初代王の武具もあるかもしれんしのー」

「武具!?」

オイラのしっぽがわさわさと揺れ出した。

「そうだよね、初代王は凄い剣の達人だったんだもん、王城にあった【神話級】だけじゃなくて、【伝説級】とかいっぱい持ってたかも！　副葬品《ふくそうひん》とかいうやつ？　うっわ、楽しみー、もうジェルおじさんをそのへんで見つけても、王陵に入ってみていいかな!?」

父ちゃんの奉納鍛冶に間に合わなきゃ、と焦っていた意識が、一気に王陵の中にあるかもしれない古代の武具へと振り切られた。

うん、奉納鍛冶は三日後。今日帰れなくたって問題はナイナイ。

「あー、もう、なんで開かないのさ!?」

イラついて地団駄《じだんだ》を踏むオイラに、困ったようにユーリが苦笑した。

「まあ、落ち着いてもう一回やってみようよ。まだ『辰の刻』は残り一時間あるから」

「ちゃんと二人で魔力入れてるのにっ。父ちゃんの奉納鍛冶が始まっちゃうよ。まぁ、リムダさんがいるから、オイラに相槌やらせてくれたか分かんないけど」

何と、今日は奉納鍛冶の当日。

『獣の森』に来てから実に三日が経過している。

王陵の周りと言わず『獣の森』中を探し回ってみたものの、ジェルおじさんは影も形も見つからなかった。

王陵というのが普通の建物なら、壁を登るなり塀を乗り越えるなり、正面の扉を通る以外の侵入経路がありそうなもんだけれど、まんじゅうのようなもったりとした形の大きな岩山だったのだ。試しに掘っても蹴っても傷一つ付かなかった。

リリィによると、何だか難しい魔法がかけられているらしい。

扉だと教わった場所も、大きな一枚岩で、知らずに見たら岩山の一部にしか見えない。

「ねぇ、じいちゃん、ホントにココが出入り口なの？　時間とか条件、覚え間違ってたりしない？」

「そうさのー。しばらく来ぬ内に、機構が壊れでもしたかのー？」

「ええーっ。あー、でも二千年くらい前の建物なら、動いてるほうが不思議なのか……ねぇユーリ、一回諦めて王都に帰らない？　壊れてるなら、ジェルおじさんは中にいっこないよ」

毎日しょげて戻ってくるオイラたちを見かねて、今日は隠者のじいちゃんまで一緒に王陵へやって来てくれている。

じいちゃんは普段、『獣の森』の中でも『隠者の縄張り』と呼ばれている一帯からあえて出ない。人間との余計な摩擦を防ぐためだけれど……なんとこの王陵、『隠者の縄張り』の中にあるのだ。なんでもじいちゃん、初代国王や王妃と面識があったそうで、墓守《はかもり》も兼ねているんだそう。

歴史の目撃者だよ。

この三日間、夜はたき火を囲んで、初代国王や王妃、じいちゃんの兄弟竜の思い出話をたくさん聞いた。

初代国王は剣の達人だったけれど、趣味は鍛錬より剣の手入れだったとか。初代王妃には双子の弟と妹がいて、とても可愛がっていたけれど先に亡くなってしまったとか。初代国王には竜や妖精の友人がいたとか。初代王妃は小柄だったけれど大変な力持ちで、国王の後をよく金槌振り回して追いかけ回していたとか。初代国王は王妃にベタ惚れで、王妃が亡くなったらそのまま気力を失って譲位《じょうい》してしまったとか。

書物には載っていない生きた情報に、特にリリィが目を輝かせて聞き入っていた。

「この扉は、一つの魔水晶に二人で魔力を込めるタイプ。たぶん、ちょうど半々に入らないと開かない。魔力は弾かれてないから、条件が合えば動くはず」

リリィがこの説明をしてくれるのも、もう三回目だ。毎日同じ事を言わせてしまっている自分が情けない。

「そうは言ってもさぁ、魔力のさじ加減とかオイラには分かんないし」

「王族として育っていれば、魔力の使い方は必ず習うもの。まさか魔法スキルの全くない鍛冶見習いが来るとは、きっと王陵の設計者も考えてなかった」

「あああ、やっぱオイラのせいか」

ガックリと肩を落とすオイラの前で、ユーリが力強く自分の胸を叩いた。

「大丈夫だよ、ノア。もうちょっとで掴めそうなんだ。ノアの魔力には、何て言うか波があって合わせるのが難しいんだけど、何回か繰り返してパターンがだいたい読めてきたから。次は絶対合わせてみせる」

「……お手数をおかけします」

ぺこりと頭を下げ、再びユーリと扉の魔水晶に手をかける。手のひらがじんわりと温かくなってきた。その感覚を頼りに、体の中の温かさを少しずつ魔水晶へと注いでいく。

その流れに集中していると……ポンッ、と肩を叩かれた。

「どわっ、えっ、何、カウラ⁉」

「やだなー、化け物でも見たみたいに。全然帰って来ないし連絡もないから、どうしたのかと思って見に来たら、ひょっとしてまだ入れてなかったの？」

白金の巻き毛から覗いた黒い耳をピコピコと動かしながら、騎士服姿のカウラが肩をすくめた。

魔水晶に集中しすぎてて、カウラが来たのに全然気付かなかった……。

見回せば、リリィやじいちゃんの後ろには百人近い完全武装の騎士団の人たちまで並んでいる。

オイラの視線に気付いたブルさん――カウラの護衛騎士が、ひらひらと手を振ってくれた。

「ひどい、カウラってば、今度こそ成功しそうだったのに邪魔するなんて」

ぷーっと膨れるユーリに、カウラの耳がベシベシと大きく揺れた。

「え、なに、そんなに苦労してたの？」

「ノアは魔法系のスキルが何もない上に、魔力操作の師匠に付いたこともなかったんだ。一から教えて、三日でここまで出来るようになったのは凄いほうなんだからね」

「……そうか。ごめん、僕たちは物心ついた頃から遊びの延長でやってたから。ノアも当然出来るものだと思ってた」

何だか当たり前のように会話しているユーリとカウラに疑問を覚える。

「カウラは、王陵に入る条件が『辰の刻に王族二人で』だって知ってたの？」

「これでも直系の王族だからね。じゃあ、せっかく頑張ってたところを悪いけど、ノア、僕と場所を代わってくれる？　ユーリと僕で試してみるから」

カウラに言われて、なるほどと思う。王族っぽい人間二人なら、何もオイラじゃなくてもいい。

オイラが来た意味なくない？　とも思うけど、そもそも王陵を開けるためじゃなくて、母ちゃんのぐい呑みを届けに来たんだから、まあいいか。

ユーリが右側から右手で、カウラが左側から左手で魔水晶に触れる。

白い角に黒い耳のユーリ、黒い角に白い耳のカウラ。まるで双子のような、同い年の兄妹。

「？」

何故か、胸のずっと奥底が、きゅうっとしぼられたような感じがした。オイラじゃないオイラが、この見事な線対称の双子に喜んでいるような。

オイラが自分でもよく分からない感覚に混乱している内に、二人はよく似た微笑みでオイラを振り返った。

「開くよ、ノア」

ユーリが左手で、カウラが右手でオイラの手を引っ張る。

二人に挟まれるようにして、オイラは一見何の変化もないように見える岩戸を『つぷん』とくぐり抜けた。

ああ、これ、王城にあった【神話級】の部屋の扉と同じ造りだ――

最初に感じたのは、肌《はだ》にまとわりつくような濃密な魔素。

そこは、まるで竜の体内のような不思議な空間だった。

丸みを帯びた天井を走る、背骨と肋骨《ろっこつ》のような梁《はり》、どこか有機的な壁の模様は筋肉のようにも見える。窓もないのにどこからか光が差し込み、最奥《さいおう》に祀られた二つの棺を祝福するように照らしていた。棺《ひつぎ》の後ろの壁にはずらりと武具が並び、いくつか崩れ落ちたような塊《かたまり》が見えるのは、ひょっとしてヒヒイロカネ鉱石だろうか。

でも、それよりも。

オイラの目は祭壇の前に立つ一人の女性に釘付《くぎづ》けになった。

「なんで、貴女がここに……」

男性のようなシャツにクラバット、黒いトラウザーズ。白衣の裾がひるがえる。金の髪を煌めかせて、この上なく美しい人は艶然《えんぜん》と笑った。

「やあ、よく来たねオムラのひとり子。三日ぶりになるか。私の秘密のラボへようこそ。歓迎するよ」

縄で両手両足を縛られ、猿ぐつわまでされてフガフガ言っているこの国の王を足下に、ソイ王国で知り合ったマッドな産科医、スフィーダ教授は、胸に手を当て優雅に一礼した。

13 竜のゆりかご1

「スフィさんが、ジェルおじさん誘拐の犯人!?」

思わず叫んだオイラに、スフィさんは心外そうに肩をすくめた。

「誘拐犯とは人聞きが悪い。改めて自己紹介をさせてもらおう。私の名は、ヨーネ・スフィーダ・

フリントコーン。そこにいるユーリティウス一世の現世での血縁上の母にして、現国王ジェラルド四世の正妻だ。ジェルは妻の呼び出しに応じただけで、ジェルのこの格好は夫婦のプレイだ、気にしないでくれたまえ」

「ぷれい？」

「夫婦間のお遊びだよ」

そっかー、といったん納得しかけて、オイラは慌ててかぶりを振る。

「いやいやいや、ジェルおじさん涙目だし！　じゃなくて、スフィさんがジェルおじさんのいなくなっちゃったっていう奥さんで、ユーリの母ちゃん⁉」

スフィさんと最初に会ったとき、何だか既視感があった理由が分かった。二人を見比べてみると、何で気付かなかったんだろうというくらい共通点が多い。牛の獣人、金髪碧眼《きんぱつへきがん》、黒い耳、白い角、絶世の美人。

それでも頭の中で二人がつながらなかったのは、決定的なまでの雰囲気の差のせいだろう。親しみやすい向日葵《ひまわり》のようなユーリと、厳冬に咲く蝋梅《ろうばい》のようなスフィーダ教授。

「ジェルはね、昔からいじめられるのが好きなんだ」

ニィと口元を吊り上げるスフィさんに、ジェルおじさんがプルプルと顔を横に振っている。

「実は私は、英雄王の元パーティメンバーでね。ジェルとは昔なじみなんだ。ジェルのことはよっく知っているよ」

くくっ、とからかうように笑うスフィさんへ、オイラの後ろから冷静な声がかけられた。

「この際、ジェルの趣味はどうでもいい。スフィ、さっき、ユーリを何て呼んだ？　ユーリティウス一世？　それは、初代国王の名前。ユーリが即位したとして、ユーリティウス十二世になるはず。それに、現世の母？　血縁上の母？　何を言っている？」

振り返れば、リリィがオイラのシャツを握りしめたままそこにいた。オイラたちが扉をくぐったときに、咄嗟にオイラの背中を掴んで一緒に入ってきたようだ。

「くくっ、さすがはリリ姐《ねえ》、かゆいところに手が届くツッコミ体質」

からかいを含んだ笑いに、リリィの頬が小さく膨れる。表情が薄いリリィの目一杯の不満表現だ。

「さぁ、どこから説明したものか。君たちには事態を知る権利があるからな」

スフィさんは白い顎に指先を当て少し考えると、滔々《とうとう》と話し出した。

「そうだな……この王陵の調査は、私の、いやフリントコーン一族代々の悲願だった。ここの発掘調査が叶うなら、身代どころか一族の命運すら差し出しても構わないほどの。フリントコーンは代々学者の家系でね。しかし、一介の学者一族が大国の始祖の墓を暴きたいと言っても到底許されるものではない。ところが私は幸運なことに、考古学者兼錬金術師として友人からとっておきの依頼を受けることが出来た」

「……スフィさんて、お医者さんじゃなかったの？」

「医学というのは、錬金術の一分野なのだよ。魔法で事象を変化させせようとする者を魔法使い、それ以外の理論をもって事象を変化させようとする者を錬金術師と呼ぶんだ。その友人の依頼は、私とても利害が一致するものだった。私は喜んでその依頼に乗ったよ。そのおかげで私は、数多の学者たちが二千年の長きに亘《わた》って阻まれ続けてきたこの王陵へ、ついに踏み入ることに成功した」

「え？　ここに入るのに必要なのって、『辰の刻、王族二人』だよね？　隠者のじいちゃんが今までの学者たちには教えなかったとしても、そんなに長年大勢の人たちを阻めるほど複雑な条件じゃなくない？」

　オイラは周りを見回した。

　オイラが興味を持ったのは竜の体内のような造りと棺、武具が中心だったけれど、王陵の中には他にも、ソイ王国のスフィさんの研究室にあったようなよく分からない器具がたくさんあった。さっきは気付かなかったけど、その器具の間を、アビウムさんが当たり前のように行き来しては装置の調整か何かを繰り返していた。

　さっきスフィさんはここを『ラボ』と呼んでいたけれど、少なくともスフィさんは初潜入以来ここに何度も出入りしていたに違いない。

「君は大きな勘違いをしている。ここに入る条件は、『辰の刻に初代国王と初代王妃の血を引く者一人ずつ』だ」

「『王族二人』と何が違うの？」

　首を傾げたオイラの横から、息を呑む音が聞こえた。

リリィが掴んだままだったオイラのシャツから、小さな震えが伝わってくる。

「……普通の王族が二人だけでは王陵は開かない？　つまり、王族には、初代国王か初代王妃のどちらかの血が流れていない？」

スフィさんは小さな笑みを浮かべ、リリィの問いには答えずにオイラに質問を返した。

「君は、建国記を知っているかい？」

「確か、手習い処で最初の方に習ったよ……この国を造ったユーリティウス一世は神様に出会い、神様に認められて小さな国を興《おこ》した。家来に助けられながら敵をバッタバッタとなぎ倒して、戦乱を収め、神様をお嫁さんにして、ついには大国の王になった、ってやつだよね？」

「そう、それだ。君は、何故ユーリティウス一世が竜の神に会いに行ったかは習ったかな？」

オイラの右横で、ユーリがビクッと震えた。

過剰な反応を不思議に思いつつ、オイラは小さい頃のおぼろげな記憶をたどった。

「確か、双子のお姉さんが死んじゃって、そのお姉さんの子どもをもらいに神様のところへ行ったんだっけ？」

「そう、そうだとも！　君は不思議に思わなかったかい？　死んだ姉の子を、何故無関係な竜の神にもらいに行くのか？　そして、神に会った理由のはずの姉の子は、その後建国記に全く登場してこない。子どもはどこに行ったのか？　そもそも姉の子など存在したのか？　と」

「なんでも何も、昔話ってそういうものなんじゃないの？」

オイラが習ったのは、ちゃんとした記録なんかじゃなく、往来物（教科書）に載った子ども向けの昔話だった。読み書きの練習用の文章で、「むかしむかしあるところに、おじいさんとおばあさんが……」という鬼退治の話と同じようなものだと思っていた。

なんでなんて考えたこともなかった。

「あれは、誰かがこしらえた昔話などではなく、事実を元にした伝承なのだよ。死んだ姉の子は最初から存在していて神に預けられていたのではなく、既に死んでいる姉の子をこれから新たに産みだしてもらうために、ユーリティウス一世は神に会いに行ったのだ」

「死んだ人の子どもを……？　いくら神様でも、そんなこと出来るの？　っていうか、死んじゃったお姉さんを生き返らせたいなら分かるけど、なんでお姉さんの子どもが欲しいって話になるわけ？」

スフィさんの顔が、僅かに歪んだ気がした。変わらない整った笑顔の下で、なんだか泣いているような気がした。

「私には、ユーリティウス一世の気持ちがよく分かる。この私とて、何度同じ事を望んだか知れない。ユーリティウス一世姉弟も、私とアビウム姉弟も同じ。呪われた双子牛、フリーマーチンのキメラなのだから」

右手を胸に当て、左手を大きく広げて、舞台役者のように言い切ったスフィさんの後ろで、アビウムさんもまた目を伏せた。

フリーマーチンって何？　とは聞けない雰囲気だ。

オイラが分かっていないのが分かったのか、スフィさんが苦笑をにじませた。

「牛以外の種族には分からないだろうね。牛には呪いがあるのだよ。牛には他の種族より多頭妊娠は起きづらいのだけれど、稀《まれ》に双子が産まれることもある。男男、女女の双子なら何の問題もない。しかし、それが男と女の双子だった場合——母親の胎内でお互いの性が混ざり、一見女でありながら女でない、遺伝子のキメラとなって誕生するのだよ。平たく言うと、牛の双子の女には、生殖能力がない」

「生殖能力……って、子どもが出来づらいってこと？」

「出来づらいどころではない。私には、子を育むための内臓そのものが欠落している」

淡々と告げるスフィさんの声からは、感情が抜け落ちていた。

その足下で、今までビチビチともがいていたジェルおじさんまでもが、動きを止めてスフィさんを見やった。

「え……って、っちょっと待って。じゃあ、ユーリは!?　ユーリは、スフィさんとジェルおじさんの子どもなんじゃないの!?」

ユーリとスフィさんの顔を交互に見るオイラに、スフィさんは体を折り曲げ、両手で顔を覆った。

泣いているのか——と声をかけようとした寸前、その背中が震え出す。

「くっ、くはは、くはははははっ！　そうとも、私は、初代国王も初代王妃——神すらも為し得なかった奇跡をこの手に掴んだ！　卵巣も子宮もない私が、子を産み出した。成功例はお前だけだ、ユーリティウス。第二の子も第三の子も、目覚めぬまま死んでいった。魂が宿ったのは、お前だけだ」

「何⁉　何のこと⁉」

混乱するオイラの隣で、ユーリの顔は青ざめ、唇が僅かに震えている。

スフィさんは不意に顔を上げると、口の端を大きく吊り上げた。

「二千年来、人が誰も踏み入ることのなかった王陵の中で、十八年前、私は一人の男に出会った。その男は、ユーリティウス・デントコーン。この国の、初代国王だった」

14　竜のゆりかご2

スフィさんの右隣に寄り添うように、そっとアビウムさんが並んだ。

そのアビウムさんの横に、空間からにじみ出すように、小柄な隠者のじいちゃんが現れた。

そして王陵の奥から、コツリコツリと革靴の音を響かせて、壮年の銀髪の牛の獣人が歩み寄り、スフィさんの左隣に立った。

「じいちゃんと……銀月《ぎんげつ》先生⁉　なんで⁉」

思わぬ人物の登場に目を剥くオイラに、銀月先生は昔と変わらぬ微笑を浮かべた。

銀月先生というのは、オイラが通っていた手習い処の先生で、穏やかで理知的で誰にも分け隔てなく、通っていた子どもたちに慕われていた。当時オイラを養子に欲しいと熱心に口説かれたと、最近になって父ちゃんに聞かされ、真意を問おうと手習い処を訪ねたときには既に辞めていて、その後の行方は分からなかった。

まさかこんなところで。

「つまりは、『獣の森』の老竜も、君が銀月先生と呼ぶこの男――アウグスト・フットマウス・デイジーズ侯爵もまた、私の協力者ということだよ。私たちは、各々の譲れない望みを叶えるために手を組んだ」

スフィさんの言葉に、信じられない思いでじいちゃんと銀月先生の顔を交互に見やる。

よく知っているはずの人たちが、まるで全く知らない別人になってしまったような気がした。

「すまんのー、坊。だますつもりはなかったんじゃが」

「久しぶりだね、ノア君。随分と大きく……大きく、なったかな？」

「なったよ！　銀月先生と最後に会ったのなんて三年くらい前じゃないか！　成長期なんだから成長してないはずないでしょ！」

相変わらずの銀月先生に、オイラは思わずムキになる。

確かに銀月先生は長身痩躯《ちょうしんそうく》ってやつで父ちゃんより頭一つ分は背が高いけど、会うたびに遠回しに『小さい』と言ってくるのはやめてほしい。

オイラだって伸びているはず。多分。

「大きくなったじゃないか。私が最初に見たとき、ノア君はこんなサイズだったんだから」

スフィさんが笑いながら右手の指を広げてみせる。

どう見ても十センチ。いくらなんでもその大きさはない。

「赤ん坊だって五十センチはあるんだよ！　なにその手乗りサイズ」

ぶーと膨れたオイラに、スフィさんはコロコロと笑った。

それから半眼になり、カクンと表情が抜け落ちた。怒られているわけでもない、睨まれているわけでもないのに、何だかしっぽの付け根がぞわぞわする。

「赤ん坊、か。……私の望みは、私の可愛いアビウムが生きた証を残すことだ」

スフィさんはアビウムさんの首の後ろに手をやり引き寄せると、そっと顔を寄せた。

スフィさんは語る。

自分たちは、大商会赤羽屋の会頭である父バルパとその正妻でフリントコーン家の当主である母カーラとの間に産まれた。

そもそもバルパという人は、王家に仕える『隠密』の里の出身で、任務のために幼い妹を失い、幼い子どもすら利用する里の在り方に絶望して死を選んだ。しかし生き残ってしまい、『隠密』の里に生まれながらも『隠密』として生きたくない同胞のために赤羽屋を作ったそうだ。その大陸でも屈指の大商会となった赤羽屋の会頭は、長年王家に望まれつつも王家を突っぱね続けたフリントコーンの当主を愛した。

そうして産まれたのが、赤羽屋とフリントコーンの正統なる後継であるヨーネ・スフィーダ・フリントコーンと、双子の弟。

「私が産まれたとき、誰もが歓喜したそうだよ。待ち望んだ後継だと。そして、直後にアビウムが産まれたとき、誰もが絶望した。何故なら私がフリーマーチンの雌、生殖能力を持たない双子牛のキメラだと分かってしまったから。そして誰もがアビウムを責めた。何故産まれてきたのかと。お前が産まれてきたせいで、フリントコーンは絶える。ヨーネの人生は台無しになった。お前なんか産まれてこなければ良かったのに、と」

かすかに震えるスフィさんの肩に、アビウムさんがそっと手を添える。

スフィさんはアビウムさんのために怒り、悲しんでいる。一方でアビウムさんはスフィさんが悲しんでいることにこそ悲しんでいるようだった。

「……私の価値は、ただ子どもを産むことだけか？　私の一生は、ただ子どもが産めないというそれだけで台無しになる程度のものなのか？　まだ見ぬ我が子などより、私には、アビウムが共に産まれ生きていてくれることこそ幸いなのに、誰も私の話など聞こうともしない。あげく、ヨーネの未来を奪いながらお前にそれがあるのは許せない、などという理不尽な理屈で暴行を加えられ、アビウムもまた子を望めぬ体にされてしまった」

表情が消えたスフィさんの右目から、つぅっと一筋涙が伝った。

「私は決意した。私の頭脳で、私の技術で、子を持てないはずのアビウムの子を産み出す。最終的には、男同士の夫婦でも、女同士の夫婦でも、それどころか夫婦ですらないただ一人の人間であったとしても、子を持てないただそれだけのことで絶望しなければならない者は、誰でもあまねく子を持てる技術を確立する。それこそが私の、ただ一つの望みだ」

涙を振り払い決意を込めた眼差しでこちらを睥睨するスフィさんの後ろで、アビウムさんが天を仰いできつく目をつむった。

「私の望みは、神の与えたもうた繁殖《はんしょく》の理《ことわり》に反することだ。けれど、私は既にその理に反する前例を一つ知っている」

スフィさんの言葉に思い出すのは、先ほど聞かされた建国の物語。

「それって、ユーリティウス一世が竜の神に願ったっていう、死んだお姉さんの子ども……？」

「そうだ。錬金術師の世界ではね、昔から人造生命《ホムンクルス》というのは智《ち》の到達点、最終目標とされてきた。試験管の中の生命創造も、理論的には確立している。ただしその人造生命《ホムンクルス》たちはどれも七日より生きられなかった。その唯一の例外と目されたのが、建国の物語において竜の神が造った初代国王の甥たちだ」

「甥、たち？」

スフィさんの口元に、薄い笑みが浮かぶ。

「私はフリントコーンの正統なる後継。フリントコーンには、こう伝わっているのだよ。『竜の神』は初代国王の願いを叶え、国王の死んだ姉の子どもたちを造った。しかしそれは創造の神の理《ことわり》に反する行い。『竜の神』といえど創造神の怒りに触れ、死の眠りについてしまった。初代国王は嘆き、『竜の神』と共に墓に入った。その後国は『竜の神』の血を引く国王の甥たちが継ぎ、『竜の神』の忠実なる臣下は国王の血を残さんとフリントコーンを造った、と」

「え、つまり、フリントコーンって……」

「そう、フリントコーンこそが初代国王ユーリティウス一世の血筋。今の王家は、初代王妃こと『竜の神』の流れを汲《く》んではいるが、ユーリティウスの血は流れていない」

視界の端で、ジェルおじさんが顔色を失っているのが見えた。

「私がそれに確信を持ったのは、初代国王か初代王妃の血脈でないと入れないはずの王城の【神話級】の部屋に、王族ではない私が入れたことだ。フリントコーンは二千年の長きに亘ってデントコーン王家を拒み続けてきた。フリントコーンに王家の血が流れているはずはないからね」

「そうか。王陵へ入る条件が、『王族二人』じゃなくて『初代国王と初代王妃の血筋一人ずつ』っていうのは、そういう意味だったんだ。デントコーンとフリントコーンが手を取り合って初めて、王陵は開かれる……」

オイラのつぶやきに、スフィさんは同意するように頷いた。

「初代王妃の遺言だったそうだよ。いずれ、自分の血を引くものとユーリティウスの血を引く者が、手を取り合い笑い合い、共に生きる未来が来れば良い、と。この王陵を造った国王の甥――二代国王バーランドは、忠実に王妃の願いに従おうとしたんだろうね。けれど皮肉なことに、ユーリティウス一世はフリントコーンの祖に正反対の言葉を遺した。これ以上デントコーン王家に関わるな、と。ここに、フリントコーンを求めるデントコーンとデントコーンを拒むフリントコーンの構図が出来上がったわけだ」

滔々と話すスフィさんは、ふと疑問を感じる。

スフィさんは、こんな詳しい二千年も前の話を誰から聞いたんだろう。

「ユーリティウス一世の血を残した――つまり、フリントコーンの祖となったのは、『竜の神』に仕える土竜だった。ユーリティウス一世は王妃を愛していた。王妃以外との間に子をもうけるつもりなどなかった。けれど……君なら分かるだろう？　竜が、どうやって子を成すか」

その言葉で、オイラの頭の中に血まみれの口元で嬉しそうに笑い、クルクルと踊っていたエスティの姿が浮かんだ。

長年片想いしていたセバスチャンさんが寿命で消えようとしたとき、エスティはセバスチャンさんを夫とすることで無理矢理つなぎ止め……そして、相手の血を呑み受胎《じゅたい》することで既成事実とした。

「相手の細胞を取り込んで、それを核に卵を形成する……？　いやでも待って。それって普通の竜に出来ることじゃないよね？」

あれは、エスティが女王竜だから出来たことだ。

リリィは風竜の父ちゃんとリス獣人のララ婆との間に産まれたけれど、普通にララ婆が産んだはず。

「おや、さすがのノア君でも知らなかったかな。土竜は他の竜種とは異なるんだ。他の竜種は女王竜以外全て雄だが、土竜はみな雄でもあり雌でもある、両性具有、雌雄同体という原始的な種族なのだよ。原初の神々が始まりの竜となるとき、最も古き神だけは自身を雄雌に分けることが出来なかったそうでね。つまり我がフリントコーンそのものが、ユーリティウス一世自身の承諾なしにユーリティウス一世の血を継いで産み出された——私の求める、創造の神の理《ことわり》の外の存在だったわけさ」

「……土竜？」

頭の中で、何かのパズルがパチリパチリとはまった気がした。

二千年前のことに詳しすぎるスフィさん。

初代王妃に仕えていたという土竜。王陵を守り続けてきた隠者のじいちゃん。

それに、スフィさんはさっき、なんて言った？　ユーリティウス一世に……会った？　初代王妃と共に墓に入ったユーリティウス一世は……

「まさか」

二千年という時間。竜の神。竜の神と結婚したユーリティウス。

オイラは知っている。エスティを。セバスチャンさんを。妻を亡くして千年もの間、妻の残したものを守り続けたあのひとを。女王竜の、王配を。

「まさか……竜の神って……。ユーリティウス一世に会ったたって……。女王竜の王配になれば、二千年の寿命を授かる。たとえそれが男でも女でも、犬猫でも、二千年の時を生きられるようになる。土竜の主で、隠者のじいちゃんがお墓を守ってて……デントコーン王国の初代王妃って、もしかしなくても土竜の女王⁉　ユーリティウス一世は、王陵の中で二千年間生きてたの⁉」

「なにぃぃぃい⁉」

思わず叫んだオイラに、いつの間にか猿ぐつわを噛み切ったらしいジェルおじさんも叫ぶ。

パチ、パチ、パチ、とスフィさんの手を打つ音が響いた。

「さすがは竜の知己《ちき》を持つノア君。大正解だ」

「それじゃあ本当なのか⁉　二千年前の英雄、ユーリティウス一世陛下は、ほんの何年か前までここで生きてたと⁉」

縛られた身を乗り出して泡を飛ばすジェルおじさんに、スフィさんは静かに目を伏せ――昔に思いを馳《は》せるかのように、長い睫毛が震えた。

「その通りだ。けれど、二千年という時は人には長すぎたのだろうね。ユーリティウス一世はほとんど狂っていて――そして、死にかけていた。それでも、狂いきれない、死にきれないと朽《く》ちかけた体を引きずっていた。私たちは、彼らと取引をした。私たちの望みを一つずつ叶えてもらう代わりに……ユーリティウスと墓守の望みを、一つずつ叶えてやるという契約だ」

15　竜のゆりかご3

「狂って……た？」

思わずユーリへ目をやったけれど、ユーリは固く拳を握りしめうつむいたまま、無言だった。

そんなユーリとスフィさんの間に、白い髭を撫でながら隠者のじいちゃんが困ったように歩み出た。

「そうさのー。二千年というのは竜にしても一生分の時間じゃ。ヒトが悔恨《かいこん》の中で生きるには永すぎたんじゃろうの。ワシとユーリティウスは、二千年前からの腐れ縁でのー。友であり敵であり、憎くて親しくてただ一人を共に慕った、そんな間柄じゃった」

きっと、隠者のじいちゃんが慕っていたのは、初代王妃――土竜女王だったのだろう。

ほんの少しだけ、エスティに片想いしていたラムダさんの顔が浮かんだ。

「全ての始まりはむかーしむかし。混沌《こんとん》から、原初の五柱と創造の双子神が産まれた。双子神は世界を創造し、やがて力尽きた。原初の神々はいつか双子神が還ってくる日を願い、世界を残すために、世界を一度ごちゃ混ぜにして、自分たちの神気を混ぜて補強し、人への重しとして自分たちの存在を裂いて竜種を成した」

『神産みの神話』だ。原初の神々は両性、その頭脳であり女性の部分は女王竜に。体であり男性の部分はさらに細かく分かたれ、竜種へと。

「ただし、もっとも古く不器用だった我が主様は自身を裂くなどという真似は出来ず、八つの牙を投げて、わしら八つの土竜を造った。主様は、長年、永《なが》き眠りについた双子神へ力を分け与えられないものかと試行錯誤《しこうさくご》しておられた。他の女王竜は代を重ねるごとに原初の神々の記憶を失っていったが、主様だけは愛しい弟妹を忘れられずにおったんじゃ」

親しい人たちがみな忘れていってしまう、愛しい人たちの記憶。

ただ一人覚えている状況で、土竜女王はどんな想いを抱いていたんだろう。

体の奥底が、キュウと引き絞られるような感覚がした。

「長い時間が経ち、ようやく双子神と同じ全属性の石を作れたのが二千年前。喜んだ主様は双子神の墓所へと報告に行かれたが——そこにあったのは、亡骸《なきがら》さえも溶け消えた弟妹の痕跡だけじゃった。主の狂乱ぶりは見るに痛々しかった。双子神が消える原因となった人間が憎い。双子神が最後に産んだ人間が愛しい。主が千々に乱れる心を持て余していた丁度そのときに——あの男が現れたんじゃ」

「あの男って、ユーリティウス一世？」

じいちゃんはゆっくりと頷いた。

「主様はあの男へ言われた。『自分には蟻《あり》と人の区別がつかない。願いを叶えて欲しいと言うなら、お前と蟻との差を分からせてみせろ』と。『人が蟻の群れを踏み潰すように、自分が人の群れをすり潰さぬ保証はない』と。それでもあの男は主様の手を取った。あの男や仲間と過ごしている間、主様は楽しそうじゃった。焦り苦しんだ数千年とは一線を画した――光のような数年じゃった。けれど主様は次第に、亡くした双子神と、亡くした双子の姉のために身命を賭けるあの男を重ねるようになり……そして遂には……双子神を助けるために注げなかった力の全てを、あの男の願いを叶えるために使ってしまわれたんじゃ」

「ユーリティウス一世の願いって……さっき言ってた」

スフィさんの伏せられた睫毛が、ゆっくりと持ち上がった。

「そう。既に死んでいる、子が産めなかった姉の子の創造だ」

ユーリの歯が、ギリリと鳴った。

じいちゃんはそんなユーリにチラリと視線をくれると、次に棺に視線をやり、感情を抑えた声で話し出した。

「新たな命の創造とは、不完全に産まれた創造神と、その創造神に造られた不完全な子どもたちだけに備わった奇跡。古き神々には不可能なはずじゃった。しかし、主はどうやってか五体の獣人を産み、そして、そのあり得ないことを可能とするために膨大な熱量の全てを費やし――消滅してしまった」

「え……消滅？　土竜女王が⁉　女王竜は死ぬ前に次代の女王を産み残すものなんじゃないの⁉」

隠者のじいちゃんは、何故か困った子を見るようにオイラを見つめた。

「そうさのー。我が主は、確かに五つの卵を産み落とされた。しかし、その卵から産まれたのは全て獣人の赤子じゃった。雌の竜はおろか、雄の竜すら一頭たりとていなかった。次期女王竜はいなかったわけじゃの」

オイラは絶句した。

女王竜の消滅。それは、土竜という種《しゅ》の絶滅。竜種の一つを滅ぼしてまで、初代王妃はユーリティウス一世の願いを叶えようとした。

「ノラ……」

震える声に慌てて横を見れば、ユーリの握りしめた拳から、ポタリポタリと血の雫《しずく》が滴《したた》っていた。

「私は、君に何と詫《わ》びれば良いのか。私は君を利用した。君の能力を、立場を、血を、命を、種《しゅ》を――薄汚い、私の望みのために。犠牲にし続けた。知らなかったなんて、言い訳にもならない。すまない、すまない、すまない……けれど私は君に、生きていて欲しかった。君の遺志に背いたとしても……！」

血を吐くようなかすれた声に、じいちゃんは何とも言いようのない複雑な目を向けた。

「記憶が戻って――いや、随分とまともになったの、ユーリティウス」

ユーリの前髪に半ば隠れていた顔がふと上げられると、いつもは明るく生命力に満ちたその表情は暗くぐしゃりと歪んでいた。まるでユーリとは思えないほどだ。

「おかげさまでね石英《シーイン》、最近、『蚩尤《シユウ》』と『応竜《インロン》』を見て思い出したよ。新しい血肉を得て、腐りかけていた頭も大分クリアになったようだ」

石英《シーイン》というのは隠者のじいちゃんの名前だろうか。

『蚩尤《シユウ》』と『応竜《インロン》』というのは、王城にあった初代国王と初代王妃の【神話級】の武具だ。持ち主が亡くなったことで鉱石に戻ろうとするのを、特別な魔道具『時止めの箱』に入れることで維持していた。

そういえば、以前ジェルおじさんに【神話級】を見せてもらったとき、しばらく固まったようにユーリは動かなかった。

「え、ユーリが、本当の本当に初代国王ユーリティウス一世？」

「ごめんノア、お父さんが大変なときにややこしいことになって。まだ混乱しているんだ。ユーリの人格と、ユーリティウスの記憶と、まだらに入り交じってて。……でも分かる。覚えてる……ユーリティウス一世の渦巻く負の感情を」

苦悩に歪んだユーリの眉間には、深い溝が刻まれていた。

暗い淵《ふち》のように澱《よど》んだ瞳は、いつもの青空のようなユーリの目とは全く別の誰かのようだった。

「……二千年前、『私』は奈落の底に落とされた。誰よりも大切な人が、『私』の知らない間に『私』の願いを叶えるために消えてしまったから。『私』は知らなかったんだ。姉の――カウラの子を造ることが、太古の神にとって命と引き換えるほどの難業だったなんて。竜や神の魂は、人とは違う。一度死んだ竜は、二度と生まれ変わらない。けれど、せめて、せめて、『私』はノラの愛した土竜という種を復活させたかった。贖罪《しょくざい》？　罪滅ぼし？　いや、もっと醜《みにく》い執着だった」

険しい表情で言い切ると、ユーリはゆっくりと王陵の中を見回した。

「ここには、『私』の怨念がどろどろと染みついているようだよ。二千年の間、ユーリティウス一世はここで嘆き、悔い、自らを傷つけ――その血で王陵全体にとある術式の魔法陣を繰り返し描き続けていた。それは、人の血に混じり散ってしまった土竜女王の力を、その血族の一人の内に無理矢理掻き集め続けるという、果てない無謀な術だった」

「ん？　えっと……えっ？」

そのときオイラの脳裏に浮かんだのは何故か、遠く霞《かす》んだ母ちゃんの後ろ姿だった。

ふと口をつぐんだユーリの代わりにか、スフィさんが金の髪を掻き上げつつ皮肉な笑みを浮かべ口を開いた。

「私に告げられたユーリティウス一世の願いというのは、延命だったよ。皮肉なものだね、長すぎる寿命の中で狂い朽ちかけた男の末期の望みが、さらなる寿命だなどと。けれど消えかけていた彼は、最後の希望の存在を知ってしまったんだ。我が友の腹に宿った……二千年の地獄をさらに引き伸ばすに値するだけの、心残りを」

二千年の孤独。たった一人きり、妻と自分の墓の中で。

オイラは思わずユーリを見た。ユーリはただ無言で唇を噛み、光差す棺を見つめていた。

「共に王陵を訪れた我が友の望みは、この世から『神の血をひく王族』をなくすことだった。それは、その術式を維持し続けてきたユーリティウスがいなくなることで叶えられる。そして、既に寿命を迎えようとしていたユーリティウスは術式を放棄することに同意し、私の頭脳と技術に賭けた。私は錬金術師。錬金術師ならば――人造人間《ホムンクルス》が造れるからね」

ニィッと赤い唇を吊り上げて笑うスフィさんへ、リリィが手を上げた。

「待ってスフィ。確かに錬金術において人造人間《ホムンクルス》生成の理論は確立している。けれど人造人間《ホムンクルス》は別名を『試験管の命』、受精卵の状態から七日以上生かす技術は存在しないはず」

「私を誰だと思っているんだい、リリ姐。ヨーネ・スフィーダ・フリントコーンだよ。錬金術の鬼才と呼ばれた存在だ。まして私はずっと人工生命の研究をしていたのだから。幸いにも――私が求め続けてきた、考え得る限り最高に使い勝手の良い母胎がここにはいた」

スフィさんが親指でくいっ、と指したのは、どう見ても隠者のじいちゃんだった。

「？」

ジェルおじさんと、リリィと、オイラの視線がじいちゃんへ向き、スフィさんに向き、それからじいちゃん、スフィさんと行き来する。

じいちゃんが牙を見せてニマッと笑い、ひらひらと手を振ってよこした。

「え？　え？　ええっ？」

「先ほども言ったように、土竜は他の竜種とは異なり、全てが両性具有、雄でも雌でもあり、人の子宮に相当する器官——卵管も存在する。二千年を経て劣化していたユーリティウスの細胞に代わり、末裔《まつえい》である私の細胞を元に造りだした人造人間《ホムンクルス》の卵《らん》を墓守の胎内に移植し、卵管ごと取り出し培養槽《ばいようそう》へと移した。我々はそれを『竜のゆりかご』と呼んでいる。幸いにも土竜は頑丈《がんじょう》だ。帝王切開術にも余裕で耐えきってくれたよ」

「つ、つまり……隠者のじいちゃんが、ユーリの母ちゃん⁉」

「まさかわしも、友人《ユーリティウス》を孕《はら》むとは想像だにせんかったのー。人とは奇抜なことを考えるもんじゃて」

今まで眉間にシワを寄せて沈黙していたユーリまでもが、目を丸くしてポカンと隠者のじいちゃんを見つめていた。

「えっ……私ってば、石英《シーイン》のお腹から産まれたの？　マジで？」

どうやら、自分の今の体がどうやって造られたかは記憶になかったらしい。

その口調と表情はすっかりオイラがよく知る素のユーリに戻っていた。

16　竜のゆりかご4

「まぁマジじゃのー。もっとも、わしの卵管はその狂科学者《マッドサイエンティスト》がおぬしごと持って行き、培養だか増殖だか改造だかさせておったから、産んだと言って良いのかは微妙なとこじゃがの」

じいちゃんの狂科学者《マッドサイエンティスト》という発言がむしろ気に入ったのか、スフィさんはニヤリと笑った。

「無事に七日が過ぎ、ユーリティウス一世は自身が二千年に渡って描き続け重ね続けてきた女王転生の術式を流用し、自らの魂を新たな肉体に定着させた。これが成功すれば彼の最後の望み、数十年の延命が叶う。私にとっても、念願の人工生命への大いなる一歩だ。十月十日が経ち、『竜のゆりかご』――土竜の卵管から取り出した赤ん坊が目を開き産声を上げたときには、思わず皆で快哉《かっさい》を叫んだよ」

スフィさんはコツリコツリと靴を鳴らしながら、錬金術の器具の中をゆっくりと歩いていき、やがて大きな布のかけられた『何か』の前で足を止めた。そして愛おしげにその『何か』を布ごしに撫でた。

「ユーリティウス一世が、何故今さら延命なんてものを望んだのか、分かるかい？」

そういえばスフィさんがそんな話をしかけていたのに、じいちゃんがユーリの母親だという驚愕の事実に気を取られて、すっかり頭から飛んでしまっていた。

「きっかけは、私と友が王陵を訪れたこと。我が友を見るまで、ユーリティウス一世は延命なんて欠片も望んでいなかった。しかし、友を一目見て、ユーリティウス一世は気付いてしまったのさ。友の腹の中に、次代の――最後の『神の血をひく王族』が宿っていることに」

「……え？」

「ユーリティウス一世は死にかけていた。『神の血をひく王族』とは、彼が術式で無理矢理に産み出し続けていたもの。彼が死ねば、この世から『神の血をひく王族』はいなくなる。事実上、最後のチャンスだ。彼は、その子――オムラの子の行く末を見届けたいと望んだ」

「ちょ、ちょよっと待って！　スフィさんがさっきから言ってる我が友、その友達って、母ちゃんのことだったの⁉」

「おやバレたか。オムラはね、『神の血をひく王族』だった。そして、誰より『神の血をひく王族』であることに倦《う》んでいた。オムラは言ったよ。『ねぇスフィ。百年もの間、老いず、死なず、少年のようななりで、百歳を迎えた途端に老化し始め、卵を産んで数年で死ぬ。私はまるで、人間じゃない。人の世に紛れ込んだバケモノのようだよ』と」

「っ……！」

オイラは数秒固まり、それから唇を噛んで目を伏せた。

目の奥が熱くなって、ジンジンと痛み始める。目の裏に映るのは、母ちゃんの最後の姿。

十四年前にオイラを産み、八年前に死んだ母ちゃん。母ちゃんの死因は、老衰《ろうすい》だった。

まるで、六年で百年分、早送りのように一気に年齢を重ねて、母ちゃんは死んでいった。

ジェルおじさんが、縛られたままの不自由な体を引きずって泡を飛ばす。

「何を言うんだ！　その百年の間に、どれだけの国民がオムラ姉に救われたか分からん！　オムラ姉は聖騎士だ、化け物なんかじゃない！」

「そのオムラがノア君を産み、そして数年で見る影も無く老い衰えていったとき……そうご高説を垂れる義弟君《おとうとぎみ》は何をしていた？　変わりゆくオムラと向き合うことを恐れ、足が遠のいて行ったんじゃないか？　机上の空論、絵に描いた餅《もち》、何の説得力もないね」

心の一番柔らかい場所をえぐられたかのように、ジェルおじさんは顔を歪ませ固まり……それから乗り出していた体ごと頽《くずお》れた。

オイラの記憶に残る母ちゃんは、透き通る金髪の少年のような聖騎士なんかじゃなかった。

ちっちゃくて、白髪で、シワシワで、枯《か》れ木のようで、家事も下手で、すぐに寝込んで、それでも肝っ玉母ちゃんぽくガハハとよく笑う、ただの母ちゃんだった。

オイラが小さな頃によく来ていたジェルおじさんも、ルル婆ララ婆も、マツ翁も、鶴亀堂《つるかめどう》のご隠居も、母ちゃんの具合が悪くなるにつれ段々と来なくなっていった。母ちゃんが死んじゃってからも、時々依頼の手紙が届いたり、依頼品の受け取りに来たりするくらいで、ジェルおじさんたちを見かけることはほとんどなかった。

今なら分かる。

母ちゃんの死に様《ざま》が、普通の人とは違ったんだということ。

そして、元気な頃の母ちゃんと親しかった人たちは、急速に衰えていく母ちゃんを見るのが辛くて、全力で目を逸らしてしまったんだということ。

母ちゃんが死んで取り返しがつかないと分かった後も、かえってそのことが後ろめたくて後ろめたすぎて、父ちゃんやオイラからも目を逸らし続けてしまったんだろうということ。

「お前がお前の勝手な都合でオムラやノア君を避けている間に、何があった？　ノマドは鍛冶ギルドから爪弾《つまはじ》きにされ、金属や炭も回してもらえず無理を重ねて体を壊し、ノア君は食うや食わずでテリテ女史のところに転がり込み、さらには甲斐性《かいしょう》のないノマドを養ってすらいたんだ。国王で英雄でもあるお前が一言庇いさえすれば、鍛冶ギルドだって無下には出来ないのにな。知らなかったから？　無知は罪だよ。特にお前は国王だ。知らないで済ませて良い問題はない」

「ぐっ……すまなかった、すまなかったノア……今さら遅過ぎるが……」

片方の肩を床に付けて、呻くように絞り出されたジェルおじさんの言葉に、思うところがなかったと言えば嘘になる。あんなにいつも賑《にぎ》やかだった家から、段々と仲間の足が遠ざかっていくのを、母ちゃんはどんな思いで見ていたんだろう。

「勇者のくせに、ヘタレで情けないのがジェルおじさんだもんね。今さらだし、オイラは別にもういいよ……でも、オイラよく覚えてないんだけど、母ちゃんのお葬式には来てくれた？　なんだか、寂しかったような気がするんだ」

「……っ」

ジェルおじさんの目からホロホロと涙が零れた。

オイラは、なんでオイラが今まで母ちゃんの葬式を曖昧《あいまい》にしか覚えていなかったのか、分かった気がした。

死んだときの母ちゃんは、黒くて小さくて、まるで干からびた魔物か何かのようで。ずっと母ちゃんと暮らしていたオイラたちにとって、それは昨日まで生きていた母ちゃんと地続きで当たり前の姿だったけど、元気だった頃の姿しか知らない人からしたら、とてもショックだったはずだ。

今思い出せば、号泣した人も、吐いた人も、そのまま帰ってしまった人もいた気がする。

きっとジェルおじさんもその内のどれかで、当時のオイラはきっと、好きだった人たちのそんな反応を覚えていたくなかったのだろう。

「オムラはね、王家の道具として生き、自身を化け物だと呪い死に際まで厭われる自分のような人生を、我が子には味わわせたくないと願っていた。その全ての元凶である『オムラ・システム』を破壊しようとしていた」

スフィさんが手のひらで指し示す先には、光差す初代王妃の棺があった。

「オムライス？」

「オムラ・システムだ。土竜の女王の血脈は、ユーリティウスのために滅びた。ユーリティウスは、それこそ世界を滅ぼさんばかりに悔いたのさ。それで造った。女王の亡骸を中核に、国全体を使った『次期女王竜を人工的に生み出すためのシステム』をね。そして誕生したのが初代オムラ。王族の血に散らばった女王竜の力を無理矢理に凝縮させた存在。以降、百年ごとに産まれる『神の血をひく王族』は、全てオムラと呼ばれることとなった」

頭の中で、割れ鐘が打ち鳴らされているかのようだった。

ガンガンと頭が痛む。

それは、それはつまり。

火竜女王《エスティ》は言った。「竜とは、大いにレベルに影響を受ける生き物だ」と。

リリィが六十年もの間成長しなかったのは、竜の成長期が始まるレベル５００に到達していなかったから。リミットである百歳になる前にレベル５００になれない竜は、成長出来ずに死んでしまうのだと。

女王竜の幼竜は、百歳になる前にレベル１０００に到達出来ないと、ちゃんとした女王竜になれず、普通の竜を産むことは出来ずに次期女王竜の卵だけを産み落とす――……と。

それは先ほどスフィさんが言っていた、母ちゃんの言葉と重なる。『百年もの間、老いず、死なず、少年のようななりで、百歳を迎えた途端に老化し始め、卵を産んで数年で死ぬ。私はまるで、人間じゃない。人の世に紛れ込んだバケモノのようだ』と。

吐き気を抑え、オイラは胸の中で苦い固まりのようになった言葉を絞り出した。

「つまり、『神の血をひく王族』ってのは……母ちゃんは、レベル１０００になれなかった、土竜女王のなりそこない……」

17　竜のゆりかご5

「いやさ、それは半分合っていて半分間違いじゃや。この二千年の間、百歳《リミット》までにレベル１０００を越えた『神の血をひく王族』もおるにはおったが——その内の誰もが、女王竜への羽化の兆《きざ》しすらなかったんじゃ。無理に造った女王竜もどきにはハナから女王竜になることは不可能じゃったのか、そもそもの女王竜への羽化の条件が普通とは異なるのか」

隠者のじいちゃんの眼差しは、棺を見ているようで、どこかここではない遠くへと向いていた。

「ユーリティウスもわしも苦しんだ。何度も何度も、無駄な試みだと、主様は二度と戻らないとユーリティウスをなじったわしまでもが、いつしか夢を見ていたんじゃな。他の竜種のように、失った主様に代わり、次代に仕える夢を。けれど何度繰り返しても『もどき』は『もどき』のまま死んでいく。わしらの主様にはなり得なかった。夢は悪夢に、希望は絶望へと。主様のために産まれ、主様のためだけに生きるわしらは……」

茫洋とした眼差しには、悲しみも寂しさすらも通り過ぎ、灰色の虚無《きょむ》がにじんでいた。

「遺されたわしら土竜は、どうすれば良かったのか。ポカリと空いた心の穴を埋《う》められるはずもなく、わしは主様の墓を、ある者は主様のかつての住処を、ある者は主様の大切な人間の血を守っていた。それでも仲間たちは次第に存在し続ける気力を失って、朽ちていき——ついには、わしが、この世に残った最後の土竜となってしまった」

まさか土竜がそんなことになっているとは思わなかった。

『竜の棲む山脈』にいる火竜、『風の大砂漠』遥か上空の浮島に棲む風竜、『東の大樹海』に棲むという木竜、極寒の北の海に棲むという水竜。確かに土竜に関しては『獣の森』の隠者以外聞いたことがなかった。

「最後に残されたわしの望みは、たった一つ。あちこちに散らばった仲間たちの亡骸を集め、主様の眠るこの王陵に共に葬ってやることだけじゃ。わしは、人と取引をした。わしに出来ることならば、たとえこの身を腑分《ふわ》けされたところで構わん。あるいは人に斃され、あるいは人に素材とされ、あるいは人に死骸《しがい》を漁られた土竜たちを、ほんのひとかけらずつだけでも構わん、探し出し取り戻して欲しい。それには、人の力が必要じゃった」

痩せてシワだらけの手のひらをギクシャクと擦り合わせながら、紡《つむ》がれる言葉の向こう、スフィさんが胸に手を当て、軽く頭を下げた。

「私の商会としての赤羽屋の力。そして、デイジーズ侯爵の元宰相《さいしょう》としての政治力。各地に散らばった土竜の欠片は、十年も経たずに集めることが出来たよ。ただ、ひとつを除いては」

棺へ向いていた隠者のじいちゃんの視線が、ついっとオイラたちの方に戻ってきた。

まるで「ちょうだい」をするように、両の手のひらが重なり、こちらへ向けられる。

「坊よ、持って来てくれたかの？　かの『杯』を」

「えっ、これが必要だったのって、ジェルおじさんじゃなくてじいちゃんだったの？」

オイラは懐に手を入れて父ちゃんのぐい呑みを取り出すと、ちょっとだけながめてからじいちゃんのシワシワで骨張った小さな手のひらに乗せた。

じいちゃんは一度ぐい呑みを抱きしめてから、左手に持って目を細め、右手の指でカッと弾いた。

「父ちゃんのぐい呑みが！」

真っ二つに割れたぐい呑みへ慌てて駆け寄ろうとしたオイラを、スフィさんが軽く手を上げて押しとどめる。

隠者のじいちゃんが割れたぐい呑みの中から取り出したのは、小さな小さな――白い牙。

「やはり、おぬしは……ここに、おった……か……」

牙をおし抱《いだ》くようにうずくまったじいちゃんが、絞り出すようにそうつぶやいた。

「フリントコーンの祖だよ。神ならぬ身で人を産んだ土竜は、力を使い果たして本性である女王の牙に戻ってしまったようでね。その行方が長く分からなかったんだ。灯台もと暗しとはこのことかな、この杯はそもフリントコーンの蔵で埃《ほこり》をかぶっていたもので、珍しい金属だからと私がオムラにやったものだった」

スフィさんはそう言ってじいちゃんの膝下に落ちた割れたぐい呑みを拾うと、ジェルおじさんの胸元に突っ込みそのまま軽く蹴ってオイラたちの方へと押しやった。

「これで、交渉は成立、ジェルの身柄はそちらのものだ。牙以外の杯部分もオマケしよう」

「えっ、あれ、これってやっぱりジェルおじさんは誘拐されてたってこと？」

混乱するオイラをよそに、リリィが風魔法でジェルおじさんの縄をプツリと切った。

固まった手首や足首をほぐすように動かすジェルおじさんの前に立ち、リリィはヒタリとスフィさんを見据えた。

「……オムラが亡くなった後、ノアの家からオムラの装備を盗んだ人がいたって聞いたけど、ひょっとしてそれ、スフィたち？」

「「え、えええぇっ⁉」」

オイラとジェルおじさんは目を剥いてリリィを見つめ、それからそろってスフィさんを見た。

スフィさんは目を見開いた後、ゆっくりと口元に手を当てた。

「……ふ、ふふっ、よく分かったねリリ姐。どうして私たちの仕業だと？」

「オムラの装備、鎧と兜《かぶと》は代々聖騎士に受け継がれてきた国宝。大陸でも有数の防御力を誇った。この世で最も防御力の高い素材は――土竜」

「なるほど、言われてみれば自明の理だね。そうだよ、ノマドのところからオムラの装備を持ち出したのは私たちだ。けれど、盗んだとは人聞きが悪いな。ノア君たちに断らなかったのは悪かったけれど、あれはオムラ本人の指示だったのだから。装備に使われた土竜たちを、王陵へ埋葬《まいそう》すると」

「……え？」

「言っただろう？　私たちは、私たちの望みを叶えるために、墓守たちの望みを叶えるという取引をした」

スフィさんの言葉を、ゆっくりと自分の中で噛み砕く。

しばらくの沈黙の後、オイラは恐る恐る口を開いた。

「私たちって、スフィさんと銀月先生だと思い込んでたけど……。そうか、スフィさんの言う友達が母ちゃんなら……母ちゃんの装備を盗んだ犯人は、母ちゃんだった⁉」

スフィさんは懐かしむように目を細めた。

「そう、そうとも言えるね。オムラと私は無二の親友だったんだ」

「でも、母ちゃんの遺志だったなら、何であんな方法を取ったの？　事情を話してくれれば、父ちゃんだって装備を渡しただろうし、オイラだって……っていうか、あのときの犯人に、父ちゃんは周りを頼れないように暗示をかけられてたんだよ！　悪意を感じる、ってセバスチャンさんが言ってた。母ちゃんがそんなことさせるはずがない」

不信感を露わにスフィさんを睨むと、今まで黙って聞いていた銀月先生がスッと前に出た。

「オムラ様の装備を『盗む』手配をしたのは私なのでね、私から説明しよう。ああいう方法を取ったのは、国やジェラルド様に知られずに事を運ぶためだよ」

「なんで？　ジェルおじさんだって、話せば……」

見上げたジェルおじさんは、何かを悟ったような顔色で力なく耳を垂らしていた。

「それが駄目なんだよ、ノア君。ジェラルド様は国王だ。本人の感情よりも国益を優先する義務がある。代々受け継いできた国の宝を、個人の判断で失わせるわけにはいかない。つまり、『土竜から造られた鎧兜を、王陵に収める』というミッションにおいて、最大の障壁になりうるのが、国でありジェラルド様なんだ」

オイラは、王城の【神話級】を前に「俺の一存で鉱石に戻すわけにはいかない」とうなだれていたジェルおじさんを思い出した。

「国宝である『聖騎士の鎧兜』には、所有者の生命力を底上げする特殊効果がある。当時オムラ様は徐々に弱っていて、鎧兜を手放せば先が長くないだろうことは明白だったそうだ。オムラ様の装備に土竜が使われているのは同じ土竜である『獣の森』の隠者には一目で分かったそうだが、オムラ様が生きておられる間、隠者には待ってもらっていたんだ。けれど、オムラ様が亡くなった以上……」

銀月先生の最後の台詞が、オイラの中でガチンッと引っかかった。体の内側を、金属の爪で引っかかれたようだった。

「その台詞――詐欺師だ。父ちゃんに、ろくでもない暗示をかけた詐欺師の言葉だよ！　やっぱりあんたが！　父ちゃんに！」

　噛みつくように叫んだオイラへ、銀月先生の温度のない目が向けられた。

「妻子を奪われたんだ、少しくらいの意趣返しは当然だろう？」

「…………は？」

　ぬくもりのない目の中で、暗く澱んだ瞳孔が横長に広がっていた。

　イマ、コノオトコハ、ナンテイッタ？

「君の実の父親は、私だと言ったのだよ。あの野良犬を『父ちゃん』だと？　あの男は薄汚い簒奪《さんだつ》者《しゃ》だよ。まったく、君は早い内に我が屋敷に引き取り教育すべきだったな。君を権力尽くで養子にすることは先王陛下に阻まれ諦めざるをえなかったが……心から惜しまれる」

　頭が拒否する。

　言っている言葉一つ一つの意味は理解出来る。けど、理解したくない。

　目の前の、冷えた視線を向けてくる男の口を塞《ふさ》ぎたくてたまらない。

「君の母親、オムラ様と私は結婚していた。いや、オムラ様の体調が優れず式をあげていなかったから対外的には夫婦と名乗れなかったけれど、共に暮らしていたし、私は彼女を妻と思い、彼女も私を夫と思っていたはずだ。私は子どもの頃から彼女が大好きでね、彼女の隣に立つために努力し宰相の地位も得た。幸せだったよ。とても。……彼女が腹の子と共に私の前から消えるそのときまでは」

聞きたくない。聞きたくない。嘘ダ、嘘ダ、嘘ダ。

コメカミがドクドクと脈打ち、心臓を鷲《わし》づかみにされたような痛みが襲う。

「私は彼女に利用されていたのだよ。私のプロポーズに、彼女はこう答えた。『私の願いを叶えるために協力してくれたら、私の全てを君にやろう』と。私は、私の能力が国内随一だと自負している。彼女の隣に立つために、それだけの努力をしてきたという自負もある。私はその能力の全てで、彼女の要望に応えた。……それが、彼女の死に支度《じたく》のための手伝いだと、気付きもせずに」

痛みに服の胸元を握りしめながら、ふと気付く。

ああ、この男は、オイラを憎んでいる。

「共に暮らし、ついに彼女を手に入れたと幸せの絶頂だった私に、彼女は告げた。腹に子がいる。子を産んだら、自分はじきに死ぬだろう。『神の血をひく王族』とはそういうものだから。自分がいなくなった後、この子を頼むと。玉座も、名声も、この子も、約束通り私に遺せる物全てを君に遺そうと」

奥歯を噛み砕きそうなほどのギャリギャリという音が響いた。

「……そんなもの！　……そんなものが！　彼女のために血のにじむような努力を重ねてきた私の人生への、報いなのか⁉　私はオムラ様がいないならば王位などいらない。オムラ様の命を奪う赤子など死んでしまえばいい。私が欲しかったのはオムラ様自身だ。どうかどうか一分一秒でも長く生きて側にいて欲しい。私が泣きすがりそう乞《こ》うた夜、オムラ様は消えた」

暗い執着が、言葉の端々からにじみ出す。

「半狂乱になってオムラ様を探していたとき、オムラ様は、死んだと聞かされたよ。私が隙を見て呑ませた堕胎薬《だたいやく》に当たって死んだと。私のせいで、オムラ様は死んだと。私の仕える国王陛下が、私にそう告げた。私は喪主として、オムラ様の葬儀をあげた。救国の聖騎士の死だ、盛大な国葬で十日以上もかかった。全てが終わり、私はオムラ様の後を追おうとした。オムラ様のいないこの世に意味などない。……けれど」

ゆらり、と長身が揺れた。

絶望が、狂気が、たらたらと垂れているようだった。

「死ねなかったよ。オムラ様は私に呪いを遺していた。彼女の子を育てきるまで、死ねない呪いだ。胸を刺しても毒をあおっても首をくくっても、私は生き残ってしまう。さらには老いすらもしない。私のこの姿は、彼女を失ったときと全く同じものだ！　……それでも、オムラ様が私に遺してくれたものだ。狂いながらも、私はせめて彼女の守った国を守っていこうと……」

声が、消え入りそうなほどに低くなった。

それから、爆発的に高まる。

「数年後、そんな私の元に、赤羽屋崩れの『影』から報告がもたらされた！　王都の外れの小屋で、オムラ様が野良犬のような男と子どもを育てているという報告だ！　その近くには、私が右腕として長く仕えた先王陛下も、友人だったはずの先代騎士団長も身分を隠して暮らしていると！　私が現在身を粉にして支えている国王陛下も頻繁《ひんぱん》に通っていると！　そのときの私の気持ちが分かるか!?　……私だけが……私だけが知らなかった……」

瞳から粘つくほどに煮詰めた憎悪をドロリと垂らし、男はオイラを見据えた。

「私が、私からオムラ様を奪った君を贄《にえ》に、オムラ様を取り戻したいと望んで、何が悪い……？」

18　竜のゆりかご6

「っ……！」

鎖のような憎悪と執着がまとわりつく気がして、オイラは思わず後ろへ跳び退いた。

そんなオイラを尻目に男はクスクスと笑いながら、スフィさんの隣にある布を被せられた『何か』の側へと歩み寄った。

「教授の頭脳と技術は素晴らしいよ。これを維持するにはとても金がかかるが……私財の全てをつぎ込んでも悔いはない。『竜のゆりかご』――この世で唯一無二の人工生命の培養槽だ」

――ばさり。

男は、被せられた布に手をかけ、大きくまくり上げるように投げ捨てた。

「うっ、ぐっ」

込み上げてきた吐き気に、オイラは思わず両手のひらで口元を押さえた。

最初に連想したのは、解体されたグレートボアの中身。

木の根のような、内臓のような、ぐねぐねと蠢《うごめ》く『何か』が、液体で満たされた巨大なガラス槽の中に存在した。

卵の内側の膜のようなものが二箇所丸く膨らみ、その『何か』の中にいたのは——母ちゃんに似た淡い金髪の赤ん坊と、アビウムさんに似た黒髪の赤ん坊——……

違う。上手く言えないけど、これは、違う。

「オムラ様の細胞から造ったんだよ。これはもう三体目だ。どの子も肉体は出来るのだけれど、オムラ様の魂が宿ってくれないんだ。『ゆりかご』から出すと、泣きもせずに死んでしまう。『神の血をひく王族』は女王竜候補、いわば人の形をした竜だ。人とは魂の有り様《よう》が違ったんだよ。竜の魂とは、竜の力だ。竜の力を入れなければ器は動かない。オムラ様の竜の力を継いだのは……オムラ様が産んだ唯一の子である、君しかいないだろう？」

見開き焦点の合っていない横長の目。急な角度に吊り上がった口元。赤い口。

怖気が走った。

「さぁ、さぁ。君の中にあるオムラ様の魂をよこしたまえ。その体からオムラ様の魂を引っこ抜いて、穢《けが》れのない新たな体に入れてあげよう。なぁに、安心するが良い。オムラ様は私がイチから、私の記憶通りのオムラ様になるようじっくり育ててあげるからね。なにせ私には、オムラ様がくださった人より永い時があるのだから」

じりじりと後退りながら、オイラは全身に鳥肌が立つのを抑えられないでいた。

「そんなこと、本気で出来ると思ってるわけ？」

男は赤い舌を出し、ヨダレを垂らしてニタぁと笑った。

「もちろんだとも。そのためのユーリティウス一世だ。唯一の成功例。二千年をかけてここに彼が描き続けた転生の術式ならば、君からオムラ様の魂だけを引き抜ける。魔法陣は既に君を対象に書き換えてある。後は起動のために、ユーリティウス自身の魔力が溶けた血を振りかけてやるだけ。まぁ、その後の君がどうなるかは私の関知するところではないがね。それでも君は逆らわないさ。私に自ら進んで魂を差し出す」

「そんなわけあるか！」

気持ち悪さを振り払うように拳を握り、叫んだオイラの前で、男は目じりを下げた好々爺《こうこうや》の顔で優しく囁いた。

「君は逆らわないよ。だって、君の大切な大切な『父ちゃん』は、私の手の内なのだから」

「……は？」

脳内が一瞬、真っ白になった。

ガキィイインッという音がして我に返り振り向けば、今まで気配もなく佇《たたず》んでいたはずのカウラがユーリへと斬りかかり、その剣をユーリがほんの少しだけ眉を寄せて片手で持ち上げた剣の鍔《つば》元《もと》で受けていたところだった。

「カウラ、何のつもり？　デイジーズ侯爵のために、私の血を流させようって？」

「……ふふっ」

何度も何度も、型を変え緩急を変えて切りつけるカウラの剣を、ユーリは危なげなくカッカッと受けていく。

攻撃を仕掛けているのはカウラなのに、鞘《さや》すら抜くことなくいなすユーリの表情は困惑の中にも余裕があり、むしろカウラの方が次第に追い詰められるように息が上がっていく。

「ははっ、この、天賦《てんぶ》の才……僕が、いくら努力しても絶対に敵わない剣才。やはり君こそが正統なる国主だ！　王に相応しいのは君だけだ！　僕はね、君に王になって欲しいんだよ。それなのに、ノアのために魔道具士になる？　継承権を放棄する？　僕を王に推す？　僕は、君を王にするために何だってしてきた。これからも何だってする。ユーリ以外の王なんて認めない！　先生を――デイジーズ侯爵を後ろ盾に、魂の抜けたノアを隣に据えて、僕が君を玉座に乗せてあげる」

「そんなこと、私は望んでいないっ！」

「僕だって王座なんて望んでなかったよ！」

ガンッ、ギンッ、という金属音の向こう、切ない表情のジェルおじさんがチラッと目に入ったけれど、気付かないことにする。

斬り合いながらも、カウラは騎士服の首元から飛び出した金属の笛をくわえると、ピーーーイと鋭い音で鳴らした。

その途端に、わらわらと沸くように騎士たちが現れた。そういえば、カウラが連れてきた騎士たちが王陵の周りにいたんだっけ……

「なん……で、王族でもフリントコーンでもない者がここに入れるんだっ？」

「知らなかったのユーリ？　ここの守りは厳重だけれど、中からなら開けるのはそう難しくない。……さぁ同志たちよ、父上と、ノアと、人形娘と、ユーリを拘束しておくれ。彼らは幻術にかかって僕らを敵だと思っている。抵抗されるだろうけれど、僕は君らの腕を信じてる。散開！」

状況は呑み込めていないけれど、オイラはオイラたちに向かってスリーマンセルで掴みかかってくる騎士たちの腕をすり抜け、リリィは騎士たちの手の届かない高さへと飛び上がった。

「おいお前らっ！　何しやがるっ！　やめろっ、放せ、何で俺じゃなくてカウラの指示に従いやがるんだっ⁉　お前らこそ幻術にでもかかってんじゃねぇのかっ⁉」

今日のジェルおじさんは丸腰だ。いつもとは勝手が違うらしく、しばらくはさばいていたものの何人かの騎士に服を掴まれてしまい、それを力尽くで引き剥がし、引き剥がしている間に他の騎士にしがみつかれ、身動きがとれなくなっている。自分に仕えてくれているはずの騎士たちに思い切った反撃をするのをためらっているようだ。

「遠慮することはない、ここにいる者たちは頑丈だからね、多少の傷なら死ぬことはないだろう」

スルスルと騎士たちを躱しているユーリやリリィに業を煮やしたのか、男の言葉に騎士たちは次々に武具を抜き始めた。

「『合金還元』っ」

オイラは騎士たちの間をすり抜けつつ、一瞬だけ騎士たちの持つ剣の腹に触れていく。

さすがは王国騎士、持っている剣は【名人級】の業物《わざもの》ばかりで——つまり、『合金還元』のスキルを使えば、次々に元の金属へと戻り、バラバラと足下へ金属の欠片となって落ちていく。

「なっ……！」

剣は騎士の魂なんて言うし、さぞかしお高いんだろうけど、一方的に剣を向けられたこっちとしては容赦してやるつもりは毛頭ない。

リリィやユーリの綺麗な顔に傷でも付いたらどうするんだ。

すり抜け、すり抜け、ほとんど全ての騎士の武具を無力化し、確認のために辺りを見渡そうとちょっと高くなった場所に跳び上がり足を止めた次の瞬間——……。

オイラは頭の後ろに強い衝撃を受け、吹っ飛んだ。

ゴロゴロと転がる最中も、無意識に受け身を取れたのはエスティの修業の成果だろうか。

「「ノアっ!?」」

リリィとユーリの声が重なる。

その後で、「リリ姐後ろ！」というジェルおじさんの焦った声がした。

「おっと、動かないでもらおうかノア君」

不意打ちで驚いたけれど、エスティに比べれば遥かに攻撃が軽い。大したダメージもなく飛び起きたオイラが目にしたのは、騎士に白い髪を掴まれ細い喉をさらしたリリィだった。そこには、見たことのない黒い首輪がはまっていた。

「……くっ、ぁっ」

リリィの呼吸が浅くなり、表情の薄い中にも眉が歪む。

「リリィに何をした⁉」

「その前に武器を捨ててもらおうか。第一王子殿下も」

カラン、とユーリが剣を落とす音がした。

オイラも剣を投げ捨てると、騎士たちが集まってきて後ろ手に拘束され、跪くように潰された。

「ふふっ、最初からそうやっていれば、この娘も苦しまずに済んだというのに……これはね、魔力封じの魔道具だよ。スキル封じより、魔力封じのほうが理論的には簡単らしくてね、ヤイチが抜けた後の赤羽屋でも何とか作れたようだ。普通の人間ならば、魔力を封じられたところで日常生活にさほど問題はない、が――」

そこで、オイラは『夕闇谷』のスタンピードのときにルル婆ララ婆が言っていたことを思い出した。

「リリィは生命活動の一部を魔力で補っている……」

「その通りだよノア君。この首輪を付けている限りこの娘は無力だし、このままにすれば徐々に衰弱して死ぬことになるだろう。戦力差があるからと油断したね。君たちは確かに高レベルだが素直過ぎる。カウラが指揮し、騎士服を着ているからといって、本物の騎士だとは限らない。彼らは私が雇った、赤羽屋崩れの『隠密』だ。見えている騎士の姿は全て陽動、知覚の外からの攻撃こそ本業だよ」

「何だと⁉　確かに見知った顔はないが……こいつらが着ているのは正規の騎士服だぞ⁉」

数人がかりで押さえつけられながら叫ぶジェルおじさんに、男はニッコリと笑いかけた。

「正規騎士服の発注にも王印が必要なのに何故、と仰《おっしゃ》る？　貴方は即位してから何年、宰相《わたし》に王印を預けていたかお忘れか？　勅書も作り放題でしたよ。信頼だか何だか存じ上げないが、あれは国王の権力そのもの、宰相の執務室で管理していて良いモノではない。父親の代からの忠臣だから裏切らない、などというのは単なる幻想です。私が私欲なく国政に従事していたのは、全てオムラ様のためだったのですから」

それから男はポンと手を打った。

「そうそう、言い忘れましたが『赤羽屋崩れ』というのは、王家の『隠密の里』に産まれながら、王家の犬《おんみつ》であることを厭い、赤羽屋を頼って里を抜け出したものの、人より劣る立場《スキルなし》に耐え切れなくなった者たちのことですよ。彼らは結局、私のコマとして『隠密』スキルを利用して生きる道を選んだ。使い捨ての『スキル封じ』は実に良い仕事をしてくれました」

「……ペラペラと種明かしをありがとうよ。この俺の前でこんな真似しといて、無事に済むと思ってんなら随分とめでてぇな」

珍しく威圧のこめられたジェルおじさんの声に、オイラを押さえる騎士もどきたちは一瞬ビクッとしたけれど、男は無感動に肩をすくめた。

「お好きなように。私にとって価値あるのはオムラ様だけです。爵位も地位も財力も、全てはオムラ様を取り戻すこの刹那のため。オムラ様がいないこの世に意味はない。オムラ様が生き返るのなら――この身ごときどうなったところで構わない」

矛盾している。さっき男は、『オムラ様は私が育てる』と言っていたのに。まるでこの先のことなど何も考えていないような。

男の言葉にオイラ以上にギョッとしたのはカウラだった。

「先生!?　約束が違います！　僕が協力したら、ユーリの後ろ盾になってくださると言ったではありませんか！　父上は黙らせられると、先王陛下も説得してくださると！」

「ああカウラ。君もまた実に役に立つコマだった。あの野良犬を拘束し、私の息がかかった牢に入れてくれたのだろう？　君が引き連れてきたおかげで、ノア君もジェラルド様も『隠密』連中をすっかり騎士だと思い込んでくれたしね」

カウラの顔色が、サァッと青ざめる。その呆然とした一瞬で、不意に現れた騎士もどき四人が素早くカウラを拘束した。

あれが『隠密』スキル――客観的に初めて見たけれど、音も気配もなかった。初見であれに気付くのは無理過ぎる。

「さぁノア君、先ほどの話の続きだ。人質は二人。君の大切な『父ちゃん』と風竜娘だ。私たちが必要な魂も二人分。随分と対等な取引じゃないかね？」

ドロリと濁った目をして、男は口元に手をやり愉快そうにクツクツと嗤った。

19　竜王のサナギ

そうだ。さっきこの男は、父ちゃんのことを話しかけていた。

「どういうこと……父ちゃんに何したの!?」

「……君の父親は王都治安部隊の衛士に捕まえさせた。国王誘拐の容疑者として」

「何で!?　父ちゃんがジェルおじさんを誘拐するはずがないじゃないか！　っていうか犯人はスフィさんたちでしょ!?」

「事実なんて、デイジーズ侯爵の手にかかればどうとでもなるんだよ。僕はただ、今度こそユーリにはユーリ自身のために生きて欲しくて……この国を造ったのはユーリティウス一世だ。僕らじゃなくフリントコーンこそが真の王族だよ。ユーリこそが真の王だ。ユーリがユーリティウスの記憶にひっぱられてノアの役に立ちたいと思っているのは分かっているけど、二千年前のユーリティウスと今のユーリは別人じゃないか。ノアだって初代王妃とは別人だ。僕はユーリに、本来の王位《しあわせ》を手放してほしくないんだよ！」

視界の端に、目をまん丸にしてポカンとしているユーリが見えた。

「私の、ために……こんなことをしたって……？」

呆然としたユーリの言葉に、カウラは答えることなく唇を噛んだ。

「ねぇカウラ、私は剣が好きだよ。戦うのも手入れするのも。君が言うように、人より剣才があるのかもしれない。でもそれは国を統べる能力とは全く別で、私は本当に王様なんてなりたく……」

ユーリのポツリポツリとした言葉を遮るように、男の哄笑《こうしょう》が響いた。

「残念だったねカウラ！　君の完全な空回りだったわけだ！　くくっ、こうも思い通りに踊ってくれるとは、まだまだ君に国王の座は荷が重いようだね……まぁ、この国の未来なんてのはどうでもいいが。さぁ、取引だよノア君。牢名主《ろうなぬし》というものを知っているかい？　書いて名の通り、牢内を支配する古株の収容者だ。簡単に金で動いてくれる便利な人間でね。私は彼にこう言ってある。『今日の正午までに新たな指示がなかったら、新入り――つまり、ノマドの両腕を潰せ』と」

「なっ……！」

衝撃と怒りに赤く歪む視界の中、男は長い舌をベロリと出し、目を弓なりに歪ませた。

「利き腕は鍛冶士の命なんだろう？　粉砕骨折なんてしたら、鍛冶生命は終わりだね。『奉納鍛冶』も棄権するしかない。国王誘拐の容疑はさておき、『竜王の鍛冶士』を騙《かた》った詐欺罪は晴れないだろう。鍛冶士として最低の汚名を被り、二度とは動かない腕に絶望しながら這いずって生きるんだ。私のオムラ様と君を横からさらっていった薄汚い野良犬には似合いだとは思わないかい？」

「よくもそんな……！　オイラの父ちゃんは父ちゃんだけだ！　お前なんか知らない！　母ちゃんだってオイラの母ちゃんだ！　お前のなんかじゃないっ！」

牙を剥き飛びかかろうとするオイラを、騎士もどきたちが押さえつける。跪いた姿勢からさらにうつ伏せに潰されて、その上に何人もの体重がかかった。オイラから見えるのは靴、床、靴――力尽くで振り払おうとしたとき、怒りに沸騰した耳に、リリィの小さなうめき声が届いた。

どうすれば……どうすればいい？

このままじゃ、父ちゃんは……リリィは……

「くくく、本当にそう思っているのかい？　君とあの野良犬は欠片も似ていないじゃないか。犬と犬だから親子？　同じ熊だとしても、ツキノワグマからヒグマの子どもは産まれないよ。柴犬《しばいぬ》系の父親の元に、レトリバー系の子が産まれることも。ねぇ、君のその垂れ耳は誰に似たんだろうね？　君の大きな犬耳は、本当に本物の君の耳なのかい？　君が私の子どもではないと言うなら、その大きな耳をめくって私に見せてくれないか」

ピシリと全身が凍り付いた。

耳は……この耳は……

「まぁ嫌だと言うならそれでもいい。私はオムラ様の魂だけもらえればそれでいいのだからね」

「――ユーリッ!?」

カウラの悲鳴のような声が木霊《こだま》した。

ぼたぼたっ、と何かが床にしたたり落ちる音。

愉快そうな男の哄笑。

目の前の床に、見える範囲全ての床に広がっていく赤黒い模様――……

体の内側をザラリと撫でられ、揺らされる感覚がした。

赤黒い光に呑まれゆく意識の端に、場違いに冷静なスフィさんの声と、何かの記録を取るような紙にペンが滑る音がかすかに聞こえた。

「実に興味深い。初代王妃は五人の獣人を産んだ。つまり女王竜には少なくとも獣人五人分の魂の容量に相当する熱量があると考えられる。であれば女王竜のサナギであるノア君なら、二人分の魂を抜いたところで、まぁ死にはしないだろう。本来なら羽化を待ちたかったところだが……隠者が死ねば隠者から造った『ゆりかご』も朽ちる。彼の寿命は彼の主が死んでちょうど二千年、まさに今日までだ。悪く思わないでくれよ、私たちはこの最後のチャンスを逃すわけにはいかないのでね」

じいちゃんが、今日、死ぬ――？

オイラの意識は赤黒く塗りつぶされ……そして、ゴウッという強風になぶられて、不意に覚醒《かくせい》した。

「えっ、あれ？　オイラ、生きてる？　って、リリィ、リリィは⁉　大丈夫⁉」

いつの間にかオイラたちを押さえつけていた騎士もどきたちはバタバタと辺りに倒れ、リリィは捕まっていた床に座り込んで喉を押さえ、ケホケホと乾いた咳を繰り返していた。

「リリィ！」

慌てて駆け寄って背中をさすると、リリィは涙目ながらも顔を上げて、安心してと言うようにかすかに微笑んでくれた。

胸をなで下ろすオイラの後ろから、とても聞き覚えのある声がかかった。

「間一髪というヤツじゃったのぉ」

「エスティ⁉　と、セバスチャンさん⁉」

赤い髪にガーネットの瞳の美女、火竜女王エスティローダが、騎士もどきたちの襟首を掴んで軽々と持ち上げていた。その向こうでは、エスティの王配にして執事のセバスチャンさんがユーリの側に片膝をつき、傷を診てくれているようだ。

「なんじゃ、せっかく来てやったというのに張り合いのない。こんな奴らに後れを取るとは不甲斐ないわ。ノアは帰ってから特訓のし直しじゃのぉ」

「えっ⁉　いやえっと、それは父ちゃんとリリィを人質に取られて……じゃなくて、なんでエスティがここに？　って、それもどうでもいいや、凄い助かったよ！　ありがとう！」

リリィを支えながらも全開の笑顔を向けると、エスティは口元だけで獰猛《どうもう》に嗤った。

「なに、我の与えた『竜王の鍛冶士』の称号をコケにしようという輩がおると聞いてな。それともうひとつ――そこなご老体に呼ばれたのじゃ」

エスティのチラリと向けた視線の先、小柄な隠者のじいちゃんが、地に伏したあの男の側に立って見下ろしていた。

「なぜ……なぜ、なぜ、なぜだ⁉　どうして魂が宿らない⁉　オムラ様の魂は、あの子どもの中にあるのではなかったのか⁉　術式は完璧だった、完璧だったはずだ……！　崩れてしまう……私の、私のオムラ様が……！」

半狂乱になりながら男がナニカを掻き集めている指の隙間から、透き通るような細い金髪が見えた。

『ゆりかご』と呼ばれたものが入っていた、大きな瓶のような水槽のようなものには無数のヒビが入り、卵膜の一つが割れて、でろりと中身が零れ落ちていた。

「愚かよのー。たとえ切り離されようと、これはわしの一部。主様を傷つける片棒など、担ぐはずもないというのに。まして命を引き換えに産んだ我が子を犠牲にして、生き返りたいと望む母親などおるはずもない。おぬしは最後まで、オムラという人の心を理解出来んかったようじゃのー」

どうやら男がやろうとした術は失敗したようで、その主な原因は、オイラの中の母ちゃんが抵抗したかららしい。

「悪かったのー、坊。いや、主様と呼ぼうかの。先ほどそこの錬金術師も言ったように、わしの寿命は今日までのー。主様の害になるこの男を、今日中に始末しておきたかったんじゃわ」

「え……ごめん、ちょっとよく分かんない」

色々ありすぎて脳みそが停止している。

じいちゃんと、スフィさんと、エスティの顔を見比べていると、じいちゃんがくしゃりと破顔した。

「坊はのー、わしらが二千年の間待ち続けた奇跡なんじゃ。しばらく前、わしは西の空にわしらの主様になり得《う》るナニカの誕生を感じた。女王竜というのは、女王竜となる資格を得て後《のち》数年は、力の変化に体を慣らす休眠期があるんじゃ。いわば『竜王のサナギ』じゃのー。そして後に女王竜として羽化する。今まで、サナギにまでなれた『神の血をひく王族』はいなかった。待ちに待った奇跡を、こんな人間にいじくり回されてなるものか」

「西の……あ、風竜の領域？　オイラが……え？　女王竜？　サナギ？　ちょっと待ってよ、オイラ女じゃないよ？」

じいちゃんは困ったように笑った。

「じゃが、男でもないじゃろう？　土竜は雌雄同体、『神の血をひく王族』は、両性か性別を持たずに産まれ、百歳のリミットを越えて初めて自身の性自認に応じて分化する」

オイラはつーーっと視線を逸らし、黒モフの中に顔を埋《うず》めた。

黒モフも落ち着かないのか、わさわさしている。

オイラの性別に関しては、一緒にお風呂《ふろ》に入ったことのある父ちゃんと黒モフとテリテおばさん家族だけのシークレットだ。

「坊を見て、わしはようやく分かったんじゃ。長い間『神の血をひく王族』が女王竜になれなかった理由が。女王竜は、成竜となるリミットである百歳になるまでにレベル1000にならねばならない。そうでなければ、真の女王竜になることなく次代の卵だけ残して死んでしまう。わしらはそう思っとった。けれど『神の血をひく王族』はヒトじゃ。ヒトの成人である、十五歳までにレベル1000に達しなければ女王竜となる資格を得られなかった、ということだったんじゃのー」

胸を張って得意げに言うじいちゃんに、周りはちょっと沈黙した。

「……十五歳までにレベル1000とか、どんな無理ゲー」

咳すら忘れたらしいリリィのボソッとしたつぶやきは、周囲の心を代弁していた。

20 竜王の心

そんなオイラたちの空気を無視するように、低い声が響く。

「オムラ様、オムラ様……貴女は戻らぬというのに、あの野良犬だけがおめおめと生きながらえて良いものか……！　アレが貴女のお気に入りだというのなら、貴女に殉じさせてさしあげましょう。

私が生きている限り、あの男の両腕を潰し、両目をくりぬき、貴女の認めた鍛冶の腕を、貴女のため以外に振るえぬように……」

ぐちょり、としたナニカを両腕に抱きかかえ、男はゆらりと立ち上がった。

「まだ父ちゃんを！」

拳を握って立ち上がったオイラに、男は虚ろな目を向け、嘲るように片方の口元を上げた。

「あの野良犬ごときを惜しむならば、私を止めなくてはならないね。生きている限り、私はあの男を害するのをやめないだろう。甘ちゃんな君に、人が――実の父親が、殺せるわけがない」

「な……！　オイラの父ちゃんは父ちゃんだ！　お前なんか父ちゃんじゃない！」

「さぁどうだろうね、君は腑《ふ》抜《ぬ》け過ぎて肉食獣の子にはとても見えない。わめくだけで牙なんてとんと見えないじゃないか。その剣は飾りか？　なまくらか？　この腰抜けが。それとも、丸腰でレベルも下の私に近づくのが怖いのかね？　さぁ、さあ、私を殺さねば、君が父と慕うあの男は――死ぬぞ」

一気に頭に血が上り、物理的に口を閉ざさせてやろうと飛びかかろうとしたオイラの前に――パサリ、と黄金の扇子が広げられた。

「まぁ待つが良い。我はどうも、弱いくせに謀《はかりごと》を巡らすような輩は気に食わぬタチでな。こやつの狙いは、おぬしに殺されることだ。こやつが死のうが生きようが我はどうでも良いが、こやつの思う壺になるのは癪《しゃく》ではないかえ」

「え？」

振り上げた拳もそのままにギョッと固まると、目の前の扇子越しに、男の背後に無音でセバスチャンさんが現われたのが見えた。

セバスチャンさんはそのまま、無言で男の背中を踏み潰す。

べちょり、と地面に這った男を、セバスチャンは爬虫類《はちゅうるい》のような温《ぬく》みのない目で見下ろした。

瞳孔が糸のように縦に裂けている。

「まったく、虫唾《むしず》が走る。死ねなくなっただと？　呪いだと？　それは、貴様が女王の『王配』として認められた証《あかし》だろうに」

「……」

告げられた言葉の内容もそうだが、いつにないセバスチャンさんの荒い言葉遣いに思わず全員が息を呑んだ。

台所の黒い虫でも潰すように、セバスチャンさんは男の背中をグリグリと踏みにじる。

本気でやったら跡形も残らないだろうから、手加減はしてるだろうけど……セバスチャンさんの心中を如実《にょじつ》に表している気がする。

「貴様は根本的に勘違いをしている。女王は、次代《おこ》を産むから死ぬのではない。死期を悟るから次代《おこ》を遺してくださるのだ。貴様も言っただろう？『神の血をひく王族』とはヒトの形をした竜だと。ヒトとは魂の有り様《よう》が異なると。ならば、心の有り様《よう》もまたヒトとは異なると、何故思わん。

女王にとって、次代の卵とは自身の全て。その次代を託されるというのは、女王からの絶大なる信頼と愛情の証だ」

もがいていた男の動きが、ゆっくりと止まった。

その男をつま先で蹴飛ばし、セバスチャンさんは蔑み乾ききった視線を向ける。

「それほどの信頼と愛情を向けられながら、貴様は何をしでかした？　私の聞き間違いでなければ、堕胎薬と言ったな？　よもや女王が身ごもった次代《おこ》を殺そうとしたのか？　女王が生涯に唯一と定めた王配が、女王を裏切ったのか？　我らは忠誠と献身をもって女王に仕える者。ただ一時の思い出のために、与えられた果てない孤独に耐える者だ。唯一の主に見返りを求めるなど、なんと烏滸《おこ》がましい」

竜の力で蹴られ、男は機材をなぎ倒しながら転がっていた。どこかが折れたのか、体を折って呻く男へセバスチャンさんがつま先を向けたとき、ふと割って入る声があった。

「……十七年前、私の元に転がり込んできたオムラは、死にかけていたよ」

『ゆりかご』の割れたガラスに寄りかかっていたスフィさんが、けだるげに口を開いていた。

男の肩が、ピクリとも動かなくなった。

「偉大なる竜の話に口を挟んですまないね。ただこの話は、その男にもノア君にも言っておいたほうが良かろうと思ってね。——十七年前、この男の元から逃げ出してきたオムラは、血だらけだった。下半身から大量に出血していて……手を尽くしたが、卵は母胎に留まっていられなかった。流産と呼んでもいいくらいのかなりの早産――まだ卵殻すらも固まりきっていない、手のひらに載るほどのちいさな卵だったよ」

先ほどスフィさんが言った、『最初に見たときの君はこのくらいだった』と指で示したサイズが頭をよぎった。

「当時の国王陛下、クレイタス四世陛下が侯爵へ告げた内容はそう間違ってもいない。大量の血を失い臓腑《ぞうふ》も傷ついたオムラは、かなりの期間仮死状態だった。呼吸もほぼなく、体温も低く、鼓動も最低限、何故完全に死なないのかと医者が首を傾げるような状態だった。ようやく目覚めてからも、彼女は心を病んでいて――孵化《ふか》しないだろう小さな卵を抱えて離さなかったよ。そんな彼女を、私《わたし》は片田舎に住むノマドの元へ預けた」

割れた硝子や壊れた機材に埋もれたまま、男がかすかに身じろいだ。

「何故、と言うのかい？　それはノマドが、オムラの知り合いの中で唯一『聖騎士オムラ』を必要としていなかったからだ。ノマドは政治的な『神の血をひく王族』から最も遠い人間だった。信頼しきっていた君に裏切られ、オムラは外界の全てを拒絶していた。私やジェルの顔を見るだけで震え、物を投げつけてきたこともあった。そんなオムラが受け入れたのは、ノマドや、テリテ女史……王城のニオイのしない人たちだけだったよ」

スフィさんはオイラの方へと視線を向け、泣きたいのを我慢しているかのような複雑な表情をした。

「奇跡というのは起こるものだね。優しい人たちに囲まれて、私がもう駄目だろうと思っていた卵は無事に孵化した。三年という、本来よりも長い長い時間をかけて。皆に祝福されて、君はこの世に産まれてきたんだよ、ノア君。オムラは私たちの前でも笑うようになっていたし、ノマドは君の誕生を踊り出さんばかりに喜んでいた。……君の父親は、ノマドだよ。誰が何と言おうと、私はそう断言する」

ポタッ、ポタッ、とどこか遠い音がした。

きつくつむった目蓋《まぶた》の隙間から、水がしたたり落ちて地面へと消えていく。

「……そうだよ。オイラの父ちゃんは、父ちゃんだけだ」

オイラの心の中深く、どこかで頼りなく震えていた子どもの頃の心に、真綿で出来た褞袍《どてら》を着せかけられたようだった。

袖で涙を拭ったオイラの頬へ、励ますように黒モフがすり寄り、背中にはリリィの小さな手が添えられ、肩にはユーリの温かな手が乗せられた。

凍えかけていた心が、ほんわりと緩んでいく。

「ありがとう」

「なに、君には迷惑をかけた。……今度こそ、アビウムの子が造れるかと思ったが……まぁデータは残っている。『ゆりかご』が失われるのは痛いが、私の残りの人生の内に成せる物もあるだろう」

スフィさんは割れた水槽の中へ手を差し入れ、ぬちゃり、と『ゆりかご』ごと残った黒髪の赤ん坊を抱きしめた。白皙《はくせき》の頬が汚れるのも構わず愛おしそうに頬ずりするその表情は、何故か記憶に残る母ちゃんの顔と重なって見えた。

「まだ僅かに鼓動は残っているが……この子もじきに死んでしまう。神の理《ことわり》に逆らってでもと、子を望むのは罪なのだろうな。私なぞに望まれたが故に……この子にも辛い思いをさせた。それでも私は諦めきれないのだよ。またいつか……きっと、必ず、再会しよう。どれだけの歳月を費やそうと、私が君を生みだしてみせるから」

それは、何故か不思議に美しい光景だった。

悲しくて、神聖で、グロテスクで。

思わず魅入っていたオイラの背後で、「はぁあああぁぁぁ」という長いため息が聞こえた。

隠者のじいちゃんが、カツリカツリとスフィさんへ歩み寄り、『ゆりかご』へ手を触れた。

「そうさのー、主様が望まれるなら是非もない。……ヒトの錬金術師よ。わしら土竜は主様に仕える者。わしらの主様は不変の神じゃったが、わしら竜には寿命がある。わしらは自身の内で新たな土竜を育み、そこに『竜の力』を注ぐことで、死ぬ前に主様の新たな眷属《けんぞく》と代替わりしておったんじゃわ。わし以外の土竜は、主様のいないこの世に未練などなく、代替わりせずに朽ちてしまいおったが……」

スフィさんは汚れた顔を上げて、どこか幼い顔でキョトンとじいちゃんを見つめていた。

「新たな主様が産まれようとしておるんじゃ、眷属が皆無というわけにもいくまい。今なら、わしはその子を新たな土竜にしてやれる。じゃがそれはヒトではない。ヒトの魂は宿らん。しかし、本人が望むならば、フリントコーンの祖のようにヒトに擬態して生きることは出来るじゃろう。条件は、成長したらわしの代わりに主様へ仕えること、出来ればこの森に棲まい守ること」

金色の睫毛に縁取られたスフィさんの目が、徐々に大きく見開かれていった。

「どうかのー？　あくまで完全なヒトでなければ嫌だと言うなら……」

「そんなの！　そんなの、構うわけないじゃないか！　死んでゆくしかなかったこの子が生きられるなら、代償が私の命だったところで、喜んで差し出そう」

スフィさんが叫んだとたんに、じいちゃんの全身がキラキラと輝きだした。

あっという間にぼやけていく輪郭《りんかく》の中で、じいちゃんは確かに微笑んでいたように思う。

「……墓守？」

目の前にいたはずのじいちゃんの姿が空間に溶け消え、スフィさんが戸惑ったように辺りを見回したとき、傍らにあった『ゆりかご』がデロリと崩れた。

悲鳴を上げながら『ゆりかご』の残骸《ざんがい》を掻き分け、ドロドロになりながらも黒髪の子を取り出し、腕に抱いたスフィさんはポロポロと泣いていた。

「生きてる、生きてる、生きてるよアビウム！　息をしている！」

同じくドロドロになりながら残骸を掻き分けていたアビウムさんと抱き合い、間に黒髪の赤ちゃんを挟んで泣き笑うその姿に、今まで忘れられていた男からかすかな声がした。

「な、ぜ……」

「分からないのか。だから貴様は主を失ったんだ」

硝子の破片にまみれた男の襟首をセバスチャンさんが掴み、吊るし上げた。

男の体から、パラパラと硝子の破片が落ちる。

「貴様は主に拒絶されたんだよ。我ら竜は主に望まれれば魂とて差し出す。『獣の森』のご老体が消えゆく我が身の『力』を赤子に譲ったのは、新たな主が赤子の死を惜しんだからだ。自己中な欲望しかない貴様に得られるものはない」

振り返ったセバスチャンさんの瞳孔が、するりといつもの縦長な形へと戻り、表情もいつも通りになった。

「女王の王配は、女王と子どもたちを守るため、とても死に辛くなるのです。しかし死なないわけではない。王配が寿命前に死ぬ唯一の方法とは、育ちきった次代に殺してもらうこと。事実、最愛の女王を失った喪失感に耐えかね、次代の手で命を絶ってもらった王配を何人か存じております。この男は、どこかでそれを聞きかじったのでしょうな」

セバスチャンさんは散らばった機材の中、ガラガラと男を引きずってオイラの目の前までやって来ると、片方の手を胸に当てて恭しく一礼した。

「今までの非礼にお詫びを。お嬢様が常々おっしゃっておられた『ノアは特別』という言葉の意味に得心がいきました。まさか竜王の卵だったとは。さて、この男はもう必要ありませんな？　死に辛いとは、子竜たちのオモチャにちょうど良い。私めが頂いていっても構いませんでしょうか」

「へ？」

「では頂いていくといたしましょう。お嬢様、私めはいったん戻らせていただきます。彼《か》の方《かた》はお任せいたします」

え、ちょっと待ってオイラ了承したわけじゃないし、彼の方って誰？

色々あっていっぱいいっぱいなのに、これからさらに厄介そうな人が増えるわけ？

そう言いたかったのに、セバスチャンさんはゴウッ、という強風を巻き起こし男をひっさげたまま飛び去ってしまった。

いや、ここ王陵の中なんだけど、ひょっとしてセバスチャンさんって空間系の魔法使えたりする？　まぁ、セバスチャンさんだし。その一言で全て済むあたりホント最強執事だよな……とオイラは遠い目になった。

21　エルダートレントの薪

「まったく、セバスがあれほどブチ切れるなど久々に見たわ。……それにしても、上手く逃げおったな」

呆れたような口調で腕を組み、セバスチャンさんを見送るエスティの足下から、ひょこりと暗い緑色の大型犬が顔を覗かせた。

その、もつれたボサボサの毛並みと背負った風呂敷、丸い眼鏡には見覚えがあった。

「あれ、モップ？　ミュールちゃんのダンジョンで会ったクー・シーのモップだよね？　どうしたのこんなところで？　うっわ、殺伐としてたから癒やされるー」

妖精犬《クー・シー》のモップというのは、『妖精の国』の生き字引と呼ばれる、妖精王の元秘書犬で、風竜の領域に行くときに知恵を借りたことがある。

『ふぉふぉふぉ。ノア氏とは半月ぶりですかな。いやはや、ちょっと見ない間に成長されましたな。我が輩、目を疑いましたぞ』

「え、ホント？　背ぇ伸びたかな？」

嬉しくなってニコニコと笑えば、何故か青ざめたエスティにガシリと肩を握られた。

「……待て。待て待て待て。ノア、今おぬし……テスカトリポカ様を……よもやモップなどと呼んだのか？」

「テ……何？」

そういえばモップの本名は人間には呼びづらいと聞いた気がする。

「テスカトリポカ様だ！」

『構いませんぞ、エスティローダ。我が輩が良いと申したのですから。元々隠居した身であることですしな』

火竜女王を呼び捨てにする妖精犬。……うん、なんかマズイ気がしてきた。

「えっと、知り合い？」

エスティは頭に手をやりながら、深いため息と共に答えた。

「我の曾祖父君《そうそふ》だ。父方のな。我の父上は木竜だったと話したことがあったじゃろう？　つまりテスカトリポカ様は、先々々代の木竜王にあたる」

「げっ……マジで？」

「マジじゃ。確かに生まれはクー・シーじゃが、木竜は妖精種との交流があってな、先々々代木竜女王に見初められたと聞いておる。滅多に『東の大樹海』から出てこられぬが、今回はおぬしに是非にも『借り』を返したいとおっしゃるのでな、こんな場所までお連れしたわけじゃ」

エスティが尊敬語を話すのに違和感しかない。と言ったら怒られるだろうか。

「って、『借り』？　オイラ特に身に覚えはないんだけど」

「おぬしは先日、『夕闇谷』のスタンピードを収めたであろう。あの谷のエルダートレントは……」

珍しく言いよどんだエスティに代わって、テス――もういいや、モップ様がもさもさした毛に覆われた口を開いた。

『木竜には、命を同じくする竜樹《りゅうじゅ》というものがありましてな。通常は花すら咲かぬ樹ではありますが、稀《まれ》に、ごく稀《まれ》に、実を結ぶことがあるのですぞ。実を結んだ竜樹は枯れ、その実から芽を出した樹が、始まりのトレント、エルダートレントへと成長するのでありますぞ』

「え？　竜樹が枯れちゃったら……その竜樹の持ち主？　木竜ってどうなるの？」

『もちろん、衰弱して死にますな。千年近く前、成竜になってじきに竜樹が実を結んでしまった木竜がおりましてな。植物好きで研究熱心な若者でありましたが。死にゆく定めの彼に、手を差し伸べた幼馴染の女王竜があったのです。自分の王配になれば、生きながらえることが出来るかも知れぬ、と』

思わず見つめたオイラに、エスティは小さく頷いた。つまり、その若者っていうのがエスティの父ちゃんで、幼馴染の女王ってのがエスティの母ちゃん……

『その甲斐あって、若者はそれから八百年近く生きることが出来申した。竜としては虚弱ではありましたが、とても幸せそうな夫婦でしたな。その、若者の竜樹から生まれた実が、『夕闇谷』のエルダートレントであったのです――我が輩は感謝しておるのですぞ、ノア氏。諦めていた彼の樹の命を継いでくださったことを。ノア氏への礼をどうしようかとエスティロードへ相談したところ……エルダートレントの枝で作った薪はどうだ、と』

そこでモップ様はもじゃもじゃの中にも、とてもとても不本意そうな顔をした。

『本当に、そんなものが礼になるのですかな？』

「エルダートレントの薪ってあれだよね!?　エスティが前に言ってたヤツ！　うっわ本当!?　モップ様ってば、エルダートレントの枝で薪作ってくれたの!?　すっごい嬉しいよ、ありがとう！　確

か高温で火持ちが良いって言ってたよね⁉　その薪使って剣打ったら、どんな剣が出来るかな⁉

今までウチの炉じゃ扱えなかった金属も溶かせるかも！　でも炉の方が耐えきれないかな……あ、タマキ石とか特殊鉱石との相性とかある⁉　木属性が付いたり⁉」

モップ様が元木竜王だったとか全て吹っ飛んで身を乗り出したオイラの勢いに、モップ様は小さな目を白黒させてのけぞった。

『も、モップ様とな⁉　炉でしたら鍛冶神の社の炉が高温に耐えられると聞いたことが……しかし、ここまで喜ばれるとは思ってもいなかったのですぞ』

「どこ⁉　どこにその薪あるの？　ここ？　オイラのうち？　父ちゃんだったらどう使うかな、早く父ちゃんにも見せた……い……あぁぁあああぁぁっっっっ⁉　父ちゃん！　父ちゃんのこと忘れてたぁぁあああ！」

忘れてたわけじゃない、いっそずっと父ちゃんのことを考えてたわけだけど、今日が父ちゃんの大事な奉納鍛冶の日だってことはいつの間にかすっかりすっぽ抜けていた。

「あああぁぁっ、アイツ、お昼までに連絡しなかったら父ちゃんの腕折るとか言ってたよね⁉　セバスチャンさんに連れてかれたから……指示が取り消しになったり……するはずないって！　今何時⁉　早くっ、早く帰って父ちゃん助けなきゃ！」

オイラは跳び上がって走りかけ、それから思いついて、ずだだだっと戻ってスフィさんの前にしゃがんだ。

「言い忘れてたんだけどさ、スフィさん。スフィさんとアビウムさんでやれるかもっていう、痛くない帝王切開術？　っていうの、オイラめちゃくちゃ凄いと思うよ。スフィさんとアビウムさんにしか出来ないことだ。テリテおばさんと赤ちゃんを絶対に助けてあげて欲しいと思う。だから、いなくなったりしないでね。それで、テリテおばさん以外にも、たくさんの母ちゃんたちと赤ちゃんたちを救ってあげて」

オイラの勢いに驚いてか、赤ちゃんを守るように抱きしめ身を固くして聞いていたスフィさんが、嗚咽《おえつ》のような息を呑んだ。

「……承知した、主よ」

深々と下げられた頭に、オイラは頭を掻いた。

隠者のじいちゃんが、その子が成長したらオイラに仕えさせ〜とか言ったから、スフィさんも気を遣ってくれてるのかもしれないけど、正直、反応に困る。

「オイラは普通の鍛冶見習いだよ。って、あ、父ちゃん助けに行かなきゃ！」

そのまま立ち上がって王陵から走り出したオイラは、後ろから飛んで追いかけて来たエスティに小脇に抱えられ、上空へと舞い上がった。

同じ腕の中にはリリィ、反対の腕の中にはユーリとジェルおじさんが、肩の上にはモップ様がしっかりと掴まっている。

「我が運んだ方が速いであろう。テスカトリポカ様は飛べぬし、我も——我が与えた称号を利用されたのは業腹でな」

ごうごぅと風を切って、王陵が、獣の森があっという間に小さくなっていく。

ひぇぇ、と声を上げているのはジェルおじさんばかりで、ユーリもリリィも最早諦観《ていかん》の表情だ。

「あそこに残してきた小娘どもには後片付けを命じてきた。二千年も守ってきた主の墓があの有り様では、『獣の森』のご老体が草葉の陰で嘆くからのぉ。初代国王と王妃の血筋がいるのだ、戸締まりも万全じゃろう」

返事もしないオイラに、エスティは小さくクスリと笑った。

「『父ちゃん』が心配かの？　なに『父ちゃん』にはリムダがついておる。腕の一本や二本なくなったところで元通り生やしてくれるであろうよ」

「ちょっ、ひとの父ちゃんを、体力有り余った火竜と同じに考えないでくれる⁉　人間の腕はそう簡単に再生しないいし、そういうのをフラグって言うんだよぉぉおお！」


結論から言うと、フラグは本当だった。

鍛冶神の社の前、大勢の人たちに囲まれて父ちゃんは座っていた。

「よぉ、ノア。間に合ったな」

脂汗を流しながら、それでもオイラに左手を上げて笑って見せた父ちゃんの右手は、赤黒くパンパンに腫れ上がり、傍らでは今にも泣き出しそうなリムダさんが、父ちゃんのいびつな腕に淡く輝く指先を這わせていた。

何度か見たことがある。あれは、患部の状態を詳しく確認するための魔法だ。

顔も殴られたのか、右の目蓋が切れて腫れ上がり、多分右目はろくに見えていない。服から覗いているだけでも体のあちこちに紫色の痣《あざ》があった。

「なに……どうしたの……なんでこんな……まだっ、まだ、十二時になってないよね!? オイラ間に合ったはず、なのに……」

呆然と立ちすくんだオイラへ、モン親方がポツポツと説明してくれた。

三日前、オイラたちが王陵に向かった後、父ちゃんは『国王誘拐の重要参考人』としてそのまま衛士に捕まったらしい。

カウラの説明では、アリバイ証明のために牢屋に留置ということだったらしいが、嫌な予感がしたモン親方やリムダさんは、マツ翁やルル婆ララ婆、他の鍛冶の親方衆、エスティに至るまで考えられる限りの人たちに連絡を取り、父ちゃんを釈放するように動いてくれたそうだ。

調べる内に、奉納鍛冶の相手であるブルータング鍛冶から内部告発があり、どうやら高位貴族が関わっていて、気に入らない父ちゃんを社会的に抹殺しようとしているらしい、というのが分かった。

今まで鍛冶ギルドからの圧力で沈黙していた鍛冶士の親方衆も、「ノマドは気にくわないが、鍛冶士には鍛冶士のやり方がある」「何も知らないお偉方に邪魔される筋合いはねぇ」「鍛冶の神に顔向け出来ねぇ」と半ば暴動にまで発展したそうだ。

鍛冶士の親方衆というのは元々頑固で一本気だ。加えて父ちゃんのことを抜きにしても、色々と貴族から理不尽な目に遭《あ》わされて腹に据えかねていた鬱憤《うっぷん》が一気に爆発したようだ。

それで牢を破ろうとする親方衆と衛士とでもみ合いになっているところに、マツ翁やルル婆ララ婆が先代の国王陛下を連れて来て事態を収拾し、保証人となることで父ちゃんも釈放してくれた、とのこと。

「けどなぁ、ノマドを捕まえとくように命令した貴族ってのが、かなりのお偉いさんだったみてぇでな。先走った衛士どもが、貴族のご機嫌取りにってんで、ノマドを殴る蹴るしやがったらしいんだ。右腕にいたっちゃあ、こともあろうに金槌で潰しやがった」

苦虫を噛みつぶしたようなモン親方は、力足らずで済まねぇと謝ってくれたけど、責められるべきはオイラだ。

モン親方は、精一杯出来ることをしてくれた。それなのにオイラときたら、初代国王と初代王妃の剣が見られるかもと浮かれて、奉納鍛冶が始まるまでに間に合えば良いと軽く考えていた。その間に残った父ちゃんがどうなってるかなんて考えもしなかった。

それに……

「ごめん、父ちゃん。ごめん……オイラのせいだ。父ちゃんは何も悪くないのに……オイラのせいで、あいつが……」

喉の奥から何かがせり上がってきて、ちゃんと説明しなきゃいけないのに、うまく喋れない。

母ちゃんの装備のことも、父ちゃんに酷い暗示をかけた詐欺師のことも、あいつがどうなったかも。何より、どんなことがあってもオイラの父ちゃんは父ちゃんだけだって、あいつなんか父ちゃんじゃないって、言いたいのに、何だか目の奥が熱くなってきて、ひっくひっくと変な声しか出ない。

「父ちゃん、っく、父ちゃぁん……」

「何泣いてんだ、ノア。大丈夫だ、俺の腕はちゃんと治る。そうだよな、リムダ」

ふやけたようににじんだ視界の中で、それでもリムダさんが難しい表情をしているのが分かった。

「……治らなくは、ないです。けれど複雑骨折で骨の位置がズレている上、丸一日以上経過してますし、全身打撲もありますから……いきなり強い治癒魔法をかけると、体力が尽きてショック症状を起こしてしまいます。お師匠さんの体力値から換算すると、緩やかに治癒魔法をかけつつ整形して、リハビリ含め完治まで三週間といったところでしょうか」

「なんと、人間とは難儀なものよな。竜ならば一度腕を切り落とし、もう一度生やせば三十秒で事足りるところを」

呆れたように言うエスティをギッと睨み付けると、手で口を押さえて明後日の方を向いた。

「治癒魔法とは被術者の体力と組織を使いますから、人間の欠損を治すのはほぼ不可能ですよ。むしろ僕が治せる範囲で良かった」

ため息と共にくしゃりと笑ったリムダさんの背後に、今、一、二を争うレベルで見たくない男が立った。

「ほう、三週間……ということは、今回の奉納鍛冶には間に合いませんね」

「ジステンバー……てめぇ、よくものこのことツラぁ見せられたもんだな！　ブルータング鍛冶の手口はもう分かってんだ！　実力で勝てそうにねぇからって貴族なんぞの手ぇ借りやがって、鍛冶神に顔向け出来んのかよ！」

飛びかかりそうになるモン親方へ、ジステンバーは整った貴族的な薄ら笑いを浮かべた。

「おや、先王陛下なんて方まで引っ張り出してきた貴方に言われる筋合いはありませんね。僕はこんなことで不戦敗になってはノマド君が気の毒だからと、奉納鍛冶の中止を提案してあげようと声をかけたんですよ。それなのにせっかくの厚意を踏みにじられるとは……」

ジステンバーの言葉を、父ちゃんが左手を上げて遮った。

父ちゃんは冬だというのにダラダラと汗をかき、痛みにのたうっていてもおかしくない赤黒い腕をダランとぶら下げたまま立ち上がると、ジステンバーへ顔を突き出し不敵にニヤリと笑った。

「上等だ。中止になんざしてもらわなくても構わねぇよ。こちとら、てめぇなんぞに負けやしねぇ、とっときの弟子がいるんだ」

「は？」

鼻の頭にシワを寄せ、いぶかしげに眉を寄せたジステンバーの目の前で、オイラは父ちゃんの左手にガシリと首っ玉をつかまれた。

「なぁ？　ノア」

「えっ、えぇぇぇっっっ、オイラ⁉　オイラがやるの⁉」

思いもかけない事態に、焦ったオイラの悲鳴が鍛冶神の社へと木霊した。

22　奉納鍛冶1

炉の火が、赤く燃える。

皮膚があぶられ、産毛がチリチリする。真冬だというのに肌を伝い落ちる汗、黒モフに守られた喉はむしろ涼しい。意識まで吸い込まれそうなほどの、強い炎。

ヒヒイロカネを、オイラが打つ。

勇者さんから任されたのは、水色の水玉柄にピンクのリボンが巻かれた『ライぽん』だった。

胸がドキドキして、頭がカーッと熱くなって、しっぽの根元がウズウズして、走り出したいような叫びたいような興奮状態だったのは、大槌を握るまでだった。

「お前はまだ『特殊二重付与』は出来ねぇ、そうだな？」

父ちゃんの言葉に頷く。

頭の奥の奥は熱いままなのに、表面は冴《さ》え渡って、視野が妙に広くなったような、妙な感覚だ。

オイラは既に一度、父ちゃんと一緒にヒヒイロカネ鍛冶をしたことがある。そのとき——何もかも初めてで手探りだったエスティの『金烏《ジンウ》』のときと比べると、ヒヒイロカネの熱しやすく冷めやすいという性質や、炉の温度、最初の小割りや金属の飛び散りがほとんどないことなど、経験の積み重ねがある。

一方で、前回の『金烏《ジンウ》』は、ヒヒイロカネとヒヒイロカネの『特殊二重合金』に加えて『竜王の牙』と『竜王の牙』の『特殊二重付与』で【神話級】へと挑むことが出来た。しかし今回は素材なし、『特殊三重合金』でのみ【神話級】へ挑む。

「俺もまだ『特殊三重合金』は出来たためしがねぇ。俺がお前にヒントをやれるとしたら、三日前に言った、鍛冶の神はおそらく竜だっただろうってことと、竜の目玉は額の上にもう一つあるってことだけだ。三角形に置いた三つの円を重ねるイメージ。本来なら俺の考えにお前を染めるなぁ発想の幅を狭めちまって良くねぇんだが、今回は非常事態だ」

父ちゃんは治癒魔法をかけようとしたリムダさんを「眠っちまうから」と断り、折れた腕を一時的に枝や布で固定し、痛み止めを飲んでオイラのサポートに回ってくれている。

リムダさんとリリィは炉に火を熾《おこ》し、温度の管理をしてくれる。

炉の中で燃えているのは、モップ様からもらったエルダートレントの薪。

そしてオイラが握っているのは、隠者のじいちゃんの形見の大槌だった。

昨日、王陵に入れなくてじいちゃんのところに泊まっていたとき、『そういえばのー、前に知人にもらった古い金槌があるんじゃ』と何気なくくれたもので、リリィの空間収納にしまってもらっていた。

今思えば、あのときじいちゃんは次の日には死んでしまうのを分かっていたわけで、形見のつもりでくれたんだろう。なんとなく王城で見た『応竜《インロン》』に似ているし、知人てのは、ひょっとしたら初代王妃なのかもしれない。バレたら即没収、宝物庫行きのシロモノだ。

「いいか、炉はリムダとリリ姐に任せろ。お前は、打つことと『特殊合金』の感覚だけに集中するんだ」

父ちゃんの真剣な声が背中を押す。

広くなっていた視界が、急に狭まる。炉の火と、大槌と、鉱石。それだけに意識が集約した。

リボンをほどいた『ライぽん』をテコ台に載せ、炉に入れる。

表面の水玉模様はあっという間に黒く煤《すす》け、焼け落ちた。その下から現われた鉱石も、じきに赤くなる。マグマ石と同じくらい熱の入りが早い。

赤くなって、段々と白っぽい黄色へと変わっていく金属の色。

毎日毎日、何度繰り返しても見飽きることのない、魂が吸い込まれるような光だ。ほんの一瞬だけ、熱に揺らめく炉の中に母ちゃんの笑い声が弾けて消える。

「っ！」

鉱石を取り出し、金床《かなどこ》に載せて大槌で打つ。

いつもなら、息をするように自然に発動するはずの『合金』スキルが上手くいかない。形になる寸前で、くしゃりと崩れていってしまう。その間にも、冷めやすいヒヒイロカネの温度はどんどんと失われていく。

三つの円のイメージ。三角形に重なる……

オイラが得意とする『四種の中の特殊二重合金』は、並んだ四つの点の真ん中二つを重ねるイメージだった。三つの点が重ならない。

「もう一回だ、ノア！」

スキルが上手く発動しないことが分かったんだろう父ちゃんの声に尻を叩かれ、オイラは半ば反射的に色が白金から赤に変わってきた鉱石を、炉の中へ入れる。

頭の芯が熱い。

パニックになりそうな意識を、唇を噛んで必死に落ち着ける。

「大丈夫だノア。俺のアドバイスなんざ、うっちゃっちまっていい。自分の感覚を信じろ。お前はもう、ヒヒイロカネ鍛冶を任せられるほどのいっぱしの鍛冶士だ」

父ちゃんはそう言うけど、毎日繰り返してきて、当たり前に馴染んでいたはずのスキルの感覚が、急にあやふやになってしまった。

落ち着け。落ち着け。

『ライぽん』と一緒に冒険が出来るのを楽しみにしている勇者さんがいるんだ。勇者さんは、父ちゃんの代わりに打つオイラに、文句一つ言うことなく親友の『ライぽん』を任せてくれた。オイラを信じてくれた。『ライぽん』に勇者さんと共に立てる力と姿を……

何故か、炉の火を見つめるオイラの脳裏にふと浮かんだのは、王陵で棺を見つめるじいちゃんの後ろ姿だった。

光差す棺。

王陵の天井の一点から、四角い棺に向かって光が差しかかる様《さま》は、まるで三角形の――……

「っ！！！」

白金色にとろけた鉱石を取り出し、無心で打った。

指先から零れ落ちるスキルの感覚を追うことなんて後回しだった。

頭に浮かぶのは、ただ、光差す棺。四つの点の上に一つの点が載った――ピラミッド型。

「「……！」」

響き渡る大槌の音の合間、オイラの手元を見守っていたらしい、父ちゃんたちが息を呑む気配が分かった。オイラのしっぽもブワッと逆立っている。

子どもの頭ほどの大きさがあった『ライぽん』は、子どもの握りこぶしほどの大きさにググッと縮んでいた。

「……やりやがった」

父ちゃんの、呻くような声が聞こえた。

「『特殊三重合金』どこじゃねぇ……『四重』……いや、『特殊五重合金』……斜め上だ斜め上だとは思っていたが、ここにきてこうきやがるか」

実感は、後から付いてきた。

『ライぽん』を打ち、藁灰《わらばい》にまぶし泥汁をかけて炉に入れ、再び打ち、また炉に入れる。

何か分からないけど、体の奥底の力がごっそりと抜けていったような、足りないはずの何かを無理矢理搾《しぼ》り尽くしたかのようなザワザワとした感覚がした。

ゆらり、とブレそうになる体の芯を、奥歯を食いしばって立て直す。

オイラから抜けていった力が、薪と風から力を得た炉の炎が、『ライぽん』に吸い込まれていくようだった。

負ける。意識が呑み込まれる。いや負けない。呑み込まれてたまるもんか。

オイラは鍛冶士だ。父ちゃんの子だ。どんな暴れ馬《ヒヒイロカネ》だって乗りこなせないはずがない。

だけど炉の中、白金に輝く『ライぽん』に、ほんの少し、ほんの少しだけ違和感があった。何かが、足りない……？

「おい、ノア、しっかり手元見ろ！」

『ライぽん』が、大槌を振るうたびに大きくなってきていた。

徐々に、徐々に、じわじわと――それから一気に元の子どもの頭ほどの大きさを超え、大人の頭、子どもの胴体、大人の胴体、牛の頭——そのときには既にオイラの大槌は止まっていた。

打ちも止め、炉にすら入っていないのに『ライぽん』はもごもごと大きくなっていく。

父ちゃんが『奉納鍛冶』の直前、急いで左手で描き渡してくれた新しい『ライぽん』の姿はシミター。ソイ王国で使われている曲刀・獅子《シャムシール》の尾の中でも三日月刀と呼ばれる幅の広い片手剣だ。それを、重心は真ん中より剣先より、普通のものよりも分厚く、大きく。さらに『獅子の頭』と呼ばれる特徴的な刃側に湾曲した柄までもひとつなぎで造る。

勇者さんの馬鹿力、それでいて優美な二刀流の剣筋、勇者さんが大好きな兄姉を彷彿《ほうふつ》とさせる、オイラから見ても勇者さんにピッタリな相棒だ。

その姿をイメージして大槌を振るってきたのに、明らかにこれじゃ嵩《かさ》が多い。

ヒヒイロカネを制御出来ていない——……

「なに、なんで……」

ボコッ、ボコボコボコッと見る間にオイラよりも大きくなった。

「何かが……違ったんだ。何かが多い？　何かが足りなかった？　『特殊付与』……ピラミッド……？」

「理屈じゃねぇ、てめぇの感覚を信じろ、ノア！」

父ちゃんの声に、思考をぶん殴られた。グラリとよろめきそうになった意識を、ダンッ、と一度大きく足を踏み込んで持ち直す。オイラは自分でも理解しきれぬまま振り向きざまに全力で叫んだ。

「リムダさんっ、水！　水ちょうだい！　なんか分かんないけど、水竜っぽいの！」

「はいぃっ⁉」

叫んだオイラにも何だかよく分かっていなかったのだから、言われたリムダさんはもっと分からなかっただろう。それでもリムダさんは何かの呪文を唱え、『ライぽん』へと水を降らせてくれた。

ジュワワッ、という音と水蒸気が上がり、『ライぽん』の膨張が止まる。

「傷口を洗うための浄水をかけてみましたが……」

「うん、ありがと」

オイラは動かなくなった『ライぽん』へと近づき、カァァァンッと大槌を振り下ろした。

「大丈夫。これで整った」

23　ヒヒイロカネの理屈

不可解そうな顔をするリムダさんに説明する間を惜しんで、オイラはカンッカンッと大槌を振るっていく。ヒヒイロカネは徐々に縮んで、炉に入れて打って、を繰り返している間に何とかひとつなぎのシミター一本分の嵩《かさ》にまで戻った。

炉に入れるときにかける泥水には、リムダさんの浄水を使った。

「……ふぅ」

オイラが一息ついて顔を流れ落ちる汗を拭ったとき、既に辺りは夕闇に包まれていた。

見物人もだいぶ少なくなっていて、オイラの炉を囲んでいるのは父ちゃんたちとエスティたちだけだった。

「よぉ、一人鍛冶の割に進んだな。打ちが速ぇこと。この分なら明日にゃ出来ちまうんじゃねぇのか？」

振り返ると、モン親方とネム・ラム・ジャムの三人がたくさんの塩ムスビを盥《たらい》に入れて持って来てくれていた。モン親方が握ってくれたのか、一個一個がとても大きい。たくあんと小魚の煮染めも添えてあった。

「ありがと、モン親方。お腹すいてたんだー」

へにゃりと笑って、オイラは鍛冶屋の手袋を脱ぎ捨て、手ぬぐいで手を拭った。

父ちゃんの怪我も心配だし、出来れば今日中に完成させたかったけれど、さすがに無理だった。

今、『ライぽん』は『素延《すの》べ』と呼ばれる工程まで終わり、おおよそシミターの形にまで成形が済んでいる。

「ノア、ありゃあ『特殊五重合金』だろ。何がどうなってああなった」

塩ムスビを頬張っていると、リムダさんに支えられた父ちゃんがやって来た。

はっはっという短い呼吸、暗い中にも顔色が悪い。

「父ちゃん、もう休んだら？」

「へっ、愛弟子の一世一代の大舞台なんだ、見届けずにくたばれるかってんだ」

そう言うのは分かっていたけれど、聞かずにはいられなかった。

本音を言えば、一刻も早くリムダさんに治癒魔法をかけてもらって寝て欲しい。けれどリムダさんの見立てでは、今本格的な治癒魔法をかけたら一週間くらいは失神したように眠り続けるだろうとのことだ。

一度目を閉じてしまったら最後だとでもいうように、父ちゃんは目をギラギラさせている。

「んー、オイラも理屈は後からついてきたたんだけどね。ヒヒイロカネって、多分、全属性の鉱石なんだと思うんだ」

「全属性……ってこたぁ」

きっかけは、隠者のじいちゃんが言っていた、『主様』の思い出話だ。

『主様』——原初の神は、力尽きてしまった創造神へ自分たちの力を分け与えようと、全属性の石を産みだした。結局その石を創造神に役立てることは出来なかったけれど、『主様』——土竜女王は、その後に知り合ったユーリティウス一世のために能力《いし》を使った。

それがおそらく、ヒヒイロカネ鉱石であり、【神話級】だ。

『武具鑑定』スキルで見たエスティの『金烏《ジンウ》』——火竜女王の牙を素材に使ったにもかかわらず、火属性の表示はなかった。てっきり無属性なんだと思っていたけれど、逆にあれは全属性だったんだ。

何故ならヒヒイロカネは意志を持つ金属。意志を持つモノを生み出せるのは、創造神だけ。創造神のために全属性の石を造ったというなら、創造神は全属性。ヒヒイロカネの【神話級】もまた、土・火・風・木・水、五つの属性を有する。

父ちゃんは、『竜の第三の目は額の上にあって空中戦に役立つ』と言っていたけれど、空を飛べるのは火竜と風竜だけ。土竜《じいちゃん》はほとんど飛べなかった。

多分、鍛冶の神とは、『ヒヒイロカネ』と【神話級】を産みだした土竜女王、初代王妃のことだ。土の性質は、安定。

【神話級】は攻撃力が増すはずの『特殊合金』を用いながらも、耐久性は無限、壊れない剣だ。

五つの点を、最も壊れにくい形に積むとしたら――東に木、西に風、南に火、北に水、中央に土の――ピラミッド型。

「そう、ヒヒイロカネは五つの属性を持つ。水は木を育み、木は火を産み、火は風を起こし、風は雲を呼ぶ。そしてその全ての中心に土が位置する。世界を表わす魔法理論なんだって。つい昨日、王陵に入るためにユーリとリリィに教わったばかりなんだけどね。だからその順番に点を並べていくと……」

「四角錐《しかくすい》、ピラミッド型か」

「それをキュッて縮めてくっつけて一個のピラミッドにするイメージだよね」

頷きながら、ふと思った。

ヒヒイロカネは合金だ。全属性をもつ合金なら――材料は、おそらく、木のタマキ石、火のマグマ石、風のツムジ石、水のミナモ石、それに土属性の石。それを魔力親和度が最も高い金がつなぐ。

問題は土属性の特殊鉱石が本当にあるのか分からないことだけど……ひとつだけ記憶にひっかかるのは、珍しい鉱石だとヨーネさんが言っていた父ちゃんのぐい呑み。こっそり『鉱石鑑定』をかけたときに見えた名はゴーストライト。別名を、オバケ石。ソイ王国でもらった古い杖は、タマキ石とミナモ石とオバケ石が使ってあった……

「じゃあ、途中で膨らんだヒヒイロカネに水をかけたのは」

「ヒヒイロカネを打つのに、皆にいっぱい協力してもらったわけなんだけどね。火竜《リムダさん》の火、風竜《リリィ》の風、木竜《エルダートレント》の薪、土竜《じいちゃん》の大槌――後から考えたら、水竜だけが足りなかったんだ。リムダさんは水竜の形質もあるって前に言ってたから、咄嗟にね」

「なるほどなぁ、よく考えたら、鍛冶ってなぁ木に風で火を熾し土を打って水で冷やす。五大要素全てを使うわけか」

言われて、ポンと手を打った。

「確かに」

「今気がついたのかよ!?」

全力でつっこんでくる父ちゃんを、リムダさんがまぁまぁと宥《なだ》めている。

『おおむね正解ですぞ。さすがはノア氏』

ちゃっかりと塩ムスビを囓《かじ》っていたエスティのスカートの裾の中から、モップ様がよいしょと出て来た。

あれ、セバスチャンさんに見られたら犬の丸焼きにされる案件なんじゃなかろうか……

「お前の周りに不可思議なことがあるなぁ慣れてるが、今度は犬が喋ってる、な？」

「あ、モップ様っていってね、エスティのひいじいちゃん」

「はぁ⁉」

眉を八の字にして固まった父ちゃんを尻目に、モップ様は肩に背負っていた風呂敷包みを降ろし、中から分厚い本を取り出した。丸い眼鏡の位置を直しつつ、肉球のついた手で器用にペラペラとページをめくる。

『補足しますとな、ノア氏の「五重合金」こそが【神話級】を打つ上での正しい手順ですぞ。鍛冶士殿の「特殊二重合金」と「特殊二重付与」の組み合わせは、竜王の武具のみ可能な、いわば裏技でありますな』

「うら、わざ……」

がっくり、と父ちゃんが肩を落とした。

リムダさんがゆすっても、白目を剥いて頭をぐらんぐらんさせている。

『むしろ、そのようなやりようで【神話級】を打つというのは初の試みですな。我が輩をして驚きましたぞ。この本は木竜の宝にて、あらゆる記録が納められた世界樹にアクセス出来る神具でありますが、「特殊二重付与」とは実に鍛冶士殿が史上初、未だかつて記録にない技術ですな』

「ホントに⁉　父ちゃん聞いた⁉　がっかりしてる場合じゃないよ、むしろ父ちゃんの方が凄いって！」

「いや、でもなぁ……」

「あ、そうだモップ様。その本なら調べられるかな。土属性の特殊鉱石って、ゴーストライト……オバケ石で合ってる？」

「なにぃ⁉」

父ちゃんがこれ以上ないほど目をかっ開いた。

「ゴーストライトって、オムラのぐい呑みのか⁉」

「あ、ぐい呑みの素材が何か知ってたんだ父ちゃん。オイラの考えが正しかったら、土属性の石ってのはそれだけじゃ武具には加工出来ない、けど他の金属と合金にすることで効果を発揮する金属――例えば、本来なら合金に出来ないタマキ石とミナモ石がオバケ石を入れることで合金に出来るような――そんな金属、だからこそオバケとかゴーストって呼ばれてるんじゃやない？」

カパリと口を開いた父ちゃんのはす向かいで、モップ様はページを繰る手を止め、ほっほっほと笑った。

『さすがはノア氏ですな。我が輩、脱帽ですぞ』

モップ様は積極的に新しい情報を教えてくれるわけではないけれど、こちらの質問への正誤は答えてくれるようだ。

目をキラーンとさせたリリィと、「その本欲しい」『駄目ですぞ』「ちょうだい」『無理ですぞ』という掛け合いをやっているのを見つつ、地面に座り込んでちょっと塩っ辛すぎる漬物をお茶で流し込んでいると、父ちゃんが深い深いため息をついた。

「どうしたの父ちゃん？」

「……オムラの遺してくれたあのぐい呑みを、いつか打てるようになるのが俺の一生の目標だったんだ。けど、その掲げたモン自体が的外れだったんだなと……」

「何言ってんの父ちゃん」

オイラは反動を付けて勢いよく立ち上がった。

「ヒヒイロカネが全属性の合金なら、使ってある金属は多分、マグマ石とミナモ石とツムジ石とタマキ石とオバケ石。それに魔力親和度の高い金。エスティが前にくれた金と、母ちゃんのぐい呑みがあれば、オイラたちの手でイチからヒヒイロカネが造れるんだよ！」

父ちゃんのくたりと寝ていた耳が、徐々に立ち上がり、オイラの方を向いてピン！と立った。

これは。オイラが一番好きな、鍛冶のことしか考えてない父ちゃんの顔だ。

「マジか。ヒヒイロカネが、俺たちの手で……おいリムダ、引退だなんて言っちゃいらんねぇ。何が何でも六種合金まで出来るようにならなきゃなんねぇぞ……ノアに負けてられっか、元々あれぁ俺が二十年もの間見続けてた金属だ！」

「はいっ、はい！」

父ちゃんを支えていたリムダさんが、涙ぐんでコクコクと頷いた。

オイラの前じゃ強がっていた父ちゃんだけど、リムダさんには『引退』なんて言葉も告げていたみたいだ。

複雑骨折した利き腕の骨が、そのままくっついちゃったらもう今までのような鍛冶は出来ない。

でも、オイラは聞かなかったことにする。オイラに出来ることは、たった一つだ。

「ありがとうございます、ノアさん」

感動しているらしいリムダさんの腕を取って、オイラはニッコリと笑いかけた。

「じゃあリムダさん、続きよろしくね」

「はぃ？」

「今夜は寝ないで続けるつもりだけど、リムダさんは竜だもん、もちろん大丈夫だよね？　あ、リリィはやれそう？」

モップ様にしがみついていたリリィが、無表情でこちらにグッと親指を突き出した。

風竜の領域でレベル５００を越えて以来、リリィの体力や魔力量もかなり増えたようだ。

「えっ、えぇぇ、徹夜で鍛冶するつもりですかぁ？　お師匠さんを休ませたほうが……」

「その父ちゃんが、鍛冶が終わるまで寝そうにないよ。モン親方のおかげで腹ごしらえも出来たし。

ほらほら、リムダさんも早く食べて。始めちゃうよ」

「ノアさんやお師匠さんの、鍛冶が絡んだときのその黒い笑顔……」

「何の話かなぁ」

悪寒をこらえるように身をすくめるリムダさんを急かしながら、オイラは心の中で手を合わせた。

父ちゃんに治癒魔法を受けてもらって今すぐにでも休んで欲しいのも本心。でも、父ちゃんにオイラの精一杯の鍛冶を見て欲しいのも本心なんだ。

そんなオイラたちを見て、ほっぺたにごはん粒をつけたエスティが扇子を広げカラカラと笑った。

「それでこそノア。当代随一の鍛冶馬鹿よ」

24　奉納鍛冶2

「すげぇなぁおめぇ、あれだけのモン見せられちゃお手上げだぜ」

「大槌使って、打ちの細けぇこと」

「そのちっこい体で、どんだけの膂力《りょりょく》と体力だよ」

「弟子ィ引きずって見学させに来たぜ。スキル発動ンとこからもっかい見せてやりてぇくらいだ」

「炉を見てんなぁそっちのアンタなんだろ？　アンタもノマドんとこの弟子かい？　火が踊ってん

なぁ。いい火だ、こっちまで嬉しくならぁ」

「嬢ちゃんのは風魔法か。風魔法をふいごの代わりに使うたぁ贅沢《ぜいたく》だなぁ」

驚いたことに、いったんほとんどいなくなったと思った見物人たちが、次々に、さらに人数を増して戻ってきた。

手に手に差し入れのオムスビや太巻き、稲荷《いなり》、煮染め、お茶に酒まで持ってきてくれて、オイラたちに声をかけながら次から次へと差し出してくれる。あまりに好意的な様子に呆気にとられていると、今度は炉の周りを車座《くるまざ》に囲んで自分たちで飲み食いし始めた。

暖を取る火鉢や魔道具の灯りまで持ち寄ってきたようだ。

「いやぁすげぇよノマド」

「おめぇの弟子、打つの早っっえぇな、どうやったらああなるんだ？　ほとんど見えやしねぇ」

「反則だろありゃあ」

「俺なんざ隣近所まで呼んで来ちまったい」

「こいつぁ一度は見せてやりてぇ鍛冶だからな」

「鍛冶神もお喜びだぁ」

「奉納鍛冶に乾杯！」

「ほら、餅食え餅」

今まで疎遠だった鍛冶の親方衆に口々に褒められ、肩を叩かれ、最初はポカンと口と目を開けけっぱなしにしていた父ちゃんも、やがて泣きそうな顔でにへらと笑い、礼を言って稲荷寿司を頬張った。それからたどたどしくも、自分を牢から出すための尽力へ礼を言い、世話をかけたと頭を下げた。

それに一番年かさだと思われる親方が、照れくさそうに酒を舐めつつトックリでオイラの方を差した。

「いい弟子だな、倅《せがれ》かありゃ？　俺ぁこの年までネームドにもなれず、店売りの数打ちばっかこさえてるしがない鍛冶屋だけどよ、昔々の、いつか名のある武具を打ってやるんだって息巻いてた、ケツの青ぇ頃を思い出しちまったぜ」

「ああ、俺もだよ。あの打ちっぷりを見てたらな。自慢だったはずの腕が錆《さ》び付いて思えらぁ。今まで悪かったなぁノマド」

「弟子があれだけやれるんだ、やっぱおめぇは腕だきゃあ良かったんだな」

「俺は昔っからノマドの腕だけは認めてたぞ」

「腕以外はなぁ……」

「商売とか世渡りはなぁ……」

「腕だけで生きていける世の中なら良かったんだがな……」

途中から何だか嘆き節になってきた親方衆は、微妙な顔をして続けた。

「実はな、さっきまでジステンバーの野郎も自分の鍛冶ほっぽって坊主の鍛冶を見に来てやがったんだ。食い入るような、鬼気迫る様子でよぉ」

「……あ？」

鼻と眉間にシワを寄せて立ち上がりかけた父ちゃんをなだめ、年かさの親方は複雑な顔をして首を振った。

「野郎はよ、良くも悪くも鍛冶士なんだ。分かってやれとは言わねぇが、今は放っといてやってくれや」


一日目の夕方で『素延べ』まで済んでいた『ライぽん』の切っ先を打ち出し、『火造り』まで終えたのは、二日目の夕方に近かった。

怪我をしている上に一睡もしていない父ちゃんの目の下には黒々とした隈《くま》が刻まれていたけれど、どこか嬉しそうな様子だった。

炉を囲む親方衆やその弟子たちにも、皆で一緒に完徹した妙な連帯感と熱気が渦巻き、何故か真冬なのにもろ肌脱いで筋肉自慢が始まったりして、よく分からない混沌とした状態ながらも、ひとつひとつの動作をガン見してくる。物凄く落ち着かない。けど、集中集中。

「おま、それ、その焼刃土は」

「うん、父ちゃんと試作してたヤツ」

ニンマリと笑ったオイラに、父ちゃんは思わず「竜骨」と言いかけたであろう口元を左手で押さえた。

剣というのは、硬ければ硬いほど良いというものではない。硬過ぎるとすぐに砕けてしまう。刃だけが硬く、刀身は柔軟で粘りがあるのが、折れない良い剣だ。

そのため、剣の最後の仕上げ、『焼き入れ』の際には、刃以外の部分には熱が入りすぎないよう土を塗る。それが『焼刃土《やきばつち》』で、その配合は鍛冶場ごとに異なり、秘伝中の秘伝だ。

もちろん父ちゃんにも『焼刃土』のレシピがある。そこに含まれる貝殻の粉を、竜の骨の粉と置き換えられないかと言ったのは数ヶ月前。何故ならうちには有り余る——本当にどうやって消費しようか悩むくらいの、竜の骨が山積みだったから。

父ちゃんと一緒に研究していたそれを『ライぽん』の刀身に置き、刃以外に塗り広げつつ炎のような模様を描いていく。この形が完成した際の刃紋になり、鍛冶の流派によって異なるので、詳しい人が見れば誰が打った剣なのか大体分かる。剣に名を刻めない非ネームド鍛冶士の銘代わりだ。

「よしっ、これで完成っ」

最初のヒヒイロカネ鍛冶のとき、オイラの鍛冶はまだ我流もいいとこで、『焼刃土』のやの字も知らなかった。それがこの一年足らずの間に、父ちゃんに鍛冶の基礎を叩き込まれ、『焼刃土』の秘伝も教えてもらい、刃紋すら自分で描けるようになった。

へへっ、と得意になって鼻の下をこすると、『焼刃土』の黒い泥がベッタリついた……けどまぁ、どのみち服から顔から泥だらけだったからどうでもいいだろう。

「エスティ、エスティ、お願いがあるんだけどさ」

『焼刃土』を乾かしている間、何故か親方衆と意気投合して宴会を始めていたエスティに声をかけると、人の顔を見てプッと噴き出した。

「なんじゃノア、此度《こたび》の主役だというに髭が生えておるぞ」

「そりゃ犬なんだから髭くらいあるって。そうじゃなくて、焼き入れのときのブレス、お願い出来る？」

「……構わんが。リムダを差し置いて、我がやって良いのか？」

エスティが目をやる炉の傍らでは、リムダさんが真剣な表情で火を操っている。火竜だというのにその額からは汗が噴き出し、顎を伝ってポタポタと落ちている。

「うん、多分ね、リムダさんもう限界」

「リムダは高位竜じゃぞ？　あまり侮ってやるな」

「そのリムダさんに頼まれたんだよ。攻撃の爆発的な炎と違って、継続的に炉の高温を維持して、鍛冶の工程によって温度を変えるのは、ただでさえ繊細《せんさい》な魔力制御が必要。その上今回の鉱石は二千年近く眠っていたせいか、やたら『火を喰う』んだってさ。いつもなら日を置くんだけど、今日は時間がないから。『僕はどなたかのご意向で、治癒魔法ばかり磨いてきましたから、火竜にしては火が弱いんです』って」

エスティはそーっと再びリムダさんに目をやり、それからコクコクと頷いた。

「承知した。……やはりリムダが一番セバス似じゃのぉ」

エスティお勧めの、火鉢で焼いたあんころ餅と大根おろしのからみ餅を次々に口に詰め込まれている間に、『焼刃土』も乾いた。

炉の近くにいるリリィが手招く。炉の正面にいたリムダさんが横にどき、こちらを見て力強く頷いた。

「エスティ、お願い」

「応とも」

炉に『ライぽん』を入れ、その瞬間を待つ。

瞬きを忘れた目が乾いていく。

チチチ、とかすかな音でヒヒイロカネが『鳴いた』。

片手を上げ、振り下ろすと同時に横へ飛び退いた。次の瞬間、ゴウッ、と圧倒的な熱量が耳の毛を数本焦がしてすぐ脇をかすめた。

ヒヒイロカネを目覚めさせる女王のブレス。

指の一本でも触れれば骨すら残さず炭化、灰燼《かいじん》と帰す地獄の釜のような超高温の炉の中は、何故か、この世のものとも思えないほど美しかった。

どおぉぉっ、と地を揺るがすほどに見物人たちがどよめいた。

「あ……！」

ザッ、と一気に逆上せていた血が下がった。

ヒヒイロカネの鍛冶に夢中になる余り、当たり前のようにエスティにブレスを頼んでしまった。

これを見れば、エスティが竜であるのは一目瞭然《いちもくりょうぜん》だ。王都の真ん中で、竜が火を噴くなんて……

「さすがだ姉ちゃん！　いい呑みっぷりだっただけあるぜ」

「くーっ、しびれる！」

「こりゃあどっちが『竜王の鍛冶士』だか決まったようなもんだな！」

「よっ、真打ち登場！　惚れちまうね！」

「いーいオンナだなぁ」

オイラの葛藤《かっとう》や逡巡《しゅんじゅん》は、わーっと巻き起こった歓声にかき消された。

口々にエスティを褒め称え、はやし立てる親方衆や見物人へ、エスティもゆっくりと振り返ると長いドレスの裾をはためかせ、芝居がかってニヤリと笑った。

「なに、こやつらは既に我の呑み仲間じゃ。心配はいらぬ」

呆気にとられている内に、エスティは手を上げて声援に応えながら親方衆の中心へ戻り、どっかと座った。

そのエスティへ、親方衆が次々に杯を持たせ、酒を注ぎ、肴《さかな》を並べている。まるで侍従のように甲斐甲斐しい。

「ほれ、ノア。仕上げじゃ」

水槽の前では、リムダさんが水竜の浄水を用意して待っていてくれた。

オイラは灼熱に輝く『ライぽん』を、一気に水槽の中へと沈めた。

ぼんっっっ、という独特な音がして、爆発的な水蒸気が辺りへ立ちこめる。

水蒸気が収まるのを待ってゆっくりと取り出したそれは、朝日のような煌めきをまとっていた。

「なんて、きれい……」

ぽつり、とつぶやいたのは、それまでただ黙って祈るように鍛冶を見ていた勇者さんだった。

その肩周りでは、キラリキラリと妖精の羽も嬉しそうに煌めいている。

オイラは刀身にまだらに残った『焼刃土』を剥がすと、ユーリの前に差し出した。

「えっ!?　私!?」

「うん。オイラは研ぎは苦手なんだ。『ライぽん』をよろしく」

「……うんっ、うんっ、うんっ」

何かを堪《こら》えるように、何かを噛みしめるように二つ頷くと、ユーリは砥石《といし》を取り出し『ライぽん』を一心に研ぎ始めた。『鍛冶研ぎ』と呼ばれる荒研ぎ、そこから何度も砥石を変えて、だんだんと細かな目の仕上げ研ぎへと。

水に混ざった黒い砥石の粉を洗い流し、刀身を拭《ふ》き上げると、そこには朝日の中で煌めく獅子の牙のような、美しいシミターがあった。

オイラはそのシミターの柄に、水玉柄だった『ライぽん』についていた赤いベルベットのリボンをくるくると巻くと、きゅっと縛った。

　感動の表情だった親方衆の何人かが、しょっぱい顔になった。

「勇者さん、勇者さんの大事な『ライぽん』をオイラに任せてくれてありがとう。これで『ライぽん』は勇者さんと一緒にどこへでも行けるね」

「こちらこそありがとう、ノア。どこへだって一緒に行くわ。親友ですもの」

　オイラが両手で支えるように差し出した『ライぽん』を、勇者さんはガシリと握り、かろうじて残る夕日にかざすように掲げた。

シミター・蓬莱《ポンライ》【神話級】
〔攻撃補整〕　19902
〔速さ補整〕　3048
〔防御補整〕　6201
〔耐久力〕　∞（壊れない）

　父ちゃんが、リムダさんと支え合うようによろよろとやって来て、折れていないほうの左手をオイラの頭の上に乗せた。

「良くやった、ノア。お前は俺の自慢の子だ」

ガシガシと乱暴なほどにかき混ぜられる頭に、ほんの少しだけ涙がにじんだ。

父ちゃんより大きな耳だとか、耳に隠した小さな角だとか、隠し事の多いオイラは頭を触られるのがあまり好きじゃない。安心して、思いっきり撫でてもらえるのは父ちゃんだけで。

くしゃりと笑えば、正直なしっぽがブンブンブンブンと忙しく揺れた。

「さぁ、お師匠さん、もう治癒魔法をかけますよ」

「リムダさん、もう魔力限界じゃない？　大丈夫？」

「僕には火と水と二つの魔力袋があるようなものですからね。火はカラッポですが、治癒《みず》のほうは無茶な上司に百年以上も散々鍛えられたおかげで、まだまだ余裕があるんですよ、ええ」

ニッコリと微笑んだ割に、コメカミが引きつっている。無茶な上司……エスティとセバスチャンさんだよね、間違いなく。一万の火竜《のうきん》の中に一人の治癒魔法使い——物凄ーくブラックだったようだ。

親方衆のゴザの上に父ちゃんを座らせ、リムダさんが治癒魔法をかける。

父ちゃんの全身が淡く輝き、気を失うようにして目蓋が落ちた。父ちゃんを寝かし、さらに呪文を唱えていたリムダさんの声が、ふつりと途絶えた。

そのまま父ちゃんに被さるように崩れ落ちたリムダさんからは、すーすーと寝息が聞こえてきた。

「やはり、リムダも限界だったようじゃな」

苦笑を浮かべたエスティの後ろ、ドォォオオオンッッッと破壊音と共に盛大な土煙が舞った。

25　鍛冶神の怒りとは

「……何、何ごと⁉」

方向からいって、奉納鍛冶のもう一方、ジステンバーの炉がある方向だ。

普通、鍛冶をやっていて爆発したり盛大な土煙が上がったりすることなんてない。

パニックになりかける親方衆の中で、朝日の色に輝く扇子を閃《ひらめ》かせ、エスティがすっくと立ち上がった。

パチッ、と閉じた扇子の向こう、赤い唇が獰猛に笑んだ。

「ついに来おったか——玉兎《ギョクト》」

「ギョクト？」

鸚鵡《オウム》返しにしたオイラに一瞥《いちべつ》すらくれることなく、エスティはトンっと地面を蹴った。長いドレスの裾を翻《ひるがえ》し、赤く燃えるような姿が空へ舞う。

楽しそうなその表情に、一瞬見とれてしまった。

極上の闘気をまとい、戦いに臨《のぞ》むエスティは鳥肌が立つほど綺麗だ。

はっと我に返り、オイラも地面を走ってエスティを追いかける。

土煙の切れ間から見えたのは、炉の前に両手を広げて何かを庇うかのように立ち塞がるジステンバー。それから、土魔法で滑らかに固められていたはずの地面がボコボコと波打ち、そこから生えた千年杉のように太い――……岩のような爬虫類のような肌をした大蛇《オロチ》だった。それを下からなぞるように見上げると、ちょうど、てっぺんの近くでエスティが扇子を振りかぶるのが見えた。

バチィイイッツッ、と殴られのけぞった鎌首は、竜化したエスティの大きさすら超える巨大さだ。

『ほぉ、あの鍛冶士が、ヒヒイロカネを揺り起こすことが出来るとは思いませんでしたぞ』

バサリ、と何かが落ちた音がして、オイラの足下でむくりとモップ様が立ち上がった。

「え、あの鍛冶士って、ジステンバー？」

『いかにも。ノア氏とは異なり、完全に目覚めさせてはおりませぬがな。我が輩が見たところ、「特殊付与」ナシの「特殊二重合金」のみといったところでありますかな。中途半端に眠りを妨げられたヒヒイロカネは、呼ぶのですぞ。かつての仲間――ヒヒイロカネの「なりそこない」を』

モップ様が話す間にも、上空では岩の大蛇《オロチ》がエスティへと襲いかかり、それをいなしたエスティが『金烏《ジンウ》』の扇子でベシバシと打ち据えている。見たとおりに大蛇《オロチ》の皮膚は岩や鉱石で出来ているのか、扇子と当たる度にまばゆい火花が散っていた。

『エスティローダは、ずっと探していたのであります。あの「なりそこない」――いや、「玉兎《ギョクト》」のなれの果てを』

目の前の次元が異なる圧倒的な戦いを見上げ、それでも震えながらその場に留まっていたジステンバーの背後で、何かが動いた。

むく、むくむく、と大きくなるその動きには見覚えがある。『ライぽん』と同じ……とすれば、あれはジステンバーが任されたヒヒイロカネ『ルン君』だ。

「……うそ」

見上げるように大きくなった『ルン君』の上部に、大きな裂け目が出来ていた。それがガパリと開くと、中には歪《いびつ》に並んだ牙、牙、牙……

『ルン君』が身を震わせ、ぼこぼこぼこっと大きくなっていく。

そこからさらに伸び上がり、開いた口もそのままに、自分を庇い立ち尽くすジステンバーをすり潰すようにのしかかった。

炉の前の三和土《たたき》がえぐれ、土煙が立ちこめる。

思わずジステンバーへと飛びかかり、ひっ抱えて飛び退いたオイラの周りからは、我に返ったらしい親方衆や見物人たちが「魔獣だ」「王都に魔獣が！」と叫びながら転がるようにして走り逃げて行った。

そこに、ふぁさりとリリィが舞い降りる。

「多分、ジェルが前に言っていた……【神話級】を鍛え直そうとすると現われる神罰級の魔獣？　ジェルの話だとヒヒイロカネを食べるって言ってたけど、これはむしろ【神話級】の『なりそこない』――ヒヒイロカネが暴走してる」

そこに再び土煙の中から現われた『ルン君』——『なりそこない』が突っ込んできて、オイラは横へ飛び退き、リリィは舞い上がった。

周囲は既にパニック状態だ。

「魔獣だ！」「騎士団に連絡を！」「英雄王！　ジェラルド様お助けください！」「討伐を！」そんな口々に叫ぶ人たちの中から、『蓬莱《ポンライ》』を手にした勇者さんがぬっと立ちはだかった。

「ここはアタシに任せてちょうだい。だって今の勇者はアタシですもの。ルン君たら落ち着いてリボンが燃えちゃって悲しかったの？　もう、ルン君に似合うお飾りをたっくさん用意してるの。だから心配することはないわ」

ざわわ、と『ルン君』——『なりそこない』が震えたのは気のせいだろうか。

勇者さんは『なりそこない』の頭でバチコーーンッとすっ飛ばされ、土塀《どべい》に突っ込んだ。

しかしそこは無駄に頑丈な勇者さんのこと、土塀の破片をパラパラとまき散らかしながら何事もなかったかのように立ち上がり、コキコキと首を鳴らした。

「おイタするなんて、お仕置きしなくちゃ駄目かしら」

『なりそこない』の攻撃を、勇者さんが『蓬莱《ポンライ》』すら使うことなく正面からガッチリと受け止めた。

踏ん張っている勇者さんの足が、ぐぐぐっと地面にめり込んでいく。

テリテおばさんばりのパワースタイルに目を見張っていると、不意に背後から声がした。

「あれらは、不完全な鍛冶によってヒヒイロカネが変じた、『岩窟大蛇《がんくつオロチ》』という魔獣でございます。

自分に欠けたものを取り込もうと、苦しみのたうちながら世界中の地の下を巡り、鉱石を――あわよくばヒヒイロカネ鉱石を食らおうという【神話級】のなりそこない。真なる【神話級】か竜王の力をもってしなければ斃すことは不可能なシロモノです」

セバスチャンさんの静かな解説に、オイラは耳の毛をけば立ててギョッと振り返った。

全く、気配も音もしなかった。どうやって現われたのセバスチャンさん……

「ふむ、しかしあれは『なりそこない』の『なりそこない』もいいところでございますな。内包する力があまりに弱い。暴れているように見えるのも、苦しみもがいていると言ったほうが正しい――【神話級】にて誅《ちゅう》し塵芥《ちりあくた》とするは少々気の毒。どうでございましょう、『岩窟大蛇《オロチ》』になりきっていない、あの程度の『なりそこない』でしたら、私めの術で元の鉱石にお戻し出来ますが」

「えっ、つまり、セバスチャンさんに頼んで鉱石に戻すか【神話級】で壊しちゃうか二択ってことだよね？　戻せるなら戻してあげて。『ルン君』は勇者さんの親友だから」

セバスチャンさんはほんの少しだけ虚を突かれたような顔をしてから、いつもの整った微笑みへ戻った。

「ヒヒイロカネを友と……なるほどなるほど。私めにも昔、友と呼べる武具があり申しましたが……義理の息子への引き継ぎが上手くいかず、失われてしまいました。今となっては詮無きことですな。御意にございます、此度はノア様を少々利用させていただきましたから、詫び代わりに一肌脱がせていただきましょう。ノア様は私めが術を発動するのに合わせ、ヒトたちへの目くらましをお願いいたします」

んんん？　頭の中が疑問符でいっぱいになる。義理の息子？　オイラを利用？

オイラが理解しきれない内に、セバスチャンさんはふっと消えた。

勇者さんと『ルン君』ががっぷり四つに組んで力比べになっている周りで、チラチラとセバスチャンさんの影が現われては消えた。多分、魔法陣的なものを仕込んでいるんだろう。

「義理の息子って、セバスチャンさんはエスティと結婚したばっかりだし……？　セバスチャンさんの娘って……あれ？」

何かがつながりそうになったとき、オイラのすぐ脇でゴオッンッ、と激突音が響き土煙が舞った。

見れば、『ルン君』に跳ね飛ばされたらしい勇者さんが頭をフラフラさせながらムクリと起き上がったところだった。

同時に視界の端で、セバスチャンさんが片手を上げたのが見えた。

オイラは、勇者さんを両手でガッシリと握った。

「え、なに？　なに？」

「勇者さん、『ルン君』が元に戻るかもしれないから、ちょっとオイラに協力して。『ライぽん』を握って、でも、刃を『ルン君』には当てないでね。当てたら『ルン君』は消えちゃうかもしれないから。それで、土煙が収まったら、仁王立ちになって『ライぽん』を掲げてね」

「ハァ？　サッパリ分からないわ！」

勇者さんの理解は重要ではない。重要なのは、勇者さんがとっても頑丈なことと、土煙が立ちこめているこの状況。

オイラは勇者さんの足を持ち、ぐりんぐりんと体全体を使って振り回し出した。イメージは、オイラとリリィを風竜の領域に送ってくれたときのテリテおばさんだ。

でぇやぁぁぁぁっっっ、というオイラのかけ声は、んぎゃぁぁあああっっっ、という勇者さんの声にかき消された。

何が何だかよく分からないままぶん投げられた勇者さんは、悲鳴の尾を引きながら土煙を突き抜けて『なりそこない』へとまっすぐに飛んでいた。

勇者さんと『なりそこない』がぶつかろうとする刹那、土煙に紛れた地面に、そうと知らなければ分からないほどのかすかな五色の魔法陣が現われ……

「「うおぉぉぉぉぉぉっっっ！！！」」

魔法陣の色合いに目を奪われていたオイラは、天を衝く歓声に意識を引き戻された。

すぅっと土煙が引いていく中、高々と右手に【神話級】『蓬莱《ポンライ》』を掲げ、左手に『ルン君』を握りしめた勇者さんが雄々しく仁王立《におうだ》ちしていた。

その姿はまるで戦神のようで。……目の焦点が微妙に合っていないことに気付いたのはオイラだけだったと思いたい。

「すげぇ、勇者様万歳！」

「万歳！　万歳！」

盛り上がる観衆の中、何人かの親方衆の目がじーっとオイラに注がれている。土煙で誤魔化したと思ったものの、それなりにバッチリ見ていた人もいたらしい。でも、女王竜が火を吹いてもノリで受け入れてた親方衆のこと、少々のやんちゃは気にしないでもらいたい。

その頭上、今までにないドゴォオオオンンンッッッという衝撃音と共に、バラバラと細かな土塊《つちくれ》が落ちてきた。勇者さんを讃《たた》えていた人々が、蜘蛛《くも》の子を散らすように逃げて行く。

見上げれば、空中で戦っているエスティの手にある『金烏《ジンウ》』は、既にパルチザンの形へと変わっていた。

不敵な笑みを浮かべたエスティが、長大な獲物を振り下ろすと、人気《ひとけ》のなくなった境内へドォオオンと『岩窟大蛇《オロチ》』の巨体が倒れてきた。

後を追うように舞い降りたエスティは、ボロボロになった『岩窟大蛇《オロチ》』へと歩み寄る。

「もう、これで終いじゃ『玉兎《ギョクト》』」

今までの楽しげな戦いからの落差に、思わず脳を揺さぶられるような沈んだ声だった。

『玉兎《ギョクト》』──それは、エスティの『金烏《ジンウ》』と対になる、王配のための【神話級】の名ではなかったか……

エスティのかつての言葉が耳によみがえる。

『期待しておるぞノア。おぬしがいずれ、我がセバスのために「玉兎《ギョクト》」を打ち上げてくれるのを』

あれが、『玉兎《ギョクト》』のなれの果てなら、エスティの『金烏《ジンウ》』に壊させてはいけない――……

考えるよりも前に、体が動いた。

エスティが体の後ろを回すように大きく振りかぶった『金烏《ジンウ》』の前に、オイラは思わず飛び出していた。

「なっ、馬鹿者っ！！！」

背後に迫る『金烏《ジンウ》』の風圧を感じながら、オイラは『岩窟大蛇《オロチ》』に手を触れ、全力でスキルを展開していた。

「『合金還元』っ！！！」

ピキッ、ビキビキビキッ、とオイラが手を突いた箇所から、『岩窟大蛇《オロチ》』の全身に向かってヒビが広がっていった。

ザッ、と地面に硬いものを突き刺す音がして振り向くと、珍しくエスティが冷や汗をかき肩で大きく息をしていた。

「……心の臓が止まるかと思ったぞ。危うく我は自分の手で友を斬り殺すところだったではないか」

「うん、ごめん。でも『金烏《ジンウ》』に『玉兎《ギョクト》』を殺させちゃ駄目だと思って」

ふぁさっ、と首元に風が当たった。

滅多にない感覚に不思議に思って首元に手をやると、慣れきった黒モフの感触はなく、慌てて見回した先で、エステイが黒い毛玉を拾っていた。

「黒モフに感謝するのじゃな。我が止めようとした矛先は、間一髪止まりきらなかった。それを黒モフが全魔力をぶつけて『金烏《ジンウ》』を逸らし、おぬしを守ったのじゃ」

「え……黒モフ？」

小さくなって目も開かず全く動かない黒い塊に、心臓が引き絞られるようにキューッと痛んだ。

オイラの、考えなしの無鉄砲のせいで、まさか黒モフは……？

「安心するが良い。黒モフも元は霊獣格のユニークモンスター。体力魔力を使い果たして仮死状態になっておるだけじゃ。魔素の濃い場所にしばらく置けば復活する」

「ありがとう。それと、ごめんね」

エスティは鷹揚《おうよう》に頷くと、オイラの手のひらに黒モフを乗せ、ヒビ割れまみれの『岩窟大蛇《オロチ》』を見上げた。

「それで、どうなっておるのじゃこれは？」

エスティが『金烏《ジンウ》』の柄でコンっと『岩窟大蛇《オロチ》』を叩いた瞬間、『岩窟大蛇《オロチ》』はパアァァアンッと内側から弾けるように粉々になった。

小指の先ほどの大きさのキラキラが、まるで花吹雪のように吹き上がり、鍛冶神の社の境内全体に舞い落ちた。

「きれいだね……」

思わず見とれていると、戻ってきたらしい親方衆の一人がキラキラの一つを拾い上げ、声を上げた。

「なんてこった、こりゃオリハルコンだぞ！」

「こっちはミスリルだ！」

「まさか赤いのはマグマ石か⁉」

鉱石の粒ならやたらな雹《ひょう》より痛いだろうに、親方衆や見習いたちは初雪を目にした子どものように飛び出した。

「すげぇ、すげぇ！」

興奮してはしゃぎ回る鍛冶士たちの上に、鉱石の粒はパラパラと軽い音を立てて舞い落ちていく。

そのときオイラは、上空、鎌首をもたげた『岩窟大蛇《オロチ》』の頭くらいの高さから落ちてくる五つの光を見つけた。

跳び上がって受け止めたオイラは、エスティといつの間にか側に寄り添っているセバスチャンさんの元へと駆け戻った。

「見て、見てよこれ！」

「五つの特殊鉱石と、その周りにくっついているのは、金か？」

「これが多分、『玉兎《ギョクト》』の大元、本体だよ」

「は？」

いぶかしげに片眉を上げたエスティにオイラは弾む声で説明する。

「ヒヒイロカネは、五種の特殊鉱石と金の合金なんだよ。オイラじゃ『岩窟大蛇《オロチ》』になっちゃった『玉兎《ギョクト》』をヒヒイロカネ鉱石には戻せないけど……待ってて、エスティ。いつか必ず、特殊鉱石からヒヒイロカネ合金を造れるようになってみせるから。そうしたら絶対、絶対、この石たちからセバスチャンさんの『玉兎《ギョクト》』を打ち直すよ」

じわり、とエスティのガーネットの瞳が潤んだ。

「分かっておったのか、ノア」

セバスチャンさんは言っていた。友と呼んだ武具があったと。義理の息子へ受け継げなかったと。

おそらくそれが、『金烏《ジンウ》』と共に火竜に伝わっていた王配の武具、『玉兎《ギョクト》』だ。セバスチャンさんがスウォードと名乗り、先々代の火竜王だったときの。

そして、セバスチャンさんがオイラを利用したと言ったのは――

「……オイラと父ちゃんを囮《おとり》にしたでしょ、エスティ」

「何のことかのぉ？」

感極まっていたエスティの目が、つーっと横にずれた。

「中途半端に起こされたヒヒイロカネは『なりそこない』を呼ぶ。普段は人とあまり関わりたがらないのに、今回の『蓬莱《ポンライ》』の鍛冶にはやたら協力してくれたのも！　そもそも振り返ってオイラと父ちゃんに『金烏《ジンウ》』を預けてくれたのまで！　魔獣化して行方知れずになった『玉兎《ギョクト》』をおびき出すための餌《えさ》だったんでしょ！　エスティの友情に感動してたのに！」

『金烏《ジンウ》』が『なりそこない』化しても、初期ならばセバスチャンさんが元に戻せる。おびき寄せた『玉兎《ギョクト》』を斃せれば良し、魔獣化した『玉兎《ギョクト》』の天敵ともいえる【神話級】に『金烏《ジンウ》』を鍛え上げられればさらに良し――といったところだろうか。

「ひどい！」

「まぁ落ち着くのじゃノア。ひとの行動原理というのは、何も一つとは限らぬものでな」

聞く耳持たないとばかりに言いつのるオイラに、エスティは口元に手を当て、ニヤリとそれはそれは悪い――魅力的な笑みを浮かべた。

「我の育ての親はセバスじゃぞ。我は女王。女王とは、脳筋で寛容なだけではやれぬのじゃ」

26　各々のそれから

季節は、春。

北へと旅立つオイラとリリィを、大勢の人たちが見送りに来てくれていた。

その中に、テリテおばさんに抱っこされた元気な熊の赤ちゃん――ルリテちゃんがいるのが、なによりも嬉しい。

――三カ月前。


「鍛冶の神に奉る！」

『玉兎《ギョクト》』が変じた鉱石の粒が雪のように降り積もった境内で、モン親方がカァンカァンと金槌を打ち響かせて声を張り上げる。

興奮していた親方衆が、ザッと一斉に社の方を向いて背を伸ばした。

よく分かっていないオイラも見習いたちも、親方衆を真似て背筋を伸ばす。

モン親方は『ダン！　ダン！』と足を踏み鳴らし、講談士のように節を付けて声を上げる。

「お立ち会いの方々に問い申す。奉納鍛冶の成否は如何に？」

「「成なり、成なり！」」

親方衆も負けじと声を張り上げるが、全く分からないオイラは背を伸ばし口パクしながらパチパチと目を瞬《しばたた》く。

「ではでは重ねて問おう。鍛冶の神は満足されたか？」

「「未だ、未だ、未だなされず！」」

えー、ヒヒイロカネの【神話級】が完成したのに駄目なんだ……『ライぽん』だけじゃなく、『ルン君』も打ち上げて初めて認めてもらえるのかな……？

オイラが遠い目になったとき、再びモン親方が『ダン！　ダン！』と足を踏み鳴らした。

「ならば何とす、神の同胞《はらから》？」

親方衆はお互いの顔を見合わせ、視線を交わすと、次々に鍛冶屋の手袋や前掛けを脱ぎ始めた。それが一斉にブワッと空へ投げられる。

「「「祭りだ酒だ宴会だー！」」」

呆気にとられていると、親方衆のほとんど全員が、手に手に酒瓶やとっくりや杯を持ち、高らかに鍛冶神の社に向かって掲げていた。

「鍛冶の神に、乾杯！」

それからはもうわやくちゃだった。次から次へとオイラの所へ親方衆がやって来て、杯を持たされ酒を注がれる。

まだ酒は呑めないと言うと、今度は湯呑みを渡され甘酒が注がれた。

「鍛冶の神様ってなぁ酒好きなんだ。ここに来たからにゃ酒と名の付くもんを呑まにゃなんねぇ」

「ドワーフの昔から、鍛冶と酒ってなぁ切っても切れねぇ付き合いだ」

「毎年十一月八日は『良い刃物の日』ってんで、鍛冶神の祭りなんだ。酒が必須だから、子どもは呼ばねぇがな」

親方衆は見物の人たちと慣れた様子で呑み交わし、あるいは持ち込んだ火鉢で甘酒を温め、あるいは七輪でサンマを焼き、中には葱鮪鍋《ねぎまなべ》に軍鶏《シャモ》鍋までつついている人もいる。あの『なりそこない』の大騒ぎの最中、冷静に鍋を避難させていた人がいたのかと、何だか面白くなってきた。

「鍛冶の神様ってなぁ、ちっこくてよ、酒が好きだけど酒に弱くて、宴席が好きで、酒呑みが好きで、仲間が陽気に酔っ払ってんのが大好きなんだ」

「こうやって鍛冶士が集まってワイワイやってると、こっそり紛れ込んでな」

「酒の匂いだけで酔っ払って、でかい金槌振り回して」

「誰とも知れずポカリとやられたら、そりゃあ上機嫌な神さんだ」

「牛に乗っかって、シイタケとネズミが苦手で、犬と雀《すずめ》を可愛がっててなぁ」

酔っぱらいたちによって、まるでよく知る近所の悪ガキでもあるかのように、生き生きと語られる鍛冶神。親方衆に混ざってチョコマカと走り回る幻さえ見えた気がした。

……鍛冶神は、初代王妃——二千年前の土竜の女王だ。

なんだか、鼻がツンとして、言いようのない感情が込み上げてきた。思わずユーリの姿を探すと、ユーリは碧色《あおいろ》の目を押さえ、俯いて肩を震わせていた。

「私が、たった一人孤独なつもりで閉じこもっていた長い月日、こんなにも——親しく、仲間としてノラを語り継いでくれた人たちがいたなんて……。そうだよ。私の方が忘れてしまっていた。死に顔ばかりを脳裏に刻んで。ノラは、小さくて、凶暴で、でもとっても仲間思いで、毎日弾むように楽しんで生きていて——私は、そんなノラが大好きだった」

溢《あふ》れるものを拭い落とし、ユーリもまた湯呑みを掲げて叫んでいた。

「乾杯だぁぁぁっ」

オイラより年下なのにいいのかなー、と飲み会に突撃していくユーリの後ろ姿を見送っていると、すっかり出来上がった一番年かさの親方に肩を叩かれた。

「よぉ、呑んでるか、ノマドの倅《せがれ》？　酒ってなぁ面白いもんで、普段たぁ違う姿が見える。……中でも面白ぇ野郎は」

親方がとっくりで指す方に目をやると、土埃《つちぼこり》にまみれたジステンバーが一人生真面目に酒杯を傾けていた。

その目から、唐突にぶわっと涙が溢れた。

ぐりんっ、と顔を回すと、丁度引いているオイラを発見したらしい。えぐえぐ泣きながら詰め寄られた。

「君っ、君っ！　呑んでますかっ！　僕はっ、僕はっ感動しました、君の鍛冶の腕は素晴らしいッ！　ええ、僕の求めてきたものです。是非とも弟子にしてください。弟子にしてくれると言うまでは放しませんっ」

「はっ？　えっ、え、この人ホントにジステンバー？」

滝のような涙を流しながら、オイラの腕を取って駄々《だだ》っ子のように絡んでくる酔っ払いに戸惑っていると、年かさの親方がとっくりに直接口を付けて呑みながらニヤニヤと笑った。

「酒ってなぁ、普段抑えてるモンがあるヤツほど変わるのよ。コイツぁ良くも悪くも鍛冶士なんだ。そもそもブルータング親方を内部告発ってのをやってお縄にしたのもコイツでな。ネームドも返上してるぞ。鍛冶神を裏切るような真似は出来なかったんだとさ！　昔っから鍛冶神の大ファンだからよォ」

突然もたらされた情報に理解が追いつかない。

その後酔っ払ったジステンバーや親方衆の話をつなぎ合わせると、ジステンバーって人も色々なしがらみに雁字搦《がんじがら》めにされていただけらしい。根は武具を造ることが大好きで、より良い武具を打つのに夢中な鍛冶馬鹿なんだってことは分かった。

そうとなれば、まぁ色々な因縁はとりあえず置いといて、鍛冶談義に盛り上がるのが鍛冶士ってものだ。オイラもすっかり酒宴の空気に酔い、徹夜明けのテンションと相まって、これ幸いと色んな親方衆と鍛冶や武具の話で盛り上がった。

そのノリのまま社に積もっていた鉱石を掻き集め、火の残っていた炉で試しにヒヒイロカネ合金に挑戦して――『なりそこない』になりかかったのを、青筋を浮かべたエスティの『金烏《ジンウ》』にべシッと潰されたのは、忘れたい黒歴史だ。

◇◇◇

「ユーリはホントに一緒に行かないの？」

見送りに来てくれた人たちの中に黄金の髪と白い角を見つけ、オイラは走り寄った。

『蓬莱《ポンライ》』を打ってからこの春までの三ヶ月の間に、ユーリは本当に王位継承権というのを放棄して、王子様を辞めてしまった。今はクヌギ屋ミミィのところで魔道具士の押しかけ弟子をしている。

「私はまだまだ研ぎ師としても魔道具士としてもヒヨッコだからね。いっぱい修業して、一人前になって、ノアの打つ剣と胸を張って向き合えるようになるまでは、師匠にへばりついて離れないつもりだよ。だから、それまではちょっとだけお別れ」

寂しそうなユーリの手を、オイラはギュッと握り、それから向きを変えてガシッと握った。

「うん。楽しみにしてる。オイラもユーリのこしらえに負けない剣が打てるようになるから」

一瞬目を見張ったユーリは、「競争だ」と言って笑った。

そのユーリによく似たスフィさんの姿はここにはない。

アビウムさんと協力して作り上げた術式で、産気づいたテリテおばさんからルリテちゃんを無事に取り出したのは二か月前のこと。

ルリテちゃんはかなり大きな赤ん坊で、やはり帝王切開の過去がなくても、普通に産むのは難しい大きさだったようだ。

しばらくの間はテリテおばさんの術後の経過を見守りつつ一緒に暮らしていたけれど、一ヶ月を過ぎてアビウムさんと黒髪の赤ちゃん――玻璃《ポーリィ》を連れて『獣の森』へ帰って行った。

これからは隠者のじいちゃんが大切にしていた『獣の森』を拠点としつつ、全国各地に『暗示』を使った帝王切開術を広げていくつもりだそうだ。

「水竜は陰険で底意地の悪い者が多い。くれぐれも気をつけるのじゃぞ、ノア」

後ろからギュムッと抱きしめられ、オイラの足はぷらーんと宙に浮いた。

後頭部がエスティの豊満な胸に埋まる。

表立っては何も言わないけど、セバスチャンさんがオイラを殺しそうな目で睨んでいるので、出来ればこの癖はやめて欲しい。

「もー、エスティってば。確かに火竜と水竜は気が合わないんだろうけど、偏見だってリムダさん言ってたよ？」

オイラとリリィがこれから向かうのは水竜の領域、北限の海だ。

『蓬莱《ポンライ》』の奉納鍛冶が終わって以降、何度もヒヒイロカネ合金に挑戦していたオイラたちだったけれど、途中で何かがどうしても噛み合わず、成功することはなかった。

オイラがヒヒイロカネ合金のために揃えられたのは、五つの特殊鉱石と金に加えて、リムダさんの火、リリィの風、エルダートレントの木、オイラの土。

『蓬莱《ポンライ》』のときの水はリムダさんが何とかしてくれたけれど、ヒヒイロカネ合金を造るには何故か違和感がある。

リムダさん本人に尋ねてみたところ、確かにリムダさんには水竜の力もあるけれど、治癒一点強化で、本来の水竜の能力である浄化の力は弱いんだそうだ。

かくしてオイラとリリィは、本場の水竜の協力者を得るため、水竜の領域へと旅立とうとしている。

「良いかノア。おぬしは我の友で、我の弟子じゃ。水竜は見目の麗しい者が多いが、ゆめゆめ毒されるでないぞ。水竜とは不仲じゃ、そうそう助けには行けぬゆえな」

むぎゅむぎゅとオイラに抱きつくエスティの首周りでは、セバスチャンさんとの間に産まれたアーダとクーダがお互いのしっぽを追いかけてくるくると回っている。

ほんの一年前まで、長年想っていたセバスチャンさんに告白出来ず、オイラを当て馬にしては撃沈していたエスティが、母ちゃんになるなんて。

――思えばこの一年で、色々なことが変わった。

一年前には知り合いでもなかった人たちが、こうやってオイラたちの旅立ちを見送ってくれる。

中々オイラを放さないエスティに向かって、リリィが無表情に親指を立てた。

「任せて。水竜に誘惑されないよう、リリが見張る。ついでに木竜の領域も回って、モップ様の本も手に入れる」

「ははっ、それはおぬしの欲だろうに」

オイラを手放したエスティが、リリィとコツンと拳を合わせた。二人のつながった手と手の上を、アーダとクーダが駆け下り、また駆け上がる。

「その、な。いいのかノア？　本当に『崑崙《クンルン》』の鍛冶を俺に任せて」

頭をボリボリと掻きながら、少々隈の残る父ちゃんが眉尻を垂らす。

「いいも何も、勇者さんの希望なんだから。いつまでだって待つから、『ルン君』は奉納鍛冶を争った本来の二人に任せたいって」

驚いたことに、あれだけ父ちゃんに嫌味を吐いていたジステンバーは、父ちゃんの弟子になった。

色々な因縁とか文句とかを呑み込んで受け入れた父ちゃんはやっぱりさすがだと思ったけれど、父ちゃんいわく「俺の弟子になる条件は、鍛冶士としての大成を望まないことだからな。こいつぁそもそも鍛冶士としては終わってやがるから」だそうだ。

「ま、皆でパワーレベリング頑張って」

くくくっと笑うと父ちゃんもジステンバーもゲンナリとした表情になった。

本来のヒヒイロカネ鉱石の鍛冶には、『特殊五重合金』が必要だ。

だけど父ちゃんが取得しているスキルは『三種合金』まで、ジステンバーが取得しているスキルは『二種合金』まで。戦闘職でもない鍛冶士のレベル平均からすればそれでも充分以上に凄いわけだけれど、『五重合金』をやろうってんなら圧倒的にレベルが足りない。

そんなわけで、力不足を痛感したというリムダさんが父ちゃんと弟弟子を引っ張り回し、『竜の棲む山脈』で強制的なレベルアップを図っている。

レベルという言葉が出て、オイラは思わず首から下げた巾着に手を当てた。

エスティの『金烏』からオイラを守ってくれた黒モフは、今でも巾着の中、小さくなったまま眠っている。寝息すら聞こえないけれど、それでもかすかな温かさが、黒モフが確かにそこにいることを教えてくれる。

肌身離さず持っていて、目が覚めたときにはたくさんの「ありがとう」と「ごめんね」と共に、好物のおにぎりやクッキーで埋もれるくらいぎゅうぎゅうに囲んでやりたいと思う。

見送りには、ジェルおじさんやマツ翁、ルル婆ララ婆も来てくれていた。ルル婆の頭には、髪飾りの羽根と同じ色の白い大きな鳥もとまっていた。

「本気なのかい、ノアしゃん？　アンタは、望めば土竜の王にも、鍛冶の神にも、大陸一の王国の国王にだってなれるんじゃよ？」

「レベル１０００の壁は魔の壁、変化の壁だ。何もあえて……」

ララ婆の言葉を遮り、オイラは大きく金槌を振り上げて見送りに来てくれた皆に宣言した。

「オイラの夢は、誰も知らない鉱石と、誰も見たことのない素材で、今まで見たことのない武具を打つこと！　冒険も鍛冶も出来る、最強の鍛冶見習いになることなんだって！」

これから向かう北の海、水竜の領域には今までほとんど打てなかったミナモ石が待っている。水竜の水を使った鍛冶も楽しみだ。

オイラはリリィの手を取り、皆へと大きく手を振った。

「それじゃあみんな、見送りありがとう、いってきまーす！」

オイラの『最強の鍛冶見習い』への道は、これからも続く。


（完）

気が付くと異世界の森の中に獣として転生していた元社畜の日本人男性。「可愛いもふもふに生まれ変わったからには!」と人間を探した彼は、無事、騎士のウィオラスに拾われ、アルルジェントという名前をつけてもらった。そうしてルジェと呼ばれるようになった彼は、自分が狐であることを知る。改めて、ウィオラスの「飼い狐」としてぐーたら愛玩生活を送ろうと、愛嬌を振りまくルジェだったが、徐々にチートな力を持っていることが判明していく。そのせいで、本人はみんなに可愛がってもらいたいだけなのに、ルジェの力を欲しているらしい人たちに次々と狙われてしまい——!?　自称「可愛い飼い狐」のちっとも心休まらないペット生活スタート!

●定価:1320円(10%税込)　●ISBN:978-4-434-33603-4　●Illustration:こよいみつき

女神様の手違いで異世界転生することになった、拓海《たくみ》。女神様に望みを聞かれ、拓海が『田舎の家で暮らすこと』と伝えると、異世界の山奥に実家の一軒家ごと移住させてもらえることに。転生先にあるのは女神様にもらった、家と《緑の手》という栽培系のスキルのみ。拓海は突如始まったサバイバル生活に戸惑いつつも、山暮らしを楽しむことを決意。薪風呂を沸かしたり、家庭菜園を作ってみたり、もふもふウリ坊を保護したり……山奥での一人暮らしは、大変だけど自由で最高——!?

●定価：1320円（10%税込）　●ISBN 978-4-434-33596-9　●illustration：このいけ

この作品に対する皆様のご意見・ご感想をお待ちしております。
おハガキ・お手紙は以下の宛先にお送りください。

【宛先】
〒150-6019 東京都渋谷区恵比寿 4-20-3 恵比寿ガーデンプレイスタワー 19F
（株）アルファポリス　書籍感想係

メールフォームでのご意見・ご感想は右のＱＲコードから、
あるいは以下のワードで検索をかけてください。

アルファポリス　書籍の感想　検索

ご感想はこちらから

本書は、「アルファポリス」（https://www.alphapolis.co.jp/）に掲載されていたものを、
改題・加筆・改稿のうえ書籍化したものです。

レベル596の鍛冶《かじ》見習《みなら》い 5

寺尾友希（てらおゆうき）

2024年 3月 31日初版発行

編　集ー村上達哉・芦田尚
編集長ー太田鉄平
発行者ー梶本雄介
発行所ー株式会社アルファポリス
〒150-6019 東京都渋谷区恵比寿4-20-3 恵比寿ガーデンプレイスタワー19F
TEL 03-6277-1601（営業）　03-6277-1602（編集）
URL https://www.alphapolis.co.jp/
発売元ー株式会社星雲社（共同出版社・流通責任出版社）
〒112-0005 東京都文京区水道1-3-30
TEL 03-3868-3275
装丁・本文イラストーうおのめうろこ
装丁デザインーAFTERGLOW
印刷ー図書印刷株式会社

価格はカバーに表示されてあります。
落丁乱丁の場合はアルファポリスまでご連絡ください。
送料は小社負担でお取り替えします。

ISBN978-4-434-33602-7 C0093